LOS HUÉRFANOS DEL CORAL

LOS HUÉRFANOS DEL CORAL

Ángela Taylor

ISBN 979-8-9944214-0-6

First edition
Cover Art by Luis A Esparza

Printed in the United States of America.

Esta novela está dedicada a los soñadores que, día a día, se reinventan en la lucha por alcanzar sus sueños.

Table of Contents

Los Huérfanos Del Coral

Primera Parte

Capítulo 1 Galaxia Itzá

"Eres un universo de universos y tu alma una fuente de canciones".
– Rubén Darío

Alma Yerach fue una notable y valiente agente secreta. Su tiempo se remonta a aquellos días en los que el arcaico planeta Tierra 11 sufría en manos tiranas del abandono. La presencia de Alma en la tierra se mantuvo en completo anonimato. No se supo nada de ella, hasta muchísimo tiempo después, cuando el orden y el caos se reestructuraron, otorgando a todos su lugar y su valor, tal como solía citar a menudo el comandante de la Legión 13, Alex Alfa.

"Un mar de telarañas teje las vidas de los mortales, querida Artemisa", fueron las últimas palabras que Alma Yerach envió a su Legión.

En el año 999 de una era, según los registros existentes en el archivo de los Planetas Unidos del Cosmos (PUC), Alma Yerach fue enviada desde la lejana galaxia Itzá al planeta Tierra 11. Su misión vital consistía en investigar, estudiar y recopilar todo lo relacionado al abandonado planeta de entonces. Dado lo vital del caso Alma se mantuvo en el anonimato absoluto, tal como lo demandaba la Misión Artemisa 7. Lamentablemente, a pesar de haber adquirido una valiosa experiencia previamente con respecto a cómo operaban aquellas mentes colonizadoras que regían al planeta de entonces, gracias a su entrenamiento en tiempo real durante su asignación en el Septentrión de la Tierra 11, tres años atrás, esta vez la circunstancias no le fueron tan favorables.

ITZÁ

"Debemos darnos prisa, querida Alma, antes de que noten tu ausencia y no logremos nuestro objetivo si logran esos tiranos rastrearnos hasta aquí", dijo el comandante de la Legión 13, Alex Alfa, en el preciso momento en que le ajustaba a Alma Yerach el cinturón de seguridad de la cápsula Progreso 9 que la trasportaría al planeta Tierra 11.

Dentro de la cápsula Progreso 9, que, se componía de una aleación compleja y sofisticada que se parecía al vidrio transparente, Alma quedó en posición de pie.

El comandante Alex Alfa, quien tenía las manos grandes y las extremidades más largas de lo común para un hombre de su estatura, con prisa colocó a un lado de Alma una muñeca negra que tenía una medida como de un metro de altura. La muñeca quedó en la misma posición que Alma, de pie.

Segundos luego, el comandante acarició con ternura las mejillas de la muñeca; su rostro se tornó sereno y, con un clarísimo gesto de buen padre dijo con una nota de dulzura: "Preciosa, tú eres mi princesa preciosa y siempre cuidaremos de ti".

La muñeca de sonrisa permanente y mirada inocente gesticuló de pronto, parecía haber entendido las palabras en clave del comandante. Alma, con ojos de asombro dejó escapar un gemido de admiración; se preguntó en la curiosa forma en que estaría operando la muñeca, pero como no tenía autorizad tener más conocimiento sobre ello para no arriesgar la misión, se limitó a esbozar una sonrisa forzada.

La muñeca estaba relacionada con un rastreador de estrellas; se trataba de un sistema semejante a un mapa del cosmos, y cuya lectura de datos estaba bajo las estrictas normas de seguridad y al mando del comandante de la Legión 13, Alex Alfa.

Luego de meditar sobre las recomendaciones del comandante, Alma aterrizó sus pensamientos y dirigió su mirada hacia donde la cápsula debía pasar. Se trataba de una enorme red de túneles de cristal trasparente en el vació. Tragó saliva al ver el panorama frente a ella. El cielo tenía un tono azul pálido y las nubes blancas formaban figuras irregulares en aquel vital momento.

El comandante, consciente del riesgo que había en juego, guiñó los ojos y, agitado por la emoción cerró la cápsula. Seguido de ello la Progreso 9 despegó sin percances con destino al planeta Tierra 11, pasando por los distintos túneles transparentes por donde debía pasar.

LA CARTA

Estimada Alma:

Debes saber que los astros siempre han sido tema de gran importancia. Para los arcaicos pensadores del planeta Tierra 11, por ejemplo, la astronomía servía para saber dónde se ubicaban los astros, y la astrología para ver sus efectos sobre el hombre.

Has de escudriñar y meditar la información que

obtengas durante tu estancia en el planeta Tierra 11 de las siguientes constelaciones: el Compás, situada en el hemisferio sur celeste; Ara, ubicada en el hemisferio sur, cerca del ecuador celeste; el Cincel o Buril, situado en el hemisferio sur; y la Escuadra, visible en el hemisferio sur celeste. Por otro lado, sabiéndote un soldado de carácter virtuoso, dotada de paciencia y valor, has de tener siempre presente sed fiel a la razón y leal a los principios en los que fue fundada vuestra Honorable Orden. Recordad siempre en el regreso a vuestra casa, a vuestro gran templo dividido en doce partes de treinta grados cada una. Ten presente siempre los signos zodiacales y constelaciones boreales que os muestran la eclíptica, y cómo esta se subdivide en arcos de treinta grados. Por último, recordad que el hombre no está separado de la naturaleza porque vive en ella. Y que la astrología podrá ser es el lenguaje de las estrellas, pero es el hombre mismo quien tiene la última palabra de que así sea.

Me despido con cálido amor,
Artemisa

Cuando Alma abrió los ojos, luego de un largo trayecto, recordaba la lectura de la carta anterior que leyó, la recordaba con la mismísima claridad de haberla recién leído; pero no se sentía bien, tenía vértigo y no se podía mover. Estaba boca abajo y le salía espuma blanca de la boca. Unos hombres vestidos de gris rata, cuyo aspecto pálido y sin vida recordaba a los muertos, la mantenían sometida.

La cápsula había entrado a la atmósfera de la Tierra 11 con éxito, pero tuvo problemas para desplegar su paracaídas y lamentablemente cayó en manos enemigas.

"¿Cómo llegaste aquí? ¿Por dónde entraste? ¡Háblanos del código!", la bombardeó esa malvada gente con preguntas y maltratos físicos y verbales.

Alma Yerach se apegó al código del silencio y selló la boca, como el buen soldado que era, mientras un calzado negro y puntiagudo sobre su espalda la lastimaba severamente.

"Me podrán moler a palos estos sujetos, pero no lograrán arrancarme una sola palabra. Mantendré esta honorable postura hasta que me localicen los compañeros de la Legión 13 y me saquen de aquí", pensó Alma con determinación ante su desventurado cuadro.

Los malvados agentes que encontraron la cápsula continuaron torturándola durante un periodo tan prolongado que a ella le pareció toda una vida.

Alma no tuvo conciencia del tiempo transcurrido durante su estancia en aquellas solitarias montañas donde la llevaron aquellos infernales agentes, pero una fresca y clara mañana despertó y notó que estaba sola; seguía en la misma posición, boca abajo, y todavía con rastros de espuma en la boca. Movió los dedos de sus manos y comprobó que ya podía moverse a voluntad; y, aunque seguía en la misma postura, tirada en el piso, estaba lúcida. Con dificultad logró ponerse de pie. Espantada, y con el cerebro dándole vueltas, sin demora fue a buscar la salida. Notó que se encontraba en una zona montañosa, dentro de una cabaña solitaria que se alzaba en la parte alta de una colina.

Impulsada por la razón, corrió con la velocidad de un jaguar por el camino que bajaba hacia un bosque. Extrañamente, no sentía su peso, supuso que ello era provocado por la adrenalina al saberse perseguida por esos sujetos de aspecto misterioso y sombrío.

No supo cuánto tiempo duró esa carrera, ni a qué hora se desplomó, pero cuando abrió los ojos, alguien le sostenía las manos con gentileza. Se trataba de una buena familia que la encontró en el bosque, luego de la carrera que la dejó sin aliento. Recién en ese momento Alma se percató de lo agotada que estaba; no se podía mover, le dolía todo el cuerpo como si hubiera recibido una severa tunda.

Capítulo 2 El Imperio AZ

"Quien escribe, teje. Texto proviene del latín, textum, que significa tejido. Con hilos de palabras vamos diciendo, con hilos de tiempo vamos viviendo. Los textos son como nosotros; tejidos que andan".

– Eduardo Galeano

En una alta planicie, flanqueada por cadenas de montañas hacia el este, el oeste y el sur, semejante a una fortaleza amurallada natural, la agente secreta Alma Yerach se hallaba en calidad de incógnita, protegida por las buenas personas que la encontraron en el bosque. Se trataba del Gran Imperio AZ.

Los afortunados habitantes de aquel espléndido imperio, fundado bajo una Triple Alianza, disfrutaban complacidos de los beneficios de esas fértiles tierras favorecidas por la naturaleza y capaces de albergar y alimentar a su numerosa población. La altitud de aquellas planicies se acercaba por el filo de los tres mil metros.

La característica más singular que Alma notó en aquella región fue la cadena de volcanes que se extendía hacia el sur, donde dos de ellos se hallaban muy próximos el uno del otro y a la vista de las planicies donde se erigía el Gran Imperio AZ.

El Imperio AZ tenía un gran mercado donde transitaban diariamente cien mil personas, aproximadamente. Aquel mercado era un hormiguero de vendedores: ofrecían plumas, metales, tejidos, cerámica, cereales, cacao, hierbas medicinales, animales y alimentos frescos o en conservación, entre una inmensa variedad de cosas. Sin excepción, todos los productos del imperio y sus alrededores se ofrecían y se compraban de manera muy ordenada.

Lo más valioso en esa región era el maíz y el cacao, por lo que negociar con esos dos productos eran los tratos más comunes. Manejaban también el trueque.

El Imperio estaba pulcramente organizado; la empresa de comercio a cargo de su buen funcionamiento vigilaba celosamente ese fin.

El mercado se ubicaba en una de las dos partes en que estaba dividido el Gran Imperio AZ; se encontraba en el sector habitado por las masas. El otro sector lo ocupaban los nobles y poderosos, también los sabios médicos, o sacerdotes, como se les llamaba a ese peculiar grupo. Ambos sectores se hallaban en medio de una gran laguna salada, contigua a otra de agua dulce, y separara de ella por un enorme y sofisticado dique.

El Imperio AZ tenía tres hermosas y remarcables calzadas que unían el imperio a la tierra firme, misma que tenía su nivelada y espaciosa entrada hacia el sur. En el sector de los nobles y poderosos se alzaban muchísimos palacios adornados de jade y oro. Y en sus grandes patios se criaban diversos animales, tanto salvajes como domésticos. Las imponentes construcciones: templos y pirámides construidas con bloques de piedra de origen volcánica (ígnea), y los remarcables jardines y lagos surcados por cientos de canoas daban fe de la riqueza cultural de aquel basto Imperio.

Alma Yerach formó parte de la casa sacerdotal que la acogió

en el Gran Imperio AZ. Aquella amable gente, como tocados por la compasión, sin hacerle muchas preguntas le dieron cobijo y protección en las villas que circundaban a las gigantescas instalaciones principales que, tenían forma de pirámide. Aprendió rápido a comunicarse con esa amable gente en su lengua; y prestó mucha atención sobre el método que usaban los médicos para combatir los males con las plantas que crecían en tierras del imperio. Con el tiempo, el vínculo solidario entre ella y la casa sacerdotal fue en aumento. El sacerdote mayor, viudo, y con un hijo de su misma edad, se convirtió en su protector desde entonces.

A pesar de haber llegado a una edad temprana a vivir con aquel grupo de gente, los que la encontraron en el bosque, Alma no se identificó con sus usos y costumbres hasta mucho tiempo después. De hecho, consideraba grandiosa la tarea que desarrollaba esa gente, pero no lograba comprender su ciencia, ya que no tenían aparatos aparentemente sofisticados. Obediente a la instrucción, siempre se mantuvo bajo el estricto código del silencio, observando todo lo que ocurría a su alrededor, y sin contradecir las ideas de aquellos que se hacían llamar entre ellos sacerdotes y guardianes de la naturaleza.

Atenta siempre y, obediente, como lo demandaba la misión, el comandante de la Legión 13 no tendría queja alguna de ella, de eso estaba completamente convencida.

Al transcurrir el tiempo Alma comenzó a sentir los estragos de la ausencia de los suyos. Presa de nefastos pensamientos, a menudo se sumergía en el silencio, más de lo habitual, Alma por naturaleza era casi un ataúd.

“¿Qué habrá pasado con la muñeca? ¿Habrán descubierto

los códigos de la misión esos infernales agentes? Ninguna señal he recibido desde que llegué al planeta Tierra 11 en cumplimiento de la Misión Artemisa 7, y ya han transcurrido varios años desde entonces", Alma se cuestionó aquella perfumada mañana de primavera que, como cosa de un poderoso hechizo, penetró al interior de la cocina el aroma del jazmín que crecía en el corredor de la casa.

Sin encontrar una respuesta sensata que disipara sus dudas, con los ojos húmedos, y entristecidos por el filo de la ausencia de los suyos, continúo ayudando en la cocina con los preparativos de la fiesta que estaba por celebrarse.

La amable familia que la adoptó como uno de los suyos respetó siempre el silencio de Alma, casi de manera sospechosa, pensaba ella algunas veces, pero nunca hubo ninguna indirecta de parte de ellos que evidenciara sus sospechas.

Aquel día celebraban una festividad que honraba la llegada de la primavera. Alma, sintiéndose más irritada e incómoda de lo habitual, se preguntó cosas que hacía mucho tiempo le aguijoneaban la cabeza: "¿Cómo van a localizarme mis compañeros si se perdió el enlace de la muñeca? Y lo peor de todo esto es la posibilidad de que la Misión Artemisa 7 haya caído en manos enemigas", se recriminó con dureza por ese posible hecho.

Por aquel tiempo, Alma llevaba un par de años viviendo un romance con el apuesto soldado Román RR. Ambos se conocieron en una cena que celebró el senado, en vísperas del año nuevo. Todos los aldeanos de Imperio AZ fueron invitados en aquella ocasión, y el soldado quedó cautivado por la belleza de Alma desde entonces. A partir de allí, el cortejo persistió hasta que logró un sí de ella. Ramón era un hombre de ideales profundamente colonizadores, aunque ocultos bajo la máscara opuesta, sin embargo, con frecuencia dichos ideales salían a la luz del día bajo el yugo tormentoso del torcedor de conciencias. Y en aquella noche festiva, con el calor del vino en la sangre, el granuja de Ramón RR confesó lo que él y su grupo habían estado haciendo en complicidad con la gente que estaba entrando sin permiso por los mares de esas tierras. Esos granujas estaban literalmente cazando a la gente, tratándolos como animales para llevarlos como esclavos a las manos de aquellos que estaban llegando.

Después de su infernal confesión, se desplomó como un bulto de papas en la fría tierra lamentando sus malvadas acciones.

El rostro de Alma, impactado, ante aquella atrocidad que ella misma escuchó, se cubrió de súbita palidez y, cabizbaja, se dirigió con gesto de funeral a su casa. Un par de sacerdotes la acompañaban de lejos, respetando su silencio. Se alejaron de ella hasta que la vieron entrar a su casa.

Por otro lado, los presentes que escucharon la misma confesión no cabían de asombro, y murmuraban quedamente. La gente reunida se fue retirando poco a poco con un gesto de sincera decepción enmarcado en el rostro. De alguna manera el granuja de Ramón RR se había ganado la confianza de la gente con falsas palabras. Pero la realidad era que, ese malvado personaje estaba trabajando en complicidad con los enemigos del progreso ajeno.

Aquella infernal gente con astucia se había estado desplazando poco a poco desde su arribo por los mares de esas tierras. Se trataba de uno de los conquistadores más sanguinarios que hubo en esa época en el arcaico planeta Tierra 11.

La carga de conciencia cesó de atormentar a Ramón RR hasta muy altas horas de la noche; hasta entonces, sus angustiosos lamentos dejaron de escucharse.

Alma amaba sinceramente a ese hombre, quien de alguna manera la mantuvo cautiva durante aquel oscuro tiempo bajo el engañoso velo del falso amor. Escuchar de la propia boca de su amado una confesión tan atroz le partió el corazón. Aquel ser que dormía en la misma cama con ella resulto ser un granuja, un malvado hombre oscuro sin alma.

A la mañana siguiente, el soldado seguía en la misma posición, tirado en la tierra como un bulto. Intentaron levantarlo, pero estaba tan tieso como un cartón. Había muerto el desdichado durante la noche sin ninguna señal aparente; todo apuntaba a un infarto. Pero había rumores que hablaban de traición.

Esa misma mañana, los golpes en la puerta de la casa de Alma despertaron al perro del vecino, el pobre animal, chillando, espantado corrió con la cola metida entre las patas. Se trataba de un par de soldados del imperio que llegaron y detuvieron a Alma sin ninguna explicación. La condujeron al salón de confesiones por órdenes del Senado, para que confesara lo que sabía sobre el soldado muerto. Pero ella no sabía nada de aquel hombre, de hecho, no lo conocía realmente. La mantuvieron presa con el fin de arrancarle una confesión sobre algo que desconocía, y con ese pretexto la mantuvieron aislada durante meses.

Pasado el tiempo, una candente mañana de julio, a Alma se le iluminó el semblante cuando la condujeron los guardias fuera de las mazmorras. Sin ninguna explicación le dijeron que se marchara.

Poco después de que fue liberada de las mazmorras, Alma contrajo nupcias con el buen hijo del patriarca de la casa sacerdotal que la adoptó –cuando recién llego procedente de la galaxia Itzá–. Las mujeres de la villa fueron muy buenas con ella. Le enseñaron el arte del bordado y a preparar tartas de fruta en conserva y cordero con menta.

La comarca donde Alma estaba incógnita era una de las zonas más protegidas del imperio. Conforme pasaba el tiempo pensaba menos en la Misión Artemisa 7 y, cuando lo hacía, ya no echaba tanto de menos a su gente; comenzaba a sentirse cómoda con su nueva familia, casi con la misma comodidad como si estuviera en casa.

En aquel periodo de tiempo el planeta Tierra 11 sufría de la barbarie en manos del oscurantismo. Había un caos desatado por doquier. Y aunque el Imperio AZ tenía un ejército grande y disciplinado, lamentablemente, este ya estaba sufriendo los estragos de una colonización dominante.

La casa sacerdotal, los médicos, como se les llamaba a esas personas donde Alma estaba oculta, mantenían una conexión muy profunda con la naturaleza y esto les permitía vivir con notable armonía. Esos grupos de gente, respetados y a veces temidos por el misterio y la mística de sus costumbres, mantuvieron dicho privilegio hasta la llegada del día infernal, cuando el enemigo ordenó la matanza de todos los miembros de la casa sacerdotal.

Tras varias batallas sanguinarias el Gran Imperio AZ cayó; irremediablemente fue tomado por el enemigo.

Mientras toda aquella pesadilla sacudía al planeta Tierra 11, en la galaxia Itzá alguien se preguntaba:

"¿Logrará Alma Yerach terminar con éxito la Misión Artemisa 7?

¿A qué peligros se enfrentará en aquella tierra lejana?

¿Logrará regresar a casa y moler el café de grano que tanto le gusta?".

LA MUŃECA NEGRA

En una cálida mañana soleada de primavera, las hermanas Feliciana y Herminia jugaban en la orilla de un río, donde crecía una llamativa planta nativa que llamaban los lugares de aquel lejano punto terrestre "hoja santa".

Los vivificadores rayos de sol bañaban los campos de trigo que brillaban y resplandecían desde el lejano horizonte. El par de pequeñas, sin sospechar la sorpresa que les aguardaba, daban rienda suelta a su imaginación; ajenas al mundo y sus problemas, estaban concentradas en su jugo. Habían montado un teatro con muñecas y marionetas hechas con la nombrada "hoja santa". De pronto, Feliciana, la más baja de estatura, asombrada, señaló en dirección este. Herminia, al ver el gesto de su hermana, giró su rostro en dicha dirección con curiosidad. Se trataba de la cabeza de una muñeca negra que brillaba; resplandecía al igual que el trigo bajo los rayos del sol. La muñeca estaba tirada entre las jaras que crecían en las orillas del río que cruzaba por un costado de la casa que habitaban las niñas.

Con pasos dudosos, las dos hermanas se encaminaron al sitio. Feliciana, temblorosa, se armó de valor y recogió la muñeca del suelo. La muñeca de sonrisa permanente en ese instante dijo: “Alma”, y Herminia se desmayó de espanto.

Mas tarde, ya en su casa, todavía con el espanto reflejado en sus rostros, las hermanas decidieron ocultar su descubrimiento. Escondieron en el tapanco a la extraña muñeca que sabía hablar; la ocultaron donde se guardaban las mazorcas de maíz para secar el grano. “Van a decir que estamos locas, o que es cosa de brujería, y nos tratará la gente como trató a nuestro abuelo”, dijo Feliciana a su hermana con voz queda, convencida de que así sería.

Con la angustia aguijoneándoles la cabeza de su próximo futuro, las hermanas rememoraron en silencio a su abuelo, el viejo Pedro Guzmán, muerto de tanto espanto acumulado, como solía decir la abuela Sara.

La idea las llenó de pánico durante los días siguientes, pero no dijeron nada, hasta que sucedió lo que la muñeca les anticipó sucedería si nos salían de allí. Entonces, de un solo golpe soltaron todo lo que habían estado ocultando sobre la extraña muñeca negra. Sara, la abuela, viuda del brujo de la colina, como la llamaban los lugareños de aquellas villas, escuchó con calma de tortuga el relato que sus nietas exaltadas le narraban.

La abuela, rememoró durante toda esa tarde lo que su esposo le había narrado sobre una muñeca negra que encontró, el último día que estuvo pastando a su rebaño de cabras, en las laderas. Meditabunda, y apenada de haber dudado de su amado, la abuela Sara veía nostálgica la lluvia de ceniza del volcán descender. "La ceniza del volcán no tardará mucho en cubrir toda esta área, y nos moriremos de asfixia si no salimos pronto de aquí, según dice esta muñeca. ¡Válgame los cielos!, estoy dándole crédito a lo que dice una muñeca", renegó la abuela Sara de sus palabras; pero esa misma noche, la abuela viuda y su par de nietas tomaron la ruta hacia el sureste, tal como su esposo muerto le había también indicado que hiciera.

EL DÍA QUE DESAPARECIÓ TRES DÍAS EL ABUELO PEDRO

Un concierto de coyotes se escuchó hasta ya entrada la madrugada la noche que el atormentado Pedro Guzmán murió en su casa. Luego de aquello, un viento inusual soplo del norte, seguido de un frente frío que acabo con la cosecha dejando a todo el pueblo sumido en la hambruna durante los próximos meses. Gracias a las papas que soportaron el mal tiempo el mal no acabo con todos en la comarca. Pero el acontecimiento dio pauta para habladurías. Y, desde entonces, la joven abuela viuda, y su par de nietas, Herminia y Feliciana, fueron excluidas de toda reunión. Las acusaron de los malos presagios que ocurrieron en esa temporada –debido a temas de factores atmosféricos.

Días antes de su muerte, el abuelo Pedro Guzmán había estado en las laderas pastando a su rebano de cabras, como solía hacerlo en esa temporada del año. Tres días después, se presentó en su casa con la ropa rota y con el rostro cubierto de arrugas, como si hubiese envejecido treinta años en tres días. La gente que lo alcanzó a mirar pronto regó el rumor como pólvora.

A partir de aquel notable día, el abuelo no salió más de su casa; atrancó su puerta y se encerró en su cuarto, a candado cerrado. Permaneció callado, en calidad de mudo, las primeras setenta y dos horas. Luego, entre llanto y espanto, contó a su dulce y joven esposa Sara lo ocurrido en las laderas. Un cuervo no se despegó del techo de su casa durante los días de su agonía, hasta que murió, allí mismo, en su cuarto, donde se hizo encadenar por su esposa, rogándole no lo dejara salir, pasara lo que pasara. Los rumores de la gente aumentaron por eso hecho. Nadie se acercó más a su casa desde entonces.

La abuela, tristísima, como no lo había estado desde la trágica muerte que sufrió su hija, en manos de un rayo que dejó huérfanas a las gemelas, Herminia y Feliciana, lloró mucho por lo ocurrido a su amado esposo. Y aunque trato de abrir su mente al mundo de las posibilidades, lo que narró el moribundo no era algo fácil de digerir. Afligida por todo lo ocurrido, no logró en ese momento comprender la situación del bueno de Pedro, y pasó por su mente la idea de que, los rumores de la gente podían tener algo de cierto; le preocupó que aquella posible locura pudiera alcanzar a sus nietas.

El abuelo Pedro, solía pasar muchas horas viendo los cielos nocturnos de invierno; encontraba fascinante levantarse a todas horas de la noche para seguir el curso de la constelación del perro cruzando la bóveda celeste tachonada de estrellas durante esos meses; ido, ajeno a las miradas suspicaces de los vecinos que lo llegaban a mirar a cualquier hora de la noche. Casi siempre, al día siguiente, en los callejones del mercado, se escuchaba decir entre rumores que el abuelo además de brujo y loco era sonámbulo. Por todo lo acontecido, como medida de precaución, la afligida mujer optó por alejarse por un tiempo indefinido de la muchedumbre de la comarca, luego de la muerte de su amado Pedro.

Con el descubrimiento que las niñas Herminia y Feliciana hicieron, la abuela confirmó lo que su amado con espanto le había narrada antes de su muerte. Le había contado con detalle sobre una muñeca negra que le había hablado. Algo que encontró por supuesto descabellado y loco, y se desmayó de espanto. Le contó que no supo cómo se lo llevó esa muñeca, ni a dónde, pero que cuando despertó estaba dentro de un Cubo Negro, donde vio los horrores más tenebrosos que una mente sana se pudiera imaginar. El hombre no volvió a dormir desde entonces, y murió poco tiempo después.

LA TOMA DEL IMPERIO AZ

Recién había comenzado el invierno y la escasez de alimento era ya insostenible. La plaga de ratas y una compleja viruela habían acabado con los más vulnerables del imperio. Por cerros los difuntos eran quemados todos los días hasta que quedaron pocos habitantes originales; de pronto ya no hubo quien quemara a los muertos. El imperio quedó desolado, y sus cielos se cubrieron de carroñeros con el festín de la toma del Gran Imperio AZ.

“No nos queda mucho tiempo, jovencita; debes darte prisa y refugiarte en el sureste, en la aldea que está ubicada del lado de la jungla”, murmuró el doctor Maru con dificultad. Estaba el hombre herido de muerte; un sable le había atravesado órganos vitales.

Alma, seminconsciente, debido al humo de la casa en

llamas, no respondió. A pesar de su difícil condición, el doctor Maru la arrastró con una fuerza descomunal por el angosto pasillo subterráneo del granero que, conducía al bosque; y con prisa le colocó el estandarte de su línea en el pecho y la cubrió con una capa.

Para los colonizadores, la idea de exterminar a aquella gente fue lo más cómodo. De otra manera, pensaron que tardarían bastantes generaciones en mantener aquel pedazo de tierra bajo su yugo. Alma vio morir a su amado en combate, del mismo modo que a toda la gente que la acogió en el imperio. Destrozada por el dolor, pero alimentada con la fuerza del amor que ya llevaba en sus entrañas se dirigió al refugio indicado. El doctor Maru no pudo acompañarla, lamentablemente él no llegó con vida al bosque.

Luego de varios días en el bosque, asustada, y sin tener señales aún de la Misión Artemisa 7, logró hacer contacto con un grupo que se dirigía a la jungla. Sin pensarlo mucho, meditabunda y triste por todo lo acontecido, se marchó con ellos al sureste dejando atrás al Imperio AZ; el Gran Imperio que la acogió, donde el caos y destrucción era evidente en las columnas de humo que se elevaban en el horizonte y se perdían en los cielos teñidos de gris y escarlata.

Se unió entonces a la caravana que se cruzó en su camino, con la esperanza de esperar en un lugar seguro la cápsula que sería enviada por ella –según lo establecido con la Misión Artemisa 7–. El grupo de viajeros al que se unió se dirigía al sureste; dijeron que su destino era llegar al río Platanillo, en la Ciudad Blanca, para encontrarse con su barca, el Pescador 14, que les aguardaba en aquel lugar.

Alma, tan triste como un funeral, y sumergida en un mar de pensamientos revueltos, caminaba con esos recién conocidos. Había pasado tanto tiempo desde su arribo al planeta Tierra 11 en cumplimiento de la Misión Artemisa 7, que, como un mal presagio con más fuerza comenzó a dudar si saldría con bien del planeta. No había tenido aún la más mínima señal. Y, por otro lado, le preocupaba la posibilidad de que el comandante de la Legión 13, Alex Alfa, por alguna razón no hubiera podido completar la parte que concernía a su misión. Esa fatídica idea le aguijoneaba la médula hasta en sus sueños. Y se quebraba todo el tiempo la cabeza en un lío de ideas que, la dejaban exhausta, y sin encontrar una respuesta razonable que apaciguara sus dudas. Con todo eso moliéndole la cabeza, acababa sus días con la boca seca y el corazón encogido.

La viuda Alma, como todos comenzaron a llamarla, siguiendo el mandato del ya fallecido doctor Maru continuó su camino hacia el sureste.

Luego de varias semanas la caravana acampó cercana a una pequeña ciudadela. El velador, encargado de vigilar el campamento, se quedó dormido y, en un parpadeo, Alma vio a la gente correr como ganado embestido.

"Son los Depredadores", alcanzó a escuchar a la muchedumbre decir.

Poco rato después, la cazaron como si de un animal se tratase. Se llevaron a todo el grupo de la caravana, incluyéndola a ella, a un mercado donde había piñas apiladas en todos los pasillos. Aturdida por todo lo acontecido, Alma abrió tanto los ojos como un sapo cuando vio su desventurado cuadro frente a ella.

Con el rostro descompuesto por todo lo acontecido, poco rato después, frente a ella comenzó el trueque de personas.

"Pero ¿qué es esto? Oiga, señor, disculpe. ¿Me puedo yo misma comprar?", preguntó, considerando esa posibilidad.

El hombre tartamudeó de inicio, luego le clavó una mirada escudriñadora y dijo: "espera". Dio media vuelta y, levantó el brazo haciendo una señal; enseguida llegaron otros hombres y la metieron en una jaula que apilaron sobre otras.

Todo el cuadro en general era para desquiciar la mente de cualquiera. Cada jaula apilada en aquel lugar tenía a una persona adentro. Y Alma, quien pasó a ocupar una de las jaulas que pusieron en la parte más alta, horrorizada, veía desde las alturas todo lo acontecido, en el mercado de esclavos donde fue a parar.

"A la ojona no le fue tan mal", alguien dijo.

En ese preciso momento, se produjo un movimiento, similar a un temblor, y las jaulas apiladas se tambalearon. Alma cerro los ojos, "¡ay, no!", exclamó. "Lo que me faltaba, y yo tan alto que estoy. Me estrellaré, y mi cabeza se fragmentará como un cascaron de huevo", dijo, espantada.

Las columnas de las jaulas se fueron todas de lado. Alma calculó el golpe por venir, ya casi estando frente a la pared, donde fue a dar la pila de jaulas. Las jaulas por el impacto se averiaron y se abrieron, y ella, para su buena fortuna, sin un solo rasguño a pesar del fuerte impacto, brincó y corrió entre la multitud de personas heridas y espantadas. Salió como un alma en pena del mercado y cruzó un puente que conectaba con un extraño laberinto, cuyo techo estaba cubierto con glicina –una planta trepadora de bellas flores moradas semejantes a racimos de uvas–. Era un día gris, la neblina cubría gran parte del área y solo era visible ese cuadro.

Furiosa y espantada, corrió por el laberinto de glicina –wisteria– renegando por todo lo ocurrido, pero principalmente porque en ese vital momento se sintió abandonada en un planeta lleno de irregularidades. Caminó un rato más sin ser perseguida. Confundida por todo lo acontecido trataba de ubicar alguna señal que pudiera ayudarle a ponerse a salvo. Luego de varias vueltas decidió sentarse en una banca solitaria y esperar a que su agitada mente se calmara. De pronto, notó que una luz parpadeaba, se trataba de un botón azul que estaba en un vidrio de un local cerrado, no muy evidente, a un lado de ella. Su corazón se aceleró de emoción y, tocó el botón más por razonamiento que por intuición. Una voz masculina se escuchó entonces: "Ya hice la conexión; ya está hecho el enlace. Misión Artemisa 7 indica que regreses por el mismo lugar".

Alma giró la cabeza en todas direcciones, la niebla cubría todo el escenario. "¡Qué demonios! Después de tantos años, ¿solo esto?", dijo de malas, pero un sepulcral silencio fue la respuesta.

Una vez que se apaciguaron sus nervios, pero todavía con el coraje ardiendo en sus venas por la actitud tan seca y simple de lo recién ocurrido con respecto a la Misión Artemisa 7, le dio vuelta nuevamente al laberinto y regresó al camino del mercado. Pero lo que encontró en el lugar del mercado fue un gran edificio blanco –Se trataba de un punto camuflado, una ventana dimensional en aquel punto.

Valiente, se dirigió a la puerta de entrada y preguntó al par de hombres que estaban tras un mostrador si habían visto a una caravana de gente pasar por ahí. Los hombres la miraron con sorpresa. "¿Dónde vives?", preguntaron.

"Vivo en el Imperio AZ", respondió Alma.

¡Ah!, vivías en el Imperio AZ", reviró el hombre con tono sarcástico.

"En Cuernavaca", replicó el otro hombre.

"Vivo en el Imperio AZ", reafirmó Alma nuevamente, al mismo tiempo que hizo la inconfundible señal de los soldados de la Legión 13 esparcidos en los cuatro puntos cardinales de los mundos que habitaban el cosmos. "Antes vivía en Itzá", agregó.

Los hombres, notablemente aturdidos, enmudecieron al escuchar el código y ver la señal. Luego de unos segundos, uno de ellos, aún mudo y con la sorpresa evidente en su rostro le entregó un documento.

Alma recibió el documento en sus manos. ¿"Aquí estarán también mis credenciales?", con mirada de juez preguntó, al mismo tiempo que volvió a hacer la señal de la Legión 13.

"No", respondió el mismo hombre que le entregó el documento, "pero tal vez tengan algo para ti en el siguiente salón", añadió con tono amigable.

Obediente, se dirigió al siguiente salón; allí, un hombre que estaba detrás de una ventanilla le entregó otro documento, y le dijo: "Una imagen tuya se quedará aquí, como garantía de tu paso. Y, por cierto, jovencita", susurró, "la caravana de gente que buscas acampó en el bosque; si te apresuras los encontrarás cerca del río, del lado sur".

Todo indicaba que se encontraba en un puente camuflado y conectado con la Tierra 11; se trataba de un complejo corredor.

"Sabrá esta gente sobre la Misión Artemisa 7", se preguntó Alma.

Luego de lo ocurrido llegó sin percances al lugar donde estaba la caravana sobreviviente del ataque del mercado. Era bastante gente la reunida y se alegró al notar que no había habido muchas bajas; todo indicaba que el terremoto ocurrido les había salvado la vida de los famosos Depredadores. La noche estaba por caer, había luna, y un gran fuego alumbraba los rostros de los presentes; celebraban dos bodas en ese momento.

El grupo de la caravana había resuelto acampar en el espeso bosque, con el fin de buscar a algunos de sus animales que huyeron por ese lado, por el alboroto anterior. A la mañana siguiente continuarían su viaje al sureste, con dirección al río Platanillo, donde su barca aguardaba por ellos. Entre la multitud de esa caravana se hallaba el apuesto joven Aramis, quien fungía como uno de los responsables del campamento. La gente dio rienda suelta para sanar sus cuitas y pesares, y la fiesta comenzó; había pan de sema y aguardiente fermentado de maíz para alegrar el espíritu y colmar de poesía a las estrellas, como solían decir los poetas del grupo.

Poco rato después, el principal Aramis, con sereno andar se acercó a Alma, quien estaba de pie, atenta, viendo la fiesta. Había luna llena, y por sus usos y costumbres celebraban un par de bodas; la fiesta estaba realmente alegre; celebraban estar libres, y con vida, principalmente. Hablaron de lo feliz que se notaba la gente del campamento, a pesar del percance tan lamentable ocurrido, justo unas horas antes. Aramis comentó lo bella que eran las personas como ella. "La materia se acaba, se deteriora, lo importante es lo que hay dentro de nosotros", respondió Alma, consciente del significado de sus palabras, al mismo tiempo que señaló su cabeza; luego se llevó el dedo índice al corazón.

"Ven conmigo, Alma, debes de conocerla", replicó Aramis; y tomó con gentileza la mano de su nueva amiga.

A Alma le tomó de sorpresa el interés de su nuevo amigo, Aramis, pero lo siguió atraída como por un poderoso imán al sitio donde él quería llevarla en ese momento. Y abriéndose paso entre la multitud de gente que olvidando los mundos y sus problemas bailaba y se divertía abandonaron la fiesta.

Tomaron el camino del río, río arriba. Luego de varias horas de caminata llegaron a un área rocosa, donde las moles de piedra bloqueaban los rayos solares creando un ambiente sombrío; allí mismo entraron por un subterráneo. Se trataba de una colonia construida en la roca y provista de luz. A Alma le sorprendió ese evidente avance allí, pero su incógnita la obligó a guardar silencio.

Entraron a una de las galerías, que era enorme, tenía un gran número de salones que se conectaban entre ellos, y los techos altos y desiguales parecían formaciones geológicas naturales.

Se acercó enseguida una dama elegante, y Aramis dijo: "Es ella a quien tienes que conocer".

Alma le extendió la palma de su mano a la dama, y esta la estrechó con una cálida sonrisa; le indicó enseguida que la siguiera a otro salón. En aquel otro salón había más gente, niños entre ellos; algunos de los presentes comían de los manjares que había en una mesa; otros hablaban.

La dama recién conocida, de nombre Perla, le habló sobre los ingredientes que utilizó para hornear treinta y tres galletas. Alma hizo un cálculo mental matemático para cien galletas cuando entendió la clave del mensaje.

Se trataba de una joven agente encubierta, y Alma tenía la obligación de no delatar a ningún agente, tal como lo demandaba la Misión Artemisa 7.

Con discreción, Perla se dirigió al siguiente salón, y Alma, quien no tenía la menor idea de la existencia de aquel lugar, se sorprendió y abrió tremendos ojos cuando vio las cosas que había en aquel cuarto. Recorrió con ojos escrutinios cada cosa que había allí. Con sorpresa, reconoció una piedra de su colección que, estaba sobre una mesa, que estaba a un lado de una cama de hierro forjado. –se trataba de una herramienta primitiva, de las que se usaron como punta de lanza. "¡Oh!, esto es mío", dijo, asombrada. "Si esta piedra mía está aquí, es porque aquí duerme alguien que yo conozco", pensó, al mismo tiempo que escarbaba en su memoria. Volvió a recorrer con los ojos todo a su alrededor; su pulso se aceleró al reconocer más piedras de su colección –se trataba de los mismos cristales de turmalina sandía que decoraban su oficina en Itzá, antes de que fuera por segunda vez enviada a la Tierra 11 en cumplimiento de la Misión Artemisa 7–. Los cristales estaban en el piso en varias partes de la habitación.

Se trataba de la colección de cristales y artefactos que se llevó de la Tierra 11 en su primera misión. "¡Estos cristales de turmalina sandía son míos!", exclamó. "¿Duerme alguien aquí que yo conozco?", preguntó con tono prudente a la mujer recién conocida.

Perla, reafirmó que sí, moviendo con gentileza la cabeza en respuesta. Y en aquel momento, como si un código en su memoria se hubiera activado, Alma de golpe recordó que ella había estado en la Luna.

"Recuerdo que fui a la Luna, pero fue muy extraño; abordé la nave junto con una niña desde la Tierra11, en una pequeña nave, semejante a una caja metálica con una hélice, como las que tenían los helicópteros primitivos. Y, desde esa pequeña máquina en el aire subimos a otra nave que hizo un giro repentino en espiral, pero ya me había olvidado de eso. De hecho, ¡no sé por qué ese acontecimiento lo recordaba como un sueño!", dijo Alma, rememorando con claridad aquella primera misión que atendió con éxito en el Septentrión de la Tierra 11, algunos años atrás.

Recién en ese momento, Alma se preguntó, curiosa: "¿Quién podrá ser ese grupo que se dirige al río Platanillo, donde les aguarda su barca? ¿Aramis, el guía del grupo, conocerá de los otros mundos del cosmos? ¿Estará obligado a guardar silencio y omite hacer preguntas para no poner en riesgo su misión?".

Todo indicaba que el satélite de la Tierra 11 ocultaba un misterioso secreto. Y esa peculiar cámara, dónde estaba junto a sus nuevos amigos, y donde se encontraba parte de la colección de sus artefactos y cristales de turmalina sandía, se trataba de un portal que activó un código en su memoria, pero Alma aún tenía la mente nublada.

RASCANDO EN EL TIEMPO

En aquella primera misión que tuvo lugar también en la Tierra 11, luego de las investigaciones en las que se sumergió y que le quitaron muchas horas de sueño, después de su descubrimiento, Alma se marchó a la Sierra Madre del Sur del Continente Amero. Tenía la enmienda de comprobar por ella misma la información concerniente al caso. Se trataba de información de carácter peligroso y confidencial. Y seguir al pie de la letra las indicaciones de la misión Gema 8 era la precisa instrucción.

En aquel primer tiempo, Alma se ubicaba en el Septentrión de la Tierra 11, y desplazarse desde aquel gélido punto no fue una tarea fácil. La ruta más conveniente para iniciar su travesía fue la marítima. Le tomó varios meses, pero, tras una larguísima y anhelada espera, logró llegar con éxito a la Sierra Madre del Sur.

Allí, en aquella cadena de montañas de bosques de pino y encino, buscó la aldea referida en la misión y contactó a la pequeña que fue enviada desde un vecindario de la galaxia Itzá, con el fin de ocultarla de los Depredadores que andaban tras su búsqueda.

Una vez que la ubicó, sin perder ni un segundo de tiempo se aproximó con la pequeña al punto donde arribaría una nave por ellas. Posterior a ello, ambas fueron trasportadas sin ningún percance. Sin embargo, apareció de pronto en escena una segunda nave que las absorbió sin previo aviso, en un repentino movimiento espiralado. Alma en aquel momento perdió la noción.

Cuando la nave tocó tierra firme la abordaron un par de agentes, Alma, mareada y amodorrada, debido a su recién letargo, trató de ajustar sus pensamientos; recordaba con dificultad que tenía que hacer contacto con la agente Ana

María, para tener acceso a la información confidencial de las máquinas de un almacén, ubicado en aquel punto.

De manera muy natural fue informada por aquellos agentes que sería trasportada junto con la niña, y no dudo en abordar el carro ofrecido. El sobre confidencial que le entregaron tenía el sello de garantía, no había porque dudar: "¡Oh!, sublime insensata", se diría más tarde.

EL MISTERIO DE LA LUNA Y EL OLVIDO

Luego de la reunión que mantuvo con el par de agentes que la recibieron, al arribar con la niña a suelo lunar, Alma se marchó sola al lado este de la Luna; allí le informaron que la cita sería en el parlamento de la antigua Ciudad Satélite, que se ubicaba al noroeste del Cráter Diamante.

Alma, desde la lejanía vio en el horizonte el enorme anuncio de una famosa corporación refresquera y se dirigió a ese punto de referencia. No tenía más información, así que, sin pensarlo mucho se adentró por la larga y plana calle.

Una vez cerca del referido complejo, la abordó la agente encubierta, Ana María. "Te esperábamos con ansia", dijo entusiasta; y tomando con gentileza el brazo de Alma la introdujo a un bodegón metálico y sombrío.

Alma se dirigió directamente a las máquinas referidas y registró los códigos concernientes a su misión. Se trataba de unas máquinas complejas, clasificadas como: "Peligrosa información súper secreta". Ana María, quien estaba encargada de proteger la identidad de Alma, le dio el acceso a los códigos de las máquinas. Concentrada al cien por ciento en su objetivo no advirtió la presencia en escena de un agrio agente secreto de nombre Néstor Fernández, quien con rudeza le dirigió unas cuantas palabras secas a Alma cuando la agente Ana María los presentó.

La agente, Ana María, le aportó las herramientas que necesitaba para completar su misión, pero el comportamiento poco gentil del agente Fernández indicaba su negativa en colaborar con Alma, y criticaba el modo de su trabajo.

Pasado un rato, Alma se preocupó al notar la ausencia de los suyos; se suponía que la encontrarían allí; y aunque sabiéndose protegida por la agente Ana María, la rudeza del oscuro agente Néstor Fernández le preocupaba.

"Por qué no me quiere este hombre? ¿Por qué intenta sabotear mi informe? ¿Qué estará ocultando?", se preguntó, inquita.

El agente Néstor Fernández parecía advertir el sentir de Alma y la vigilaba con ojos de pistola. Nerviosa, continúo haciendo su trabajo hasta que logró descifrar el código de las máquinas, y guardó en su morral los documentos que imprimió. Luego subió rápido por una escalinata a otro salón, para escudriñar aquella área y enviar ese reporte también, como lo demandaba la misión.

En aquel sitio se encontraban otros agentes, sentados todos alrededor de una mesa de juntas, hablan con el agente Néstor Fernández. Consideró sensato salir rápido de la sala de juntas al notar la presencia de los agentes que de manera misteriosa hablaban.

"Alma, ven acá, hija de la mañana. ¿Por qué te vas ignorando mi autoridad?", gritó de malas Néstor Fernández al verla escabullirse.

Esa pablaras mal sonantes, como el chasquido de un látigo la atravesaron más allá de la piel. Su dignidad había sido mancillada y, enfurecida, Alma dio un giro de ciento ochenta grados y entró nuevamente al salón, que carecía de puerta. "Escúchame bien, no vuelvas a hablarme así. Esta es la última vez que me hablas de esa manera, no habrá otra vez; te lo advierto y te lo garantizo. Yo no soy una niña. Tú me hablas como si yo apenas supiera leer y escribir. Quieres manipularme, como si mi edad fuera de tres años, y ambos sabemos que no es así. Ya estás advertido", dijo Alma con valentía, señalando con su dedo índice el horizonte.

El agrio agente se tragó su amargura y guardó silencio. Luego de aquel incomodo momento, Alma bajo las escalinatas, y se dirigió a los salones que había en el pasillo semioscuro del primer nivel para hablar con la agente, Ana María.

Abruptamente, allí la abordó un jovencito con dos cartas en las manos. "Aquí están, llegaron apenas los reportes", dijo el joven, "uno está a tu nombre, y el otro es para Ana María", agregó, al momento que les entregaba las cartas a ambas.

"Viene un cheque dentro del sobre. ¿Es mío?, tal vez les pertenece a ustedes", exclamó Alma, al notar un cheque dentro del sobre que contenía la carta.

"No, no es así", replicó Ana María, moviendo la cabeza. "Es tuyo; solo tú lo puedes cobrar porque está a tu nombre".

"¡Oh!, no lo esperaba tan pronto, pensé que sería hasta que terminara la misión", murmuró Alma.

Guardó enseguida la carta con el cheque en su morral cuando vio que el agente Néstor con ojos de intriga se aproximaba a ellas clavando su maliciosa mirada en su bolso. "No llevo nada que no sea mío", dijo Alma al notar la mirada escudriñadora del agrio agente.

Estaba inquieta. Tenía un mal presentimiento, algo no olía bien, y no era precisamente el olor a grasa rancia que despedía ese hombre. Volvió a subir al punto donde se ubicaba el salón de juntas. Ya no estaban los agentes anteriores, pero lo que notó la dejó un rato fría. Una parte del techo, por fuera del salón, estaba forrado con billetes universales, es decir, dinero en código universal. Y un joven de nula gesticulación, pálido como los muertos, se disponía a prender fuego al área.

"Así que de esto se trata, van a quemar la evidencia de sus acciones corruptas", pensó Alma, al mismo tiempo que veía la inusual cajita amarilla de cerillos que tenía un bello paisaje campestre en uno de sus lados, que Ana María puso en sus manos, minutos antes. "¿Por qué me dio esto Ana María?", se preguntó con desconfianza.

Ante aquello tan inesperado, desconcertada, salió de prisa. Ana María, como intuyendo lo que pasó, en silencio la acompañó a la salida y le indicó el camino que debía de tomar. Néstor, y un joven regordete se unieron a ellas, ambos caminaban unos pasos atrás. Alma no se despidió de Ana María con el código de reconocimiento, como medida de precaución.

Cruzó a prisa la calle desierta de carros, quería alejarse de allí cuanto antes. La agente Ana María la siguió hasta la mitad de la oscura calle.

Antes de retirarse, Ana María le recordó que tenía que tomar el transporte, pero que estaba en sentido contrario, es decir, que iba al revés.

"¿Por qué Ana María me dijo que me cruzara del otro lado de la calle, si es para el sentido contrario a dónde me dirijo?", cuestionó Alma esa lógica.

No le dio más importancia y se sintió aliviada de alejarse de ese complejo, y del agente Néstor Fernández. Pensativa en lo incómoda que ese agente de dudosa procedencia la hizo sentir, vio de reojo a un carro pasar; el carro iba lleno de gente y no se detuvo. Siguió caminado por la misma ruta, por la orilla de una angosta carretera de dos sentidos. Más adelante, vio que el transporte dio vuelta, justo en una esquina, donde imponentes cascadas caían desde la altura. Las cascadas tenían una forma semi circular, semejantes a unas que Alma vio en el Septentrión de la Tierra 11. Notó allí mismo que, cercano a un acantilado había gente en el agua.

El transporte desapareció en la misma esquina donde dio vuelta; Alma no supo cómo pasó, pero dedujo que se trataba de un portal bien camuflado y se dispuso a pasar entre las rocas y el agua que corría en ese costado.

Una vez puesto el pie dentro del agua, se produjo un ligero movimiento; de momento no le dio mucha importancia, hasta que brincó a las siguientes piedras y volvía a sentirse ese movimiento, semejante a un temblor.

Con el estómago arrugado del susto, se detuvo para tomar aire, y valor, ya que cada vez que temblaba las rocas que se apreciaban de todos tamaños, se movían y caían muy cerca de ella, incluso algunas veces rozándola; de manera que era peligroso, porque podían caerle encima y aplastarla como un insecto. No era la única persona en el sitio, había más gente tratando de cruzar por el mismo punto. Estaban pálidos, el miedo se asomaba en sus rostros cuando veían que alguno de ellos era derribado por una roca, cayendo cascada abajo.

Ante aquello tan desfavorable, Alma calculó cada paso por dar, a manera de estar muy segura para evitar caer, o que una piedra le cayera encima.

Luego de aquel momento tan difícil logró pasar del otro lado y le preguntó a una jovencita por algún trasporte.

"Aquí tenemos que esperar con calma hasta que llegue el trasporte por ahí," respondió la jovencita, señalando un pequeño túnel camuflado que Alma no había notado hasta entonces.

Minutos después llegó un trasporte y Alma lo abordó. El misterioso trasporte la condujo a la antigua Ciudad Satélite.

CIUDAD SATÉLITE

El panorama cargado de nubes anunciaba una tormenta por venir. Alma Yerach se bajó del trasporte que la trasladó a la Plaza de la Ciudadela de la Concordia. Le informaron que la reunión se llevaría a cabo al mediodía, y que se preparara para el informe que debía dar con respecto a su estancia en la Tierra 11.

Todo indicaba que su misión en la Tierra 11 estaba por concluir. Aquel posible hecho la lleno de un fresco sentimiento, que su agitada y cansada mente clamaba desde hacía ya varios meses. Se sentía cansada, y no precisamente físicamente, sino, era más bien el hecho de saber que no hubiera aún, en un planeta como lo era la Tierra 11, las garantías que protegieran los derechos que debían tener todas las razas que poblaban los planetas con vida inteligente del cosmos. Y aunque había una tonelada de reglas de control sobre ese tema, muchas de estas eran violadas o manipuladas por las mentes oscuras poderosas, quienes con astucia manejaban las leyes a su favor; literalmente se trataba de delincuentes disfrazados. Aquella mezquina situación, ofendía tremendamente la inteligencia Alma, quien, como agente secreta, debía recolectar y enviar toda la información concerniente de aquellos oscuros capítulos de los pueblos de la antaña Tierra 11.

Saber sobre lo acontecido, de alguna manera le había absorbido energía; había agotado su mente. Sin embargo, aún con ese sentimiento marchitando su sentir, estaba dispuesta a hacer su última participación con respeto a la misión; ansiaba regresar a casa y llenar una maleta de libros como único equipaje; y tomarse unas largas vacaciones en alguna isla desértica.

Saludó cordialmente a los agentes secretos que reconoció, recién arribo, pero estaba obligada a no dialogar con ellos, hasta después del evento tenía autorizado hablar con ellos, pero no antes. Le pareció extraña la condición que se le ordenó desde que bajó del trasporte y fue conducida a la plaza. Por otro lado, no comprendía las sonrisas casi permanentes de los compañeros que la recibieron. Algo estaba mal.

“Será qué les da gusto verme aún de pie, viva todavía; pero esa sonrisa es demasiado”, pensó Alma, intrigada; mientras seguía con la mirada a una de las compañeras marcharse con esa extraña sonrisa, calle arriba, en un trasporte primitivo que llevaba los vidrios de las ventanas abajo.

“¿Ya se va Belina? ¿A dónde va?”, le preguntó al agente Moy Galo.

"En un rato más viene, fue a descasar", respondió Moy Galo con tono delicado, pero con la misma extraña sonrisa permanente dibujada en la línea de los labios.

Con gentileza, el agente la condujo hasta la entrada de una de las construcciones de piedra que había allí mismo en el corazón de la Ciudadela de la Concordia, ubicado en el cuadro central, donde había unas escaleras, del lado derecho. Las escaleras tenían una medida como de ochenta metros de ancho, y en ambos laterales había construcciones levantadas con piedra plutónica; no se alcanzaba a ver su final. Había otras escaleras más del lado izquierdo; estas eran de mármol blanco y a diferencia de la otras estas descendían hasta una calle horizontal.

Alma y el agente Moy arribaron a las instalaciones de lo que parecía ser un tribunal. Ella llevaba en su mochila que cargaba en la espalda los documentos que logró imprimir. También llevaba la carta que aún no leía, junto con el famoso cheque. El agente le dio una sutil palmadita en el hombro, segundos después y, sin decir palabra alguna dio media vuelta y se alejó del sitio con la misma sonrisa permanente en los labios.

En el mismo salón, sentados en sillas alrededor de una mesa de juntas, se encontraban doce personas; allí mismo había un pequeño palco, semicircular, donde la hicieron pasar. Tres hombres vestidos con elegantes trajes de buena calidad se encontraban ahí. Uno estaba sentado detrás de un escritorio, y los otros dos se ubicaban a un costado, uno en cada lado. Alma sonrió, pensando crédulamente que se trataba del informe que tenía que dar. Y para su comodidad, encontró a bien colocar su morral a un lado de la silla.

En aquel momento, como por intuición, giró la cabeza noventa grados; la puerta estaba entreabierta y notó que, afuera, a la altura de los escalones de mármol, los guardias contenían a una multitud histérica, queriendo entrar por la fuerza al cuadro principal de la plaza. El corazón de Alma palpitó con fuerza al percibir una amenaza latente y, desviando su mirada hacia su morral, pensó en regresarla a su espalda, por seguridad.

"¡Qué revisen su mochila!", clamó la voz de un traidor de pronto.

Alma reconoció esa escandalosa y chillona voz. Se trataba de la misma persona que las recogió, recién arribaron al satélite de la Tierra 11, ella y la niña.

En aquel preciso momento se percató de que se trataba de una perversa trampa. El traidor, por razones desconocidas por Alma, tenía conocimiento del contenido que había en el morral. La acusarían de espía y sería ejecutada. Los compañeros, Moy, Belina y Alejandrino no tuvieron nada que ver en el complot, de hecho, fueron obligados a recibirla para no levantar sospechas y que tratara de escapar. Por ello esa sonrisa permanente en el rostro de los agentes. Lamentablemente, el compañero traidor, Elisa Fernández, la había vendido al enemigo: Dijeron que le prendió fuego a la evidencia, y utilizaron el cheque a su nombre como pago de su supuesto complot; fue una maraña que Alma no alcanzó a entender.

Alma fue llevada a la horca; y la cuelgan sin más preámbulo. Sin embargo, de pronto respiró y abrió los ojos, veía las escaleras que había en el cuadro de la Ciudadela de la Concordia, las que subían; pero estaba como en trance y no sentía su cuerpo.

Como la pluma de un ave, se sentía ligerísima, y tenía la sensación de que flotaba como un fantasma mientras era trasportada por aquellas escaleras; una vez arriba, lo que había allí era una catedral, y en cuya arquitectura gótica destacaban remarcables picos de color azul y blanco.

Contemplando todo aquello, Ágata cayó en un sueño del que no pudo liberarse. Luego de un rato no muy prolongado abrió los ojos nuevamente, pero sentía los parpados pesados, y apenas y podía mantenerlos medio abiertos. Estaba aturdida, sentada en una silla, frente a una multitud de gente, quienes, insistentes, le daban a comer distintos platillos.

Cuando una nota de claridad penetró en su mente, recordó la horca, sintió miedo y se estremeció al no encontrar una respuesta sensata de lo que había ocurrido. Afortunadamente, logró apaciguar sus nervios al notar que, atrás de ella, cercano a su oído derecho, estaba su compañero, Sisi Kings, acompañándola en silencio.

"Esto es un templo sagrado. Aquí está Dios", dijo alguien de la multitud.

"No, no es así. Dios está aquí, dentro de mí", replicó Alma, al mismo tiempo que se lleva el dedo índice a su corazón, "al igual que está dentro de todos", añadió con dulces palabras.

La gente en aquel sitio actuaba como si estuvieran celebrando una fiesta de lo más peculiar. Insistían en darle más comida. "Comamos otra vez": repetía eufórica la multitud; y la atosigaban, acercándole a la boca pequeñas porciones de platillos de comida, y preguntándole cosas de la misión y de su vida privada.

“No más comida, no más comida”, replicó Alma, mareada.

Notó que algo extraño contenía aquel alimento que la obligaba a hablar, literalmente le arrancaba las palabras.

La muchedumbre insistió en arrancarle más información, pero Alma ya estaba en alerta máxima; porque, aunque estaba bajo los efectos de un extraño método, (suero de la verdad) aún estaba consciente del poder de su voluntad.

“Nadie puede tener acceso a lo que hay dentro de mi cabeza, solamente pueden saber lo que yo quiera comunicar”, pensó Alma con firmeza; y levantó la mano izquierda, recordando la Casa de los Jaguares, donde fue entrenada desde muy joven.

“¡Oh!, de modo que ya no quiere más comida”, dijo un hombre con tono sarcástico.

Todavía aturdida por todo lo acontecido, entre rudeza y gentileza fue empujada junto a un joven; la sentaron en su regazo, pero ningún efecto de intimidación le produjo el extraño hecho.

“¡Qué nadie se atreva a faltarle al respeto a esta jovencita!”, escuchó Alma una voz sonora clamar a sus espaldas de pronto; se trataba de Sisi Kings, el valiente agente secreto que logró arrancar a Alma de la soga literalmente, cuando fue enviada a la horca.

No supo Alma el arreglo que hizo el agente Sisi Kings con el emblemático grupo que operaba en la Catedral Azul de la Luna, pero supuso que fue algo grande, luego de semejante evento.

“Mira, Alma, aquí está otra nota”, dijo Alejandrino, al mismo tiempo que le mostraba un papel escrito y firmado por el traidor, donde la acusaba de espía y difamadora de las creencias ajenas, y en ese cuadro de la luna, las leyes eran la horca a dicho atrevimiento.

"Yo trabajo con lealtad y respeto. Atiendo mi vida en general para mejorarme y ser más productiva", replicó Alma con una nota de dignidad en su voz.

"Todo indica que Elisa tiene un espejo con códigos secretos en sus aleaciones, que robó, y que ha utilizado para seguirte", alguien susurró en sus oídos.

"Cómo demonios voy a superar este golpe tan inesperado; hoy me he dado cuenta de que hay traidores infiltrados, cuyas mentes mal sanas pretender dañar mi reputación, sembrándome cosas falsas para acusarme de algo que desconozco", se preguntó Alma, aturdida aún.

Elisa Fernández fue uno de los enemigos del progreso de aquellos tiempos; no se sabía su lugar de origen. Todo indicaba que colaboraba con el enemigo del progreso y que estuvo rastreando a Alma desde algún punto de la galaxia Itzá.

Los documentos, al igual que la carta y el cheque, fueron usados en contra de Alma, pero los fieles compañeros de la Legión 13 infiltrados en aquel punto lunar la rescataron de la horca, y la hicieron pasar por muerta. Y la llevaron a la catedral, donde un misterioso grupo de gente regía en aquel cuadro lunar.

Aquella misteriosa gente, a cambio, quisieron obtener información para dejarla ir. Pero no lograron sacar mucho de ella, ya que Alma estaba preparada para eso. Pero sí lograron, como un acuerdo, ponerle el chip para que olvidara ese capítulo en su vida, y no registrara lo acontecido en la Luna a la misión Gema 8.

Después de aquello, Alma fue llevada al otro extremo de la Luna, del lado donde se ubicaba el mayor número de cráteres. Allí fue enviada a trabajar jornadas extenuantes de más de catorce horas seguidas al día, en el quinto piso de un subterráneo, cuyo número de obreros ascendía a 33 000 hombres, bajo las órdenes del supervisor de área, Zalazar Kan: un hombre robusto, de carácter seco y malhumorado, y su ayudante, una mujer agria, pálida y fea de aspecto gigantesco.

Una vez en aquel punto lunar, todavía desajustada su mente por todo lo anterior acontecido, en calidad de esclava interactuaba catorce horas por día con los robots que se desempeñaban como humanos y cuya altura superaba los cinco metros.

Los accesos importantes de aquel gran almacén eran restringidos por aquellas máquinas de aspecto inexpresivo.

Unos de aquellos días las máquinas a su alrededor se volvieron locas, y el gran almacén quedo abierto frente a los ojos de Alma, quien, dado su carácter, sin vacilar, se adentró detrás de sus enigmáticas paredes.

Horrorizada, luego de sobrevivir a una explosión que sufrió, una vez puesto el pie allí adentro, descubrió un enigmático Cubo Negro, oculto en aquellas instalaciones restringidas por las máquinas.

Su respiración se tornó agitada, tratando de discernir la información que de golpe recibió se quedó muda. No tardaron mucho las máquinas en sacarla de allí. Se la llevaron en calidad de bulto a la enfermería, donde estuvo llorando por horas, tristísima, hasta que la venció el sueño; la información a la que tuvo acceso le desbarató el corazón.

Presa de una infinita tristeza que la mantenía en un estado crítico, a Alma le costaba trabajo distinguir entre el sueño y la realidad.

Inesperadamente, un soplo de resignación penetró como agua bendita su voluntad y, se levantó de la cama, donde yacía en calidad de bulto, después de haber llorado casi toda la noche contemplando en carne viva su propia realidad, luego de percatarse que todo se trató de un plan trazado con anterioridad; una malsana y atroz traición tejida en su contra y, sin tener la certeza del por qué. Abrió la puerta, y entre la oscuridad vio los ojos puestos en ella, se trataba de los mismos traidores que vio en el Cubo Negro que descubrió oculto en el gran almacén.

Los traidores no se movieron de su posición, estaban sentados alrededor de una mesa, frente a la habitación que ella ocupaba en la famosa enfermería, donde la llevaron las máquinas.

Decepcionada, dio media vuelta y regresó a la habitación, no lograba ajustar su mente aún. Se sentó frente a un viejo espejo, su mirada matizada de tristeza reflejaba su doloroso sentir; de sus ojos caían lágrimas acompañadas de suspiros nostálgicos. Desganada se llevó las manos a la cara y masajeo con delicadeza sus sienes, el masaje ayudó a apaciguar la migraña que la torturaba sin cesar.

Sintiéndose un poco mejor, luego del masaje, salió nuevamente de la habitación ignorando a los traidores. Una vez afuera, giró su pálido rostro al cielo, y con infinita tristeza rememoró nuevamente lo que vio en el Cubo Negro: Las distintas naves de transporte con personas adentro que, descendían y recogían a sus gentes; los vio alejarse a todos, uno a uno. A algunos se les notaba felices de su recibimiento, sus rostros expresaban a las claras cariño y alegría, cual encuentro anhelado; otros, por el contrario, lucían desconcertados. Vio también a todos los suyos partir, incluyendo a los que le rompieron el corazón; y a los falsos amigos.

Alma había tenido acceso a aquella información cuando tuvo acceso al Cubo Negro que mantenían oculto en el quinto piso de un subterráneo, en el Cráter Dialmente. Vio la desaparición de su planeta, las barcas, las naves con sus gentes, los que lograron salir con bien; todo le fue develado. Se había quedado sola siendo todavía una niña de siete años, cuando el comandante de la Legión 13 la encontró entre las cenizas, antes del último gran estallido.

Con todo ello en mente, Alma, nostálgica, contemplaba la bóveda celeste tachonada de estrellas que veía abajo, porque eso que llamaban 'la Enfermería' estaba ubicada en un punto sobre una gran laguna salada seca, creada en uno de los cráteres lunares.

Desbaratada en aquel momento, como no lo había estado nunca, una mezcla de infinita tristeza y resignación la alcanzó y desvió su mirada al cielo estrellado. Recordó que vio en el Cubo Negro también a dos jovencitos recolectando corales; estos niños reían, se les notaba contentos; hablaban viéndose de frente, parecían estarse divirtiendo, ajenos a lo que ocurría a su alrededor.

"¿Quiénes serán esos niños?", se preguntó Alma.

Comenzaba a amanecer, la noche se había marchado lentamente ante sus ojos tristes; y tuvo la sensación de que con esa noche se habían ido todas las personas que había visto en aquel misterioso y enigmático Cubo Negro. Ya no tenía una lágrima más. Alma estaba tan vacía como esa gran laguna de agua salada seca.

Luego de que aquellos recuerdos refrescaron su mente, caminó sin dirección; aún estaba aturdida. La joven agente Alma Yerach no digería todavía el plan del enemigo gestado en su contra, incluso antes de que naciera.

Para su buena fortuna, un sentimiento de resignación palpitó en lo profundo de su corazón, luego de rememorar que ella era fiel a la razón, y leal a los principios en los que los que estaba fundada su orden. De un golpe recordó su lugar de pertenecía entonces, pero, sabiéndose prisionera en manos del enemigo le dolía aceptarlo; cabizbaja, continuó caminando entre pasillos de roca polvorienta; no se le hizo extraño que no la siguieran, dónde podía ir sin un trasporte.

Aparecieron en escena un hombre llamado Dimitri, y su vasallo, Leonel Ambición. Envuelta en un aura nostálgica por todo lo acontecido, la joven agente, dado sus nobles sentimientos –a pesar de que no se merecían esos personajes ningún sentimiento amable de su parte–, le dio gusto verlos, pensando en la posibilidad de que ellos fueran víctimas de sus mismas condiciones.

Dimitri fue el primero en aproximarse a ella; extendió la mano para abrazarla, y de modo discreto le dio un código. "Les dices que todo lo tuyo es para Toto", dijo el viejo con tono manipulador.

Alma, aún tan triste como un funeral, lo escuchó, pero no chistó palabra alguna. "Vete al punto del Cráter Tacubaya, allí te abordaran mis contactos para sacarte de este miserable cuadro lunar", agregó, apresurado, como temiendo que Alma regresará de su aparente ausencia; aquel claro gesto carente de virtud no le sorprendió cuando reconoció al sujeto, tampoco la lastimó, dedujo que más triste ya no se podía estar.

"Leonel solo te encaminará desde aquí, ya que él no tiene autorizado cruzar los ríos que separan a estas esferas. Allá vas a encontrarte con Toto", Añadió el traidor de Dimitri.

Alma emprendió el camino ya con Leonel a su lado. Todavía no se reponía de semejante acontecimiento, luego de la explosión, donde de golpe también recibió información concerniente a unos niños que nacían con un misterioso cristal, y cuya tecnología era imposible descifrar, hasta ese momento.

Comenzaba a amanecer, y aquellos recuerdos como ráfagas llegaban a su mente.

"¿A dónde vamos?", preguntó Alma, con una ligera sensación de sobresalto.

"¡Ay!, Alma, no te gustaría saber... Si supieras a dónde vamos, ¡te morirías del susto!", dijo el malsano hombre con notable tono manipulador, con toda la intención de sembrar en la joven agente algún temor.

Alma río para sí misma al escuchar las palabras de aquel impostor, cuya alma, corrompida por la ambición, la hipocresía y el fanatismo, carecía ya de la más mínima virtud. Por ello mismo, Alma Yerach sabía que jamás saldrían esos personajes de esas complejas esferas. "Peores cosas de las que ya he visto en mi vida, no lo creo", pensó, convencida.

Con ojos escrutinios siguió por un camino que se apreciaba angosto y polvoriento entre matorrales y rocas. No supo a qué hora se esfumó su malsano compañero, transitaba ya sola. Detuvo su marcha donde se acabó el camino, justo frente a una cueva oscura.

Dentro de aquella cavidad, que se hallaba entre la roca, se escuchaban tenues murmullos de gente, entre vibraciones, latidos y música de tambores. Atónita ante aquello tan inusual que escuchaba se quedó parada como una estatua frente a esa cueva. Inmediato a ello fue abordada por unos hombres vestidos con mantas polvorienta que salieron de las laterales; estaban ocultos, afuera de la cueva, entre los matorrales y las rocas.

"Háblanos de Toto, dinos lo qué sabes de él", la bombardearon los hombres con preguntas.

En aquel momento, como regalo del cosmos, como el buen pastor que cuida a sus ovejas en los fértiles campos otoñales, Alma permaneció con una postura intacta y selló su boca. La música de los tambores se escuchaba más próxima y sus oídos captaron las vibraciones con más fuerza; atenta a sus sentidos, percibió cada frecuencia proveniente desde el interior de la cueva. Repentinamente, sintió que se movió el piso y una corriente fría recorrió su espalda; le tenía nerviosa todo aquello tan inesperado; pero le vinieron unas fuerzas titanes y permaneció firme ante la mirada inquisitiva de aquellos misteriosos hombres con espada láser en mano.

"De Toto no sé nada", respondió Alma, al mismo tiempo que hizo la señal de la Legión 13. "Solamente sé que su madre sabía del mapa", agregó.

De pronto, las vibraciones del tambor, los latidos y murmullos humanos provenientes del interior de la cueva Alma las escuchó con la nítides como si provinieran desde el interior de su mismísimo tímpano, al mismo tiempo que sintió cómo una onda de energía atravesaba todo su cuerpo: estaba siendo trasportada por uno de los portales a un área de terrazas, donde las mesas decoradas con hermosos buques florales añadían un toque de color y frescura al sitio.

Allí la gente vestía de elegante manera, todos brillaba en glamur. Las mesas tenían un número de reservación. Desganada y nostálgica, Alma se dirigió a la mesa que tenía el mismo número que estaba escrito en un trozo de papel que llevaba en la mano. La hicieron acomodar los mozos que la recibieron, y la atendieron con la atención que se les da a las personas importantes. Le llevaron muchísimas flores, predominando los lirios, las orquídeas y tulipanes. Y sin preguntarle le sirvieron champagne en copa de cristal cortado. Continuó el ambiente con una lluvia de regalos caros: abrigos, joyas, y un enorme cheque con bastantes ceros fueron puestos en la mesa donde estaba ella sentada, sola. Las otras mesas lucían bastante concurridas, y los integrantes hablaban entre ellos con familiaridad.

"El premio mayor es de ella", se escuchó de pronto entre rumores.

Los rostros de aquellos personajes se descompusieron notablemente luego de ver lo que estaba ocurriendo en torno a Alma. "¿Cómo? ¿Todo es para ella? ¿Cómo es posible?, ella no es nadie, basta con mirarle lo que trae puesto para ver su humilde cuna", chilló la más escandalosa de los presentes, retorciendo su pálido y largo cuello de avestruz para echarle un vistazo de reojo por encima de su hombro a la ausente Alma, quien, aún en trance, contemplaba el escenario con nostálgica mirada.

Todo aquello tan sofisticado y glamuroso carecía de valor verdadero par ella. La información a la que tuvo acceso previamente había hecho estragos complejos en su mente. El hecho de haber accedido de golpe a datos tan importantes, del mismo modo que lo eran tan tristes, era difícil predecir si Alma se recuperase algún día de toda aquella mezcla de carácter infernal y a la vez esperanzador.

"Ella es la ganadora del primer premio", se escuchó una voz de mujer entre la multitud de mesas.

"No hay duda: tiene con ella el número ganador, y la estampa del desaparecido reino del Coral da garantía de su persona", proclamó una voz masculina, asombrada.

"Debe tratarse de una impostora", clamaron otras voces.

Alma hizo caso omiso a los comentarios mal sanos a su alrededor, permaneció inmutable ante los cuchicheos con tono filoso a su persona; de hecho, estaba como ausente y observaba la escena sin juzgar aquellos actos.

Mas tarde, el mismo día, luego de retirarse a la habitación que le fue asignada, al ser reconocida como única descendiente directa viva del ya inexistente reino del Coral, un poco más relajada, aunque con la melancolía aguijoneándole en lo profundo del alma, se preparó para partir. Una ligera sensación de bienestar la recorrió todo el cuerpo cuando meditó la idea.

¿"Ya te vas?", con tono burlón dijo Dimitri, quien apareció en escena repentinamente antes de que Alma abriera la puerta.

"Sí", respondió Alma, y giro su cuerpo ciento ochenta grados, "ya me voy", reafirmó.

¿"Pero qué no te vas a llevar todos tus regalos?", dijo Dimitri con tono amigable falso. Alma, inocente, retrocedió y se dirigió a recoger las cosas del premio.

"Pero a dónde vas a ir..., si nosotros no tenemos ya a donde ir", añadió el malvado hombre. "¿No recuerdas el contrato? Aquí nos quedaremos para siempre", recalcó con tono malévolo.

Las palabras de Dimitri como una daga ponzoñosa atravesaron cada átomo de Alma, obligándola a recordar de golpe a su gente y la desaparición de su lugar de origen, el antiguo reino del Coral, pero también de golpe recordó su lugar de pertenencia. No estaba vencida, y no estaba dispuesta a renunciar a la batalla que debía afrontar para salvar su libertad.

Dimitri, el malvado traidor, hermano de su padre, había orquestado el plan sobre su cautiverio... "Con comodidades, Almita", tuvo el descaro de añadir el malsano personaje.

"¿Por qué tanta mala voluntad?", se preguntó Alma con tristeza, y su espíritu se vio envuelto nuevamente por el fantasma del desánimo.

Un misterio oculto entre las sombras del tiempo envolvía a la joven agente secreta Alma Yerach que ella misma desconocía.

Dimitri, su malvado tío, trato de deshacerse de ella en conjunto con la espía infiltrada, Elisa Fernández, cuando supieron de la misión que involucraba a la pequeña niña que estaba oculta en un punto de la Sierra Madre del Sur. –Alma tuvo la enmienda de ir a su encuentro. El plan de los malvados traidores fue interceptarla en el espacio y, desviar su ruta con dirección al satélite de la Tierra 11. El plan fue enviarla allí para ejecutarla, ya que de acuerdo con las leyes que regían en ese paraje lunar seria acusada de espía, y la horca era el pago de semejante atrevimiento; pero los fieles compañeros de su Legión la rescataron de la horca. Los agentes de la Catedral Azul trataron de obtener información confidencial, sin éxito en su cometido, entonces quisieron borrarle la memoria con un complejo químico que le introdujeron, pero este no tuvo mayores efectos sobre ella. Sin embargo, si lograron ponerle un chip para silenciarla, una vez fuera de tierras lunares. Y fue enviada a prisión, literalmente como esclava al Cráter Diamante.

Dimitri la había estado rastreando desde muchísimo tiempo antes, con la intención de deshacerse de ella. Él sabía que la contactarían para sacar a la niña, quien, de acuerdo con lo establecido, sería trasportada a la galaxia de los Faros Dorados EAT011112 para estudiar en la Academia más importante de cosmos, dado que esa pequeña ya había sido localizada por las mentes oscuras y la cacería estaba próxima –estos niños especiales tenían vueltos locos a los enemigos de progreso. Y Dimitri, el malvado tío de Alma, operaba en conjunto con otros tiranos en el lado opuesto de la Luna de la Tierra 11.

Después de lo ocurrido en el gran almacén, cuando Alma metió las narices y ocurrió la explosión, Dimitri la sacó de la enfermería y, optó por darle el código de reconocimiento como descendiente del reino del Coral ya desaparecido, ya que dicho enigmático código le abriría a él también posibilidades lucrativas para su empresa.

Ya tendría más tiempo el mal hombre para decidir sobre eso. Su plan de momento fue introducirla con sus superiores. "¡Ah, de modo que tienes más vidas que un gato! Veremos entonces si resistes a este infierno, pequeña necia entrometida", dijo para sí mismo el malvado de Dimitri con tono escalofriante.

CRÁTER DIAMANTE

Luego de todo lo ocurrido, y con semejante información dándole vueltas la cabeza, Alma, agotada y confundida, deambulaba sin dirección en el interior del Cráter Diamante.

Las gotas de sudor caían de las frentes de los obreros por el trabajo físico y mental que realizaban. De pronto, como el más bueno de los milagros, un rayo de lucidez volvió a tocar la mente de Alma y, recordó de golpe su identidad.

Luego de aquel breve momento reflexivo, pensó en la posibilidad de que hubiera alguno de los suyos infiltrado entre los obreros; hizo la señal universal de la Legión 13 para que la identificaran los posibles compañeros. Tres veces hizo la misma señal, para que no hubiera duda de su identidad.

Sintiendo la necesidad de escudriñar todo, como por una fuerza de voluntad desconocida, atenta, observó a su alrededor hasta que su mirada se detuvo en el rostro de una mujer, que le pareció familiar; estaba entre la multitud de obreros.

Se trataba de la agente secreta Estela Flores. La mente de Alma se tornó en aquel instante más clara, y se alegró de saber que la agente también vio la señal de la Legión 13.

Estela Flores abrió sus redondos ojos por el repentino gesto que hizo Alma. Intrigada, la agente penetró en su mirada buscando más información. A Alma le llegaron en aquel instante oleadas de recuerdos relacionados a la misión Gema 8

–su investigación, y la ubicación de la niña en un punto de la Sierra Madre del Sur, en el continente Amero del planeta Tierra 11, desde donde fue contactada y trasportada junto con la niña a la Luna.

La agente encubierta hizo una señal discreta con la cabeza que indicaba que la siguiera. Al reconocerla como uno de ellos suyos trataría de introduciría con un corrupto miembro de los principales grupos oscuros que operaban en contra de Los Planetas Unidos del Cosmos (PUC), infiltrados en las filas de estos bienhechores. Alma la siguió en silencio por los subterráneos apretados de gente, cuya tenue luz color ámbar apenas alumbraba. Llegaron pronto a una zona más custodiada, ahí los túneles eran más amplios y había menos gente. Se dirigieron a una cavidad custodiada por guardias de remarcable aspecto gorila. Se trataba de la casa del principal, el jefe de Dimitri.

El hombre y todos los miembros de su familia yacían en la misma cavidad, convertida en casa con lujosas comodidades. Con ropas pequeñas, apenas cubriendo su desnudez, se levantaron con sorpresa todos de sus cómodos sillones. Aunque en sus rostros se evidenciaba la molestia de ver arribar a un desconocido sin haber sido anunciado, intrigados, esperaban una explicación de lo ocurrido. Alma fue muy prudente en su trato con el enemigo. No estaba ella ahí para juzgar a nadie, pero si para enviar cuanta información le fuera posible obtener.

Todo indicaba que, familias de los grupos oscuros que operaban ocultos en el cosmos estaban detrás de esa maraña. Como ocurría muchas veces, gente malsana beneficiándose de los pueblos débiles.

"Por medio de satélites tienen parte del planeta Tierra 11 controlado. ¿Y qué tiene que ver en todo esto el traidor del tío Dimitri?", se preguntó luego de meditar los hechos. Determinó enviar el anterior reporte cuando hiciera contacto con la misión Gema 8.

Volvió drásticamente de sus pensamientos cuando apareció repentinamente en la entrada de la galería una niña, como de once años, de cabello oscuro, con un corto, a la altura de la barbilla; se trataba de la misma niña que contactó Alma en la Tierra 11. "¿Será esta pequeña uno de esos niños que vi en el cubo?", se preguntó, intrigada.

La niña, enojadísima, echando chispas de ira le dirigió palabras rudas a Alma, luego dio media vuelta y se fue gritando: "Yo no quiero estar aquí". Segundos después, los guardias con cara de mole traían de vuelta a la niña. Alma ya no recordaba bien a aquella niña que había contactado en la Tierra 11. "Tú me dijiste que me llevarías al Cráter que me conduciría a la Academia", gruñó la niña chillando.

Mas calmados los ánimos, Estela Flores hizo una señal con la mirada para que Alma se acercara al viejo, el jefe de Dimitri. "¿Puedo sentarme junto a ti?", le habló en lengua arcaica; el viejo moviendo ligeramente la cabeza asistió que sí.

Alma se acercó a la cabecera de la cama donde él jefe de Dimitri descansaba con mirada pensativa. "Así que leíste dos libros de la biblioteca ya desaparecida", preguntó el viejo con tono desganado –se refería a la biblioteca que existió en el desaparecido reino del Coral.

"Sí, así fue", respondió Alma con tono humilde, rememorando aquel tiempo.

En ese preciso momento Alma se percató que traía consigo dos libros metidos en su morral, los sacó y los puso en sus manos; uno de los libros tenía escrito en el borde exterior con tinta purpura la palabra "MMLegión13"; el otro llevaba el título de "Armagedón"; supuso que fue el plan de la agente Estela Flores para suavizar al viejo avaro y coleccionista de arte, el superior de Dimitri.

Aquel mismo día, por la tarde, ya sin el título de esclava, como invitada tuvo acceso a otra cámara. Allí, entre la muchedumbre notó que estaba el mismo viejo jefe de Dimitri rodeado de personas, incluyendo a un conocido de Alma; se trataba del joven agente, Lois, quien dialogaba con tono más que respetuoso: "Usted es un hombre al que se debe de respetar, es un ejemplo, porque yo sé que, quien ha llegado hasta usted es porque debió de haber pasado por muchas pruebas, mismas que lo trajeron hasta usted".

Al escuchar el adulador dialogo del joven agente, Lois, Alma sintió de golpe una desagradable sensación en el estómago. Se sintió vulnerable; un agente encubierto que ella conocía muy bien estaba bajo el dominio de aquel infernal viejo avaro. "¿Cómo es posible? De dónde le ha venido tanto poder a este hombre", se preguntó, alarmada. Por otro lado, tenía la sensación de estar siendo observada. Reflexionó sobre la escena. No le agradó ni tantito la idea que un noble agente secreto, como lo era el joven Lois tuviera un amo de esa naturaleza. Pero lo que más le incomodaba era saber que el mal sano jefe de Dimitri quiso que ella escuchara dicho dialogo. "¿Por qué?", se preguntó con incertidumbre.

Estaba claro, el tío Dimitri, hermano de su ya desaparecido

padre operaba con las mentes opuestas al progreso de los Pueblos Unidos del Cosmos (PUC). Alma descubrió que esa gente ocultaba información relacionada a un misterioso Cubo Negro; y también descubrió que habían descubierto el lugar dónde unos huérfanos ocultaban algo de carácter vital para su sobrevivencia. Estos huérfanos eran rastreados para usarlos y controlarlos mientras encontraban la manera de exterminarlos.

Pocos días después, Alma fue rescatada por la joven agente, Perla Ángeles, pero dado el chip que se le implantó, cuando el agente secreto Sisi Kings hizo la negociación con la gente que regía en la Catedral Azul, una vez fuera de tierras lunares, Alma olvidó por completo su estancia en la Luna.

TIERRA 11

Durante el camino de regreso al campamento, Alma permaneció completamente sumida en sus pensamientos. No alcanzaba a comprender por qué había olvidado aquella parte de la misión Gema 8, y por qué razón lo había recordado hasta ese momento.

"¿Qué tiene que ver la compañía de una importante corporación refresquera operando en la Luna? ¿Quiénes podrían estar realmente detrás de todo eso?", se preguntó, alterada.

Nadie se percató de su llegada campamento, Alma se preguntó si acaso el motivo serían las sandalias de piel de serpiente albina que calzaban sus delicados pies; los había pagado con sus aretes a un comerciante como trueque. Todavía le dolía el haberse desecho de los colgantes de turquesa que su amado le obsequió el día de su compromiso, pero en esos casos los zapatos eran más valiosos, ya que eran tan ligeros como una pluma de ganso y el camino a transitar era largo.

Recién llegaron, un viento inusual se desató repentinamente en el campamento; la ropa de gasa blanca que vestía Alma Yerach parecía como volar al ritmo del fuerte viento, al igual que su imaginación que se perdía seguido en un enredo de preguntas sin respuesta.

"Somos Soldados", proclamó con sonora voz de micrófono un miembro del campamento, se trataba de Óscar Rosas; lo secundaban Joel y Chacho Corona. El maíz fermentado había apaciguados sus sustos y preocupaciones dando rienda suelta a su garganta. Había bastante gente joven, todos eran amables. En otro rincón se concentraban otros del grupo, comentaban sobre los gustos individuales que cada persona tiene.

A Alma le agradó la mente abierta de aquella gente y se unió a la celebración de las dos bodas. Una de las parejas la formaban dos varones. Y la otra era un hombre y una mujer. Los cuatro jovencitos agraciados por la naturaleza, dotados de belleza y candor entrelazaban dulces miradas cómplices.

Entre la charla de los presentes, una mujer comentó que su hija tendía a ser un guerrero: "No le gustan las muñecas, y hace lo mismo que un niño, incluso se sienta como un niño". La mujer abrió las piernas, imitando la postura mencionada, y Alma se ruborizó al percatarse de la desnudez de la mujer.

Aterrizó sus pensamientos de golpe cuando Aramis tocó su hombro y le ofreció un café. "Te lo manda un amigo de Vela Cruz", le dijo, al mismo tiempo que le hizo entrega de un portafolio hecho de cuero, y en cuyo interior se hallaban documentos antiguos de carácter secreto.

Optimista, Alma pensó en la posibilidad de que los documentos se los hubiera hecho llegar el comandante de la Legión 13. Una vez que estuvo sola abrió el portafolio. Con ansia, esperaba ver dentro el espadín, cuyas aleaciones le abrirán el código para hacer conexión con su Legión, pero lo que vio en su lugar fue un arma muy diferente; se trataba de una primitiva pistola metida en una funda de cuero. Alma sabía que tenía la obligación de cuidar lo que le fue enviado de manera misteriosa. Se estremeció al notar la conexión del contenido de los documentos y el Cubo Negro oculto en la luna. Los documentos hablaban de los registros que había en un libro sagrado de guías; y niños con un complejo cristal en la cabeza.

Luego de todo lo acontecido, Alma logró llegar al sureste junto con la gente del campamento; allí, en aquella jungla, estrechó vínculos con la clase sacerdotal y con el senado que dirigía la aldea que la recibió, cuando reconocieron estos el estandarte del Imperio AZ de la casa sacerdotal, a quiénes ella representaba y, lamentablemente, tomado por los colonizadores llegados.

La valiente jovencita, enviada desde la galaxia Itzá, por segunda vez, al planeta Tierra 11 en cumplimiento de una misión vital, no desfalleció, a pesar de no haber recibido en un largo periodo más señales de la misión.

La creencia inquebrantable de que las cosas pueden cambiar y mejorar mantuvo a Alma con la esperanza en lo alto. Triste, por todo lo acontecido, guardó en lo más profundo de sí misma todos los momentos personales vividos en aquel Gran Imperio AZ. Y a los gentiles ciudadanos que la acogieron fraternalmente les dio un lugar especial en su corazón.

Alma Yerach, además de ser un testigo, fue una víctima más del sistema que imperó en aquel tiempo en ese punto de la Tierra 11. Hasta la llegada de la venerada noche, cuando logró escapar junto con el enigmático grupo de la jungla a través de una ventana que activaron por medio de códigos secretos y, que solamente aquella gente conocía.

Fue en una noche de luna llena, en la llamada noche eterna, cuando florecieron en la aldea todas las flores nocturnas que llamaban los lugareños "reina de la noche". Alma guardó celosamente aquel secreto, prometiéndose así misma jamás profanarlo.

La criatura de Alma Yerach nació poco tiempo después del notable acontecimiento. Vio la luz de la vida en un punto ubicado entre las dunas de un desierto, donde arribó su madre junto con el grupo de la jungla por el portal de la ventana.

Por otro lado, a Alma de alguna manera le afectó haber recuperado el fragmento olvidado de su estancia en la luna, y olvidó la misión por lo que fue enviada al planeta Tierra 11 durante un periodo de reajuste en su memoria.

Luego de varios años se activó un código que le recordó la vital misión. Entonces, logró hacer contacto con la Misión Artemisa 7 al recordar un código secreto y tuvo comunicación con el comandante de la Legión 13, Alex Alfa, quien la puso al orden de las cosas la mañana del 11 de julio:

"La muñeca negra con la que fuiste enviada a la tierra tiene los códigos de la Misión Artemisa 7 en las aleaciones de que están compuestos sus ojos; afortunadamente, no cayó en manos enemigas, el campesino Pedro Guzmán la encontró; aunque, el echo le costó la vida al hombre, por el susto del que no logró reponerse cuando fue trasportado por medio de los códigos de Artemisa 7. Y, aunque sí logramos regresarlo a su mismo lugar de origen, no pudimos hacer más por él. Y el resto ya lo sabes, querida Alma. Las hermanas Herminia y Feliciana, junto con su abuela Sara lograron ubicarte. Aunque ciertamente, querida Alma, no fue una tarea fácil".

Por otra parte, cuando Alma contactó nuevamente con la Misión Artemisa 7, y envió toda la información referente a la situación de los colonizadores que arribaron por los mares de aquel vasto imperio, y cuya casa sacerdotal la cobijó durante aquel último periodo de su misión en la Tierra 11, omitió enviar la información sobre el portal, y la gente de la jungla, porque dio su palabra de honor, y ésta era más que suficiente para ella. Jamás reveló aquel secreto. Sin embargo, por alguna razón desconocida por ella se filtró información sobre el tema.

Ser testigo, y ver por ella misma la casi extinción de un pueblo tan magnificente, no fue una tarea fácil de digerir. Por otro lado, se rumoraba en otras esferas que regían en distintos puntos estratégicos del cosmos que, realmente quien tenía el acceso a códigos más complejos era el bebé de Alma. Todo lo que envolvía a aquel vital tema era información de carácter confidencial, y era parte de la misión que llevaba el nombre de Artemisa 7. Y, que tuvo lugar años atrás, en la galaxia Itzá, desde dónde se gestó la misión. Se trataba de una misión vital, por lo tanto, compleja y desconocida; clasificadas como ultrasecreta, misma que ni la propia Alma Yerach debía conocer completamente.

Alma Yerach, así como todos los habitaban de los

vecindarios aledaños de la galaxia Itzá, no tenía la menor idea de la existencia de aquel grupo de gente que habitaba en la jungla de la Tierra 11. A Alma le asombró mucho que aquella aparentemente primitiva gente supiera moverse en los mundos de esa manera tan compleja como lo hacían. –Esta increíble gente, mantenía un conocimiento de naturaleza compleja sobre ciertos códigos, capaces de abrir puentes que funcionaban como portales. Los códigos de acceso los tenían registrados en su memoria, pero no se sabía cómo.

De ninguna manera Alma Yerach fue una excepción en aquel oscuro tiempo, como todos, se convirtió en una víctima más de aquello que se fincó en el arcaico planeta Tierra 11.

Aquel atroz plan, liderado por aquel grupo de ignorantes colonizadores, acabo con una de las más impresionantes civilizaciones existente del arcaico planeta. Afortunadamente, esa sencilla y simple jovencita, enviada desde la galaxia Itzá por segunda vez, en el año 999 de una era común, en la Misión Artemisa 7, después de un difícil camino logró con éxito enviar vital información.

Se supo que la misma noche en que Alma Yerach pasó al eterno Oriente, es decir, la noche en que murió –ocurrida en un punto de la galaxia Itzá, a la edad de 114 años y 22 días–, confesó a su mejor amiga que el padre, muerto en combate, del bebé que amorosamente llevaba en sus entrañas cuando escapó por la ventana la noche de luna llena que florecieron las famosas reinas de la noche, guardaba un gran secreto.

Capítulo 3 El Nacimiento

"Nuestra defensa está en la preservación del espíritu que valora la libertad como herencia de todos los hombres".
–Abraham Lincoln

Hubo en la historia del planeta Coral un tiempo sumamente vital y remarcable. Elogio Malrostro, un hombre de cuerpo corpulento y remarcable nariz puntiaguda, colérico y de modales rudos, gobernaba con mano de hierro aquel pueblo rico en formaciones coralinas y densos bosques de ébano.

Durante aquel período, una fría madrugada de invierno, en una provincia, nació una hermosa criatura a la que sus padres llamaron Ágata.

El buen mozo, cuyo nombre era Pipino Cande Bell, apuradísimo por el muy anunciado nacimiento recogió a la doctora Esperanza Blanco, en la calle del Alba número 7, manzana 4, para que asistiera en el parto a su esposa, la finísima antropóloga, Galia Bell. En aquel momento no había luz eléctrica, debido a que unas horas antes había ocurrido un tremendo apagón. –El punto de la villa de la familia Bell se ubicaba en las afueras de la cuidad, en un complejo fincado entre los densos bosques de ébano.

La pequeña Ágata fue recibida con el repicar de las

campanadas de la medianoche que anunciaron el inicio del año nuevo, en una cálida habitación donde el fuego de la chimenea ardía vigorosamente. La doctora Esperanza, emocionada por el nacimiento de Ágata sonrió dulcemente al ver a la pequeña asomarse al mundo por primera vez. Desde su nacimiento, Ágata fue una niña tranquila y buena. Su madre relató que no le causó ningún dolor físico traerla al mundo, y solía contarlo como si de un fenómeno mágico se tratase.

Sin embargo, su padre, Pipino Cande Bell, temeroso, no quiso hablar sobre los extraños sueños que su esposa Galia había tenido la noche anterior al parto. Recién había comenzado el invierno, y el hombre pensativo y hermético se calentaba las manos cerca del fuego: "Pero qué cosas se te ocurren, ¡mujer!", exclamó de mal humor.

Eran tiempos muy oscuros los que se vivían en el Coral, y hablar de fenómenos de esa naturaleza no era nada bueno, ya que amenazaba el sistema establecido hasta entonces.

A medida que Ágata crecía su curiosidad aumentaba; bombardeaba a toda hora a sus progenitores con preguntas acerca de los extraños sueños que tenía. Con frecuencia, la pequeña mostraba un interés innato por conocer más sobre su abuelo y sus descubrimientos, y se las ingeniaba para explorar a escondidas el sótano, donde se encontraban guardados por pilas los libros que escribió el doctor Santiago Silvestre, cuyo contenido estaba relacionado con el campo de la neurociencia, y cosas complejas que había dejado escrito en clave. Un día de esos, en el mencionado sótano, la pequeña tuvo acceso a un extraño juguete, cuya tecnología, compuesta de complejas y misteriosas aleaciones, sin lugar a duda hubiera matado de espanto a los ovejeros de la comarca. Aquel juguete, a partir de allí, se convirtió en su inseparable amigo, al que llamó "Lincoln, Dragón Trece".

La mañana del 22 de febrero, Ágata peleaba a campo abierto con el pequeño Lincoln, Dragón Trece; la niña, con la habilidad de un zorro, realizó un movimiento en espiral de trecientos sesenta grados y logró arrancarle una de sus alas, misma que sostuvo firme entre sus manos.

Comenzó el combate. Ágata se colocó frente al pequeño dragón con valor y determinación, calculando el movimiento sigiloso que el dragón mantenía. Parecía casi una danza el escenario. "¡Si quieres tener tu otra ala tienes qué venir por ella!", le gritó al dragón, furiosa, lanzando una inocente mirada de advertencia.

"¡Lo cacharé!, lo abrazaré y me lanzaré con el por el acantilado", trazó Ágata la próxima escena. "¡Volaré junto al dragón!", pensó durante el esperando momento, mientras el dragón se movía sigilosamente en circulo alrededor de ella.

Se trataba de un juguete súper sofisticado, cuyas complejas aleaciones poseían un misterioso mecanismo que se activaba en forma real y entrenaba a Ágata. La pequeña no imaginaba entonces que pronto no volvería a ver a su amigo, el complejo juguete al que llamaba con familiaridad Lincoln, Dragón Trece.

ITZÁ ES CONTROLADA POR LOS REINOS.

El padre de Ágata, Pipino Cande Bell, preocupado por el posible interés que su pequeña hija pudiera despertar en los Regentes del Coral, optó por mantenerla oculta, viviendo de la manera más simple en las villas de los densos bosques de ébano, alejados de la bulliciosa ciudad. Corrían fuertes rumores sobre algo terrible que había ocurrido en los corazones de esos gobernantes, que en otro tiempo eran buenos y rebosantes de amor.

Ágata se encontraba en peligro, debido a que su nacimiento había anunciado una nueva era en el Coral, tal como lo habían señalado con anterioridad los sacerdotes de la antigua Ciudad de Itzá (Estrella), donde se hallaban los registros más importantes del planeta. El acceso a esos registros estaba fuertemente restringido por las siete potencias, y cuyo líder de mano de hierro era el regente en turno, Elogio Malrostro.

El fenómeno que cambió la historia del Coral fue el surgimiento de una ola de niños de carácter complejo que comenzaron a nacer en el planeta. Los lideres de antaño les brindaron acceso a laboratorios científicos y les proporcionaron todo su apoyo y protección en esas áreas del conocimiento y del saber. Como resultado, se abrió la Academia; muchos estudiantes tuvieron acceso a esas instalaciones, mismas que eran atendidas por estos sabios eruditos.

Los estudiantes pronto empezaron a hacer avances científicos y progresos en los Siete Reinos del Coral. Sin embargo, surgió una preocupación entre estos reinos, cuando se dieron cuenta de que, aquellos niños de complejas personalidades solo nacían en pequeño número, y nunca como descendientes de las familias Reales. Este preocupante descubrimiento, dio inicio al primer trágico evento acontecido en el planeta Coral. Sin embargo, por razones aún desconocidas, quedó guardada la información bajo pena de muerte a quien osara hablar del tema. Y fue así como, bajo las más estrictas normas de seguridad que esos documentos fueron ocultos. Se mandaron sellar las ciudades subterráneas que había, junto con la red de carreteras de trasporte que se habían creado para su acceso: “Ejecutado por Conspiración”, daban cuanta las actas que aparecían relacionadas al tema. Y sin más explicaciones se cerraban los libros de actas.

Durante aquel periodo ocurrieron varias revueltas y el planeta Coral quedó sellado al exterior, literalmente en el limbo del cosmos. Se perdieron los códigos con todos los avances, hasta entonces, y entre ellos, estaban los códigos de las puertas de entrada y salida del Coral, cuyo alcance científico los reinos no alcanzaron a comprender, sin embrago, temían a todo aquello como, si de algo infernal se tratase, y ocultaron toda la evidencia del pasado del Coral. Tres siglos habían pasado desde aquella última ola de niños.

EL PLANETA CORAL

El bellísimo planeta Coral se ubicaba en un punto de la galaxia Itzá XME062689; y era liderado por Siete Reinos: La Casa Índigo, la Casa Mar, la Casa Naranja, la Casa Morada, la Casa Roble, la Casa Roja, y la Casa Sol. Todos bajo el liderazgo del supremo Elogio Malrostro.

El planeta Coral tenía una actividad tectónica lenta en algunos puntos; se trataba de un planeta súper rico en regiones calcáreas, con enormes áreas cubiertas de mares epicontinentales poco profundos. Mareas bajas y cálidas aguas; y, por lo tanto, rico en plataformas carbonatadas y arrecifes coralinos. La acumulación de restos minerales era notoriamente evidente en bastantes zonas del Coral. También tenía regiones ricas en bosques de ébano. Y tierras bajas, de regiones tropicales y subtropicales, de bosques siempre verdes y lluviosos, Este interesantísimo planeta se ubicaba en un punto conformado por un pequeño cúmulo de galaxias y planetas relativamente aislados de los vecindarios aledaños. El Coral era una tierra relativamente virgen. No se conocía mucho de ella debido a su aislamiento del vecindario central.

EL ESCULTOR

Pipino Cande Bell era un hombre de carácter bien definido; este virtuoso escultor vivía junto a su familia en la villa de Santa María de los Carbones, en los bosques espesos de ébano, al este del continente Afra, del planeta Coral. Pipino Cande Bell sin lugar a duda era un gran maestro de su oficio, al igual que lo fue su padre, su abuelo y cuantas generaciones se recordasen de esos notables escultores. Además de sus obras personales, esculpía con majestuoso arte las escenas de los Siete Reinos, a petición de éstos. Pipino Cande Bell pertenecía a la etnia Faro –esperanza en lengua nativa de su región–, habitantes de las laderas de los montes de ébano. Desde temprana edad, a Pipino Cande Bell le fue trasmitido el arte de esculpir tal preciada madera.

La gente que vivía en las laderas sabía muy bien cómo beneficiarse de dicho recurso: siendo el ébano un árbol de lento crecimiento –generalmente entre cincuenta y setenta años–, el don de la paciencia era el mejor aliado que aquella gente poseía. Consideraban sagrados los bosques de ébano y patrimonio de su cultura, ya que parte de la historia del planeta Coral se había esculpido en ébano desde tiempos arcaicos, por órdenes de los Siete Reinos. Y, por otro lado, siendo este un árbol súper resistente y capaz de sobrevivir con muy poca agua –ya que sus hojas diminutas son capaces de mitigar la perdida de demasiada agua en tiempo de sequía–, y al actuar como agente fijador del nitrógeno en el suelo, no competía por los recursos con el maíz, el café o los bananos que la gente de las laderas solía cultivar.

Además de ser el ébano una de las maderas más duras y pesadas del planeta Coral, el atractivo color café oscuro y bellas vetas negras predominantes de aspecto casi negro fascinaba a los viajeros que cruzaban por aquellas regiones; al igual que su fruto, una baya de color negro –tres a cinco cm–, con semillas pardas, negras, de forma triangular, que eran usadas para hacer llamativos collares y pulseras.

En aquel fascinante mundo, donde los ríos serpenteantes, infestados de cocodrilos que parecían estar siempre hambrientos y listos para el gran festín de la vida como parte de la cotidianidad, las amplias llanuras cubiertas de pastos cortos y arbustos mixtos crecían exuberantes en los suelos. Se trataba de una zona con un alto nivel de precipitación –la gente de las laderas tenía conocimiento que las rocas que presentan erosión química ayudan a promover la vegetación–. Había actividad y levantamiento tectónico.

El padre de Ágata, Pipino Cande Bell, fino y hábil en el arte de la escultura trabajaba con el preciado ébano creando bellísimas obras de arte. Sin duda era un escultor muy distinguido. Al hombre le infamaba el corazón de satisfacción sentir la madera del ébano en sus manos que él mismo escogía de los densos bosques. Galia, la madre de Ágata, lo observaba con una chispa de amor evidente en sus ojos enamorados. Ágata creció sus primeros años viendo el amor y el respeto mutuo que sus padres se profesaban, y su corazón también se inflamaba de alegría al presenciar la dulzura que sus progenitores derramaban. Era una niña muy feliz en aquel tiempo, viviendo en la villa, junto a sus padres. Sin embargo, no podía imaginar la sorpresa que le aguardaba su camino.

Capítulo 4 La Cadena

"Solo el conocimiento que llega desde el interior es verdadero conocimiento".
– Sócrates

Galia Silvestre, la distinguida madre de Ágata, provenía de una familia muy educada; tenía vínculos cercanos con las familias reales de los Siete Reinos del Coral. Después de terminar su adolescencia, Galia regresó definitivamente de Occidente y fue enviada a estudiar a la Academia, donde entregó su amor por completo a la historia, a la antropología y al estudio de los cuerpos celestes. Durante aquel tiempo, recibió orientación en sus estudios de parte de lo que todavía quedaba del peculiar grupo conocido como los sabios del planeta, quienes antaño fueron protegidos por los Siete Reinos del Coral. Este grupo de eruditos actuales, ya muy limitados en el manejo de la Academia, tenían una tradición de cinco generaciones, y entre ellos se encontraba su padre, el honorable neurocientífico Santiago Silvestre.

El honorable doctor Santiago Silvestre era un hombre de gentil aspecto, una finísima persona para con todos, amable y respetuoso. Había permanecido soltero hasta pasado los cuarenta años. Era un hombre súper atractivo, dedicado en cuerpo y alma a sus investigaciones en el campo de la neurociencia.

El doctor Silvestre pasaba días enteros metido en su

laboratorio, y cuando no estaba allí –cosa rara en él–, se le podía localizar en la Academia, donde gozaba de ser uno de los directores principales de la aún prestigiosa institución.

Cuando conoció a la bella Susi, su dulce esposa, se enamoraron los dos casi por un soplo divino: "Fue un chispazo lo que ocurrió con nosotros". Solía el doctor contar a menudo con remarcable orgullo.

El tremendo giro que dio la vuelta al mundo del doctor Silvestre, literalmente, fue aquella noche, cuando recibió la visita de su amigo, el extrovertido explorador, Misaki, quien, luego de varios años de ausencia regresó de un largo viaje de Occidente. Con aquella visita inesperada, lejos estaba el muy serio doctor Santiago Silvestre de saber que, sus años de soltería estaban por concluir.

"Vamos, hombre, ya deja tanto trabajo, es hora de salir un poco y desempolvarte de tanto libro", dijo Misaki, animando al doctor Silvestre a dejar un rato tanta letra.

"Está bien, pero te advierto que no me voy a trasnochar, ya no estoy para esos trotes", replicó el serio doctor, convencido que estaría de vuelta en casa antes de la medianoche.

"Escucháremos música y tomáremos unos tragos mientras te cuento todo lo que vi en esta última excavación, amigo mío", dijo exaltado Misaki.

El bar que abría sus puertas hasta muy entrada la noche estaba a unas cuantas calles de la Academia, en la Plaza Central, al occidente, con una magnifica vista al río Sen.

Luego de varias copas de vino, Misaki estaba en la barra rodeado de varias jóvenes, a quienes tenía entretenidas con su encanto personal –el hombre además de ser un buen mozo era muy buen orador; y conocía el Coral más que ningún otro–. Misaki era un famoso explorador, súper reconocido en esa rama. Todo el mundo quería hablar con él y saber lo que ocurría en los mares de Occidente.

El doctor Santiago Silvestre estaba agotado y lo que pedía su cansancio era su cama almidonada que la señora Piedad –su asistente en casa– se esmeraba en tenerla siempre, tal como le gustaba a él. Aburrido y cansado, el doctor vio sin interés a su amigo, Misaki, quien estaba en la barra, muy ocupado; el serio doctor pensó en la manera de escabullirse sin interrumpir la fiesta de su amigo, cuando repentinamente vio a Susi, quien llegaba con un grupo de amigas con la clara intención de pasar un rato agradable. Ambos se miraron desde la distancia. Susi, como hipnotizada con su mirada, caminó con la gracia y gentileza que le caracterizaba con dirección hacia donde él doctor estaba. La música comenzó a tocar en aquel preciso instante, y Susi le dio la mano al doctor, invitándolo a bailar con ese gesto; ambos guardaron silencio, y se dejaron llevar al ritmo de la música, como si esta los hubiera hechizado con sutiles notas de amor. Acabando la melodía, se miraron a los ojos con un destello familiar y se devolvieron una enorme sonrisa.

"¡Hola, soy Santiago Silvestre!", se presentó el doctor.

"¡Me llamo Susi!", dijo ella, y le extendió su delicada mano; ambos se quedaron por un instante mirándose en silencio, luego se aturdieron, y se sintieron nerviosos, como adolescentes. Ordenaron algo de beber, tímidamente, y antes de que las bebidas llegaran comenzó la música a tocar nuevamente. Se levantaron en ese instante y, casi por intuición se dieron la mano antes de comenzar a bailar nuevamente. La música era suabe y romántica, casi diseñada para despertar en ellos sentimos profundísimos; en este intimo escenario ambos se conectaron tanto como si siempre hubieran estado juntos: La música, sus corazones tan juntos latiendo al unísono; todo era perfecto. No supieron a qué hora se despidieron aquella primera noche de su encuentro; nunca vieron el tiempo; de hecho, tampoco lo sintieron, como si todo hubiese ocurrido en un segundo. Quedaron de verse al día siguiente, en el mismo lugar. Y así fueron transcurrieron los días posteriores, con la misma dinámica, hasta que anunciaron su gran compromiso.

El honorable doctor Santiago Silvestre, el soltero más cotizado en esa región, estaba por desposar a la bellísima y carismática Susi, una brillante economista, recién graduada con honores lauros, quien había estado estudiando en Occidente y recién había vuelto a casa con sus padres.

Luego de tan esperado evento, los recién casados, se fueron a festejar su luna de miel a los bosques espesos de ébano del Coral. Allí, en las laderas de esos montes, existía una de las familias más famosas de escultores, la familia Bell.

"¡Susi, querida, tanto tiempo sin verte! Sigues igual de hermosa, como el día en que tu madre te trajo la primera vez a estos bosques a recolectar medicina de la madre naturaleza", dijo la señora Lili Bell, abrazando a Susi como un oso.

"Mi niña hermosa, que gusto que hayas venido", dijo el señor Pipino Cande Bell, con un gesto notable de felicidad enmarcando su arrugado rostro.

Susi conocía a la señora Lili Bell, y a su amado esposo, Pipino Cande Bell, porque su madre –la señora Amaranta Consuelo de la Cruz, ya fallecida–, quien había sido una notable botánica, querida y respetada en la corte de los Siete Reinos de su tiempo, la había llevado en varias ocasiones.

La madre de Susi estaba en deuda con aquella gente de las laderas –como solían algunos llamarlos–, y acudía siempre a ellos cuando tenía su espíritu sed de conocimiento verdadero. Solía decir la madre de Susi con palabras inmaculadas, que, esa gente de los bosques espesos de ébano mantenía el corazón inflamado de amor debido al contacto y al encanto de la naturaleza.

“Él es mi amado esposo, Santiago Silvestre, nos acabamos de casar, y decidimos venir a estos bellos montes a compartir con ustedes nuestra felicidad, mi querida familia y mis mejores amigos desde siempre”, dijo Susi, exaltada; súper contenta de que así fuera.

Pronto el honorable doctor Santiago Silvestre y la radiante Susi compartían el pan y la sal con los habitantes de aquellas laderas, quienes verdaderamente amaban a la bella Susi desde su tierna infancia.

“Llegas tarde, Pipino Cande Bell”, dijo Susi, esbozando una sonrisa pícara, al ver al primogénito de los Bell arribar con su sombrero de ala ancha cubriéndole parte de su piel tostada de sol.

“¿Cómo perderme este evento?, tenía que venir a ver quién ha sido el afortunado que te ha robado el corazón”, dijo Pipino Cande Bell, al mismo tiempo que estrechaba con sincero sentimiento la mano del doctor Santiago Silvestre.

Aquel día, por la mañana muy temprano, antes de que se pusiera el sol la señora Lili Bell ya estaba duchándose; se amarró su cabello, mojado todavía, y se fue a recolectar los frutos frescos para decorar sus famosas tartas para el postre.

Se comió cordero a las brasas y vegetales aderezados con la especialidad de la señora Lili Bell. Hubo sopa de flores, pan de sema, fruta fresca, miel y vino. Pasaron Susi y su amado doctor una semana maravillosa en la villa de la familia Bell. Los agasajaron como era de esperarse de los Bell; las tartas de fruta fresca que la señora Lili Bell preparó exclusivamente para tal evento fueron todo un festín.

El hábitat en aquellas regiones se componía de densos bosques de ébano en las laderas, y amplias llanuras cubiertas de pasto corto, y arbustos mixtos, ricos en calcio, gracias a la influencia del sagrado volcán que sus lugareños llamaban "Montaña Sagrada". La presencia del magma y sodio proveniente del volcán fertilizaba el suelo cuando la ceniza llovía y se esparcía, lo que mantenía los pastizales muy nutridos. En esa área, la precipitación era alta debido a la actividad y levantamiento tectónico, por lo que siempre se encontraba verde.

En aquel entorno habitaba un animal peludo, similar a una vaca, que el grupo de las laderas de los bosques de ébano solía tener como mascotas. Los ríos, serpenteaban a través del paisaje, donde se apreciaban abundantes cocodrilos solitarios de enormes dimensiones, algunos como de unos cinco metros.

LA NOTICIA

Susi y el doctor Santiago fueron recibidos calurosamente por el grupo de las laderas de los bosques de ébano del Coral.

Regresaron luego de una semana de su luna de miel, contentos y satisfechos por la alianza que fincaron ambas familias – Silvestre y Bell.

Al doctor Santiago le dio mucho gusto saber sobre la próxima llegada de su hija, a la que llamarían Galia, cuando Susi le comunicó la noticia del bendecido acontecimiento, unos meses luego de su regreso de los densos bosques de ébano. Pero algo le preocupaba al doctor aquella lluviosa tarde. Susi se preguntó con angustia qué cosa perturbaba el ánimo del doctor. Había estado inmerso en una investigación sobre unos registros que habían llegado a sus manos, justo luego que terminó la luna de miel. El doctor se había vuelto más hermético después que recibió aquellos documentos que le mantuvieron los próximos meses metido como rata de laboratorio en la Academia.

"¿Qué te preocupa, querido mío?", preguntó esa tarde lluviosa Susi con dulce voz.

El doctor Santiago miró a Susi con una mezcla de angustia y determinación en sus ojos. Finalmente, decidió compartir con ella parte de sus descubrimientos.

"Susi, querida, hay algo que he descubierto en estos documentos", comenzó el doctor con un tono serio. "Se trata de una conspiración que involucra a los Siete Reinos del Coral".

Susi escuchaba atentamente a su esposo mientras la lluvia caía afuera, creando un ambiente sombrío en la habitación. "¿Una conspiración?", murmuró Susi, tratando de discernir la información. "¿Y qué tiene que ver todo esto con nosotros, querido?".

El doctor Santiago suspiró y tomó la mano de Susi: "Creo que todos estamos en peligro. Los registros que he estado investigando indican que aquellos que descubren la verdad oculta sobre el antiguo Coral son eliminados. Se trata de información de carácter vital. Todo indica que hemos sido engañados. Hay algo que me inquieta y que no logro comprender, porque al ser esto algo tan descabellado brinca de mi razonamiento".

Susi sintió un escalofrío recorrer su espalda mientras digería la gravedad de la situación. Sabía casi por intuición que debían tomar medidas rápidas y cautelosa para proteger a su hija, y a ellos mismos de los peligros que se avecinaban. La lluvia continuaba cayendo lánguidamente, como si el cielo mismo compartiera su pesar. Desafortunadamente, todo indicaba que había llegado la hora oscura, y el doctor y su esposa se enfrentaban a una realidad compleja y amenazante.

Después de la exquisita cena preparada por Susi, que incluyó langosta, frijoles, arroz y tortillas de harina, los ánimos de ambos se apaciguaron. El doctor Santiago arrimó un par de sillas cerca del fuego y, tomó tiernamente las manos de su esposa, susurrándole con amor: "Todo estará bien, querida mía, tal vez nos haga falta respirar el aire de los espesos bosques de ébano. Si lo consideras a bien, Susi, iremos a las laderas a visitar a nuestros amigos, la familia Bell".

Susi asistió con un movimiento de cabeza. Aunque el doctor la puso al tanto de los peligros que se avecinaban, tenía un presentimiento, estaba segura de que algo más grave preocupaba a su esposo. Por lo tanto, consideró de muy buena gana la idea de acudir con los Bell. Al día siguiente emprendieron el viaje. Luego de varias horas al volante, el doctor estaba sumergido en su mente y, abruptamente aterrizó sus pensamientos cuando un desorientado búho casi se estrelló en el parabrisas del carro. Tuvo que frenar bruscamente.

"¿Qué pasa?", preguntó Susi con voz modorra, despertando de golpe debido al movimiento brusco del automóvil. Sin embargo, por su estado de embarazo, embriagada por el sueño se volvió a quedar dormida casi inmediato.

"Tengo que decirle a Susi esto que me está volviendo loco", pensó el doctor exasperado. "No encuentro una respuesta sensata a esto que me está aguijoneando la cabeza", se reprochó. "Y lo peor de esta maraña es que, recibí una carta de mi colega, el doctor Benjamín Fuente, quien me pidió urgentemente encontrarnos en el muelle, la noche que fue atacado. Desde entonces, no se ha sabido nada de él. La gente del muelle informó a las autoridades que lo vieron forcejear con unos hombres, antes de irse con ellos en un bote", suspiró afligido rememorando lo acontecido. Se talló los ojos; sentía como si tuvieran vidrios dentro. No había podido dormir bien en las últimas semanas después de lo sucedido con su colega.

El doctor dirigió una mirada al rostro angelical de su esposa, Susi, que seguía profundamente dormida; y la idea de que algo malo pudiera sucederles a ellos también le atravesó el alma como una daga punzante.

Capítulo 5 El Cubo Negro

"Yo no soy lo que me sucedió, yo soy lo que elegí ser".
–Carl Gustav Jung.

Después de que el doctor Santiago Silvestre recibió de modo misterioso documentos confidenciales, los cuales ocultó en un ala secreta de la Academia, luego de la misteriosa desaparición de su colega en el muelle, el honorable doctor Benjamín Fuente, decidieron ambos, él y su dulce esposa Susi pasar unos días en las laderas con la familia Bell.

Luego de haberse informado recíprocamente ambas familias sobre los últimos acontecimientos; y tras haber tomado el té que, la señora Lili Bell le preparó al doctor para apaciguar sus nervios, llegaron todos a una reunión urgente y a puerta cerrada. La convocatoria fue organizada por los Bell, y tuvo lugar la mañana del 26 de junio.

En aquel momento, lloviznaba ligeramente ceniza, proveniente del volcán al que la gente de las laderas llamaba "Montaña Sagrada". El doctor ya tenía un mejor semblante, después de haber descansado bastante, gracias al té de las montañas que la señora Lili Bell le dio a beber.

En aquellas extensas llanuras cubiertas de pasto corto y arbustos verdes los animales se deleitaban de la fertilidad de los suelos, indiferentes, a los tormentos que delataban los rostros descompuestos del grupo de gente.

"No pensé que fuera a pasar esto tan pronto", expresó con

preocupación la señora Lili Bell, frunciendo su poblado entrecejo. "No tenemos mucho tiempo ya", agregó consternada. "Sé que usted es un hombre de ciencia, doctor Silvestre, pero ha de saber que hay cosas que escapan al conocimiento científico que conocemos hasta ahora. Aunque suene descabellado, doctor, hay cosas que desafían la lógica, y que no tienen una explicación aparentemente sensata".

Pipino Cande Bell le dirigió a su amada esposa, Lili Bell, una mirada de complicidad en señal de acuerdo. "Será mejor que lo vea por usted mismo, doctor", demandó la señora Lili Bell.

Todos los presentes se dirigieron hacia las faldas del volcán siguiendo los pasos de la señora Lili Bell. Allí, en una roca oculta entre el follaje, se hallaba un fresco pintado que tenía números y figuras geométricas. Lili Bell, colocó la palma de su mano sobre el fresco y tocó cada figura con sus delicados dedos, como si estuviera tocando las teclas de un piano.

Ante la mirada atónita de la familia Silvestre se abrió una cámara al interior del volcán. "He conocido este lugar desde que era niña. Mi madre, Angelina, me trajo aquí. Ella también fue traída por su madre, y así sucesivamente hasta perderse en el tiempo. Hemos guardado este secreto ancestral desde siempre. Y no es para menos, ya que se trata de un tema complejo y delicado. Los frescos que se encuentran en el interior de esta cueva anuncian la caída de los Siete Reinos, y la desaparición del Coral", explicó la señora Lili Bell. "Además, hay un extraño Cubo Negro que proyecta algo similar a una película en la mente de quien lo toca", añadió, exhalando todo el aire contenido en su estómago, como si estuviera liberándose de una pesada carga al revelar esa información. Luego señaló con su dedo índice hacia otra galería.

El doctor Santiago, con paso desconfiado se acercó al Cubo Negro. "Ponga su mano sobre el cubo, doctor Silvestre. Observe por usted mismo", demandó la señora Lili Bell con determinación.

Con la mano temblorosa, el doctor Santiago Silvestre se aproximó al Cubo Negro. "¿Qué clase de avance es este?", pegó un grito de asombro, mientras su mirada horrorizada se perdía en lo que presenciaba, al momento de tocar el enigmático cubo.

Luego de aquello, y tras un reflexivo silencio, al doctor le volvió el habla. "He oído rumores de que el consejo se reunirá la próxima semana. Al parecer, algo grave está ocurriendo en el Coral. Han destituido de cargos importantes a personas que estudiaron en la Academia", informó a sus estimados amigos. "Me pregunto si habrá más cubos como este en el planeta", añadió con evidente preocupación.

Acordaron mantener la información del Cubo Negro en secreto, a petición de la familia Bell. Por otro lado, el doctor quedó mudo por unos días, a causa de las pesadillas que sufrió, luego de aquello que vio en el Cubo Negro. Durante varias noches se despertaba sudando frío y susurrando cosas extrañas, porque soñaba con la misma jovencita espantada, junto con unos niños en su regazo, ocultos en una humilde choza, mientras que afuera el mundo del Coral literalmente se estaba cayendo a pedazos.

"¿Qué clase de tecnología tan avanzada será esta que muestra al planeta de otro tiempo?", se preguntaba el doctor en las largas noches de insomnio que comenzó a padecer desde entonces "¿Qué son y de dónde vienen esos cubos que mandan información en imágenes directamente al cerebro al hacer contacto con ellos?", se cuestionaba sin encontrar una respuesta sensata.

Era difícil precisar qué clase de tecnología era aquella que, mostraba escenas con las ordenes de sellar el Coral al exterior. Y el extermino de los niños del Coral –niños con memoria arcaica, misma que con el correr de los años iría despertando. Portadores de una joya en la cabeza, no evidente, aunque algunas veces notoria; algo semejante a un esplendor de hebras luminosas que emanaba de sus cabezas en la oscuridad, y cuando estaban muriendo: fueron algunas de las imágenes que el doctor Santiago vio en el Cubo Negro, y que casi lo llevaron a la casa de la locura, contó de buena gana su amada Susi a los Bell cuando el doctor se recuperó de semejante susto.

EL ACUERDO

Después del delicado encuentro que tuvieron ambas familias, y ya más recuperado del susto, el doctor reunió al grupo más cercano de la Academia para emprender una ardua investigación basada en los delicados documentos confidenciales que habían llegado de manera misteriosa a sus manos. Entre las numerosas referencias, destacaba la mención de los niños que poseían un cristal incrustado en la cabeza que, como una coincidencia, el doctor se negaba a ver como tal. "No hay casualidades", renegó.

Por otro lado, y aunque el caso sí lo ameritaba, el doctor omitió en aquel momento hablar sobre el Cubo Negro que los Bell le habían revelado en las faldas del volcán, en los bosques de ébano, debido a la delicadeza del asunto.

Acordaron el doctor y sus colegas buscar en los archivos ancestrales de la Academia cualquier indicio que pudiera conducirles a descubrir la existencia de aquellas enigmáticas criaturas.

LA INVESTIGACIÓN

El doctor Silvestre y sus colegas, movidos por la intriga y el conocimiento, se adentraban cada vez más en un laberinto de teorías y evidencias fragmentadas que les quitaban la paz en las noches. Durante diecisiete años, el doctor y su grupo cercano no cesaron su búsqueda. Habían logrado descifrar muchos de los códigos de unos papiros amarillentos que encontraron en un ala empolvada de la academia, pero nada sabían en concreto sobre los niños con el cristal aún.

A medida que avanzaban en su búsqueda, descubrían indicios dispersos que parecían conectar el misterio de los cristales con fenómenos misteriosos ocurridos en el pasado. Sin embargo, la respuesta completa se les escapaba de las manos, dejándoles a todos la boca amarga con la incertidumbre aguijonéales el cerebro.

A esas alturas, luego de sus descubrimientos, el doctor y su grupo ya habían penetrado en temas sumamente delicados concernientes al planeta Coral. Acordaron bajo solemne juramento mantener toda la información con carácter hermético para garantizar su misma sobrevivencia. Se reunirían a tratar el tema, ocultos de las miradas ajenas; en lugares siempre con vigilantes, cuidando con carácter inquebrantable no ser descubiertos, y evitar ser acusados de conspiración bajo las severas leyes de los Siete Reinos.

La academia continúo trabajando con la misma dinámica, aunque se restringieron distintas alas del edificio, con el fin de hacer varias reparaciones a la estructura, fue el comunicado que recibieron los profesores.

El doctor y su esposa resolvieron mantener a su hija, Galia, al margen de todo lo acontecido; la joven fue enviada a las campiñas de Occidente a estudiar desde temprana edad; volvía al lado de sus padres en las vacaciones, contenta, siempre con una clara chispa divertida en sus ojos alegres.

Por otro lado, el hijo de Pipino Cande Bell se había convertido en un apuesto joven de penetrante y cándida mirada. Sus ojos azules reflejaban el mar embravecido cuando se encolerizaba, y un sereno cielo se asomaba en su mirada cuando recuperaba la calma –a Galia le divertía mucho haber descubierto ese gesto de Pipino, quien también se había convertido en un excelente escultor de ébano, al igual que su padre. Pipino hijo era el más fino de todos los escultores de la comarca. Un poco tímido por naturaleza –solía decir su abuela–; se ruborizaba notablemente cada vez que se encontraba con Galia, cuando esta estaba de vuelta en casa; a ella parecía divertirle que al joven se le subiera la sangre a su bellísimo rostro cubierto de pecas, y bromeaba con el serio apuesto joven sobre ello.

Un verano, luego que acabo el ciclo escolar en Occidente, Galia pasó unos días en casa de la familia Bell. La señora Lili Bell, como matriarca era muy respetada y querida en las laderas de los bosques de ébano; a pesar de su edad tan avanzada, seguía al frente de la etnia Faro. Por aquel tiempo, su amado esposo, el anciano Pipino Cande Bell, tenía ya una década de su partida al eterno Oriente –como solían ellos llamar al fallecimiento de una persona–. Aquel verano, la señora Lili Bell instruyó a Galia sobre temas de astronomía. A la joven Galia le sorprendió mucho el conocimiento que la anciana tenía sobre ello, ya que la señora Lili Bell no había estudiado en ninguna Academia.

"¿Estás lista, Galia?, partiremos pronto", demandó la anciana Lili Bell la madrugada víspera al solsticio de verano.

La habían invitado a tan esperado evento; emprendieron la caminata a las tres de la mañana. Debían llegar al punto exacto en el momento de dicho acontecimiento. Caminaron durante seis horas atravesando el espeso bosque. Muy cerca de la hora de tan esperado evento se aproximaron a un cañón de roca ígnea rodeado de árboles sicomoros. Allí en aquel punto, se levantaban dos moles de piedra; se levantaban ambas independientes, pero se juntaban en la parte alta, casi hasta arriba, unos tres metros antes; se divisaba una pequeña rendija entre ellas, semejante a una ventana en forma triangular.

Sorprendida, los ojos de Galia brillaron con esplendor al ver aquello que contempló en la ventana. Eran las nueve de la mañana con once segundos cuando ocurrió el fenómeno por todos conocido como solsticio de verano.

Galia vio el acontecimiento a través de aquel triangulo; y le estremeció hasta la última de sus vertebras ser partícipe de aquella ceremonia.

Capítulo 6 La Academia

"Es mejor crear que aprender. La creación es la esencia de la vida".
– Julio Cesar

Galia llegó a su casa contentísima, después de una visita relámpago a la Academia, donde fue informada de que estudiaría bajo la tutela del famosísimo doctor en historia, el profesor Salomón San. La noticia emocionó enormemente a la bella Galia; estaba más que encantada con el comunicado, ya que estaría inmersa en el fascinante mundo del conocimiento bajo la guía del distinguido profesor Salomón. La Academia estaba ubicada en la orilla oriental de río Jaguar y, se extendía a lo largo de dos kilómetros. Tenía su entrada principal por la calle de la Luz, número 22. Galia vivía a pocas calles de allí y solía caminar hasta la Academia siguiendo la ruta de los salmones, río arriba; siempre dispuesta a aprender, por amor al conocimiento. Su padre, el honorable doctor Santiago Silvestre, la había instruido en los estudios de neurociencia, pero ella había decidido sumergirse por completo en la antropología, la historia del Coral y en el estudio de los cuerpos celestes. Su madre, la señora Susi, como economista que era atendía los asuntos en la Casa de la Moneda; era banquera, pero también estaba ilustrada en historia y plantas medicinales arcaicas.

Al llegar a casa, con el aliento agitado después de una carrera desde la Academia, la joven preguntó: "¿Hay alguien en casa?”.

“Pero, criatura, ¿qué te ocurre?, parece que has dejado el espíritu de la calma en otro lugar”, respondió su madre con ternura.

Galia, más serena, después de inhalar una gran bocanada de aire y recuperar el aliento, dijo: “Vengo de la Academia, madre mía, y me han comunicado que estudiaré bajo la dirección del honorable profesor Salomón San”.

“¡Felicidades, querida Galia! Este es el resultado del esfuerzo, trabajo, perseverancia y disciplina que, han guiado tu vida desde que tomaste “el timón de tu propia nave”, como solía decir tu abuela: cuando una persona asume el control de los océanos que debe cruzar en su vida”, dijo la señora Susi con notable orgullo; al reconocer las cualidades que seguían sorprendiéndola de su bella hija, Galia.

“Espera a que se lo cuente a papá, se va a caer de la silla ese adorable viejito quisquilloso”, dijo Galia con un suspiro de alivio.

Recordaba que, su señor padre, aunque nunca la había presionado para que estudiara en la Academia, si le había sugerido delicadamente pensarlo en varias ocasiones. El honorable doctor Santiago Silvestre era un ferviente defensor del derecho del pensamiento individual.

Aquella tarde, luego de una semana ajetreada, Galia decidió quedarse en la Academia horas extras para recuperar el tiempo perdido durante el verano, en el cual no había dedicado mucha atención a sus investigaciones previas. Durante dos semanas, había estado investigando los papiros que había encontrado por casualidad en un ala polvorienta de la Academia. Al sostener los extraños documentos amarillentos con caracteres jeroglíficos, abrió tremendos ojos. "¿Qué cosa podrá ser esto?", se preguntó ante su descubrimiento.

Con renovado interés, Galia volvió a tener en sus manos esos extraños papiros con caracteres jeroglíficos. A pesar de haber identificado algunos de los códigos presentes en los documentos, la complejidad de estos le habían impedido descifrar su significado; durante semanas de arduo trabajo estuvo quebrandose la cabeza con ese fin. Pero cuando llegó el verano, la Academia cerró sus puertas a los estudiantes de nuevo ingreso para realizar reparaciones, ya que el ala destinada a ellos era el punto por reparar. Galia, entonces se vio obligada a dejar de lado sus investigaciones y a regañadientes tuvo que abandonar sus planes de investigación, pero se llevó consigo los códigos que contenían esos papiros empolvados.

Cuando la Academia finalmente reabrió sus puertas, Galia regresó de inmediato a buscar los papiros para retomar su investigación. Los papiros representaban seres vivos y caracteres jeroglíficos. "El rey tiene que sacudirse el polvo para levantase," leyó Galia en voz alta el papiro. "¡Qué rayos es esto!", exclamó, sorprendida ante aquello. A medida que avanzaba en su análisis, comenzó a notar patrones y conexiones entre los signos. Poco a poco las palabras y las frases comenzaron a tener forma en su mente, revelando información intrigante y desconocida.

Conforme Galia desentrañaba el significado de los jeroglíficos, se dio cuenta de que estaba frente a un descubrimiento excepcional. Los papiros revelaban un antiguo relato que narraba la historia perdida de una civilización olvidada en el Coral. Describían avances científicos y eventos históricos entre otras cosas. Indecisa en seguir husmeando en tan delicado descubrimiento, dudó un momento, y pensó en retirarse, pero intrigada por el contenido extraño de esos textos, evidentemente escritos en otro periodo de la Academia, prosiguió con su investigación.

"Sea cual sea la procedencia y la antigüedad de estos textos son de vital importancia para el Coral; mañana que regrese el profesor Salomón le preguntaré sobre esto", pensó, convencida de lograr desentrañar los secretos ocultos de aquellos papeles amarillentos.

Capítulo 7 La Casa de la Moneda

"Sé como la flor que da su fragancia incluso a la mano que la aplastó".
–Ali Ibn Abi Talib

El evidentísimo y majestuoso Royal Coral (Casa de la Moneda), que estaba ubicado en la cima de la ciudadela, era un palacio de construcción abovedada que abarcaba un espacio de setenta y dos hectáreas. Sus imponentes muros y su bellísima arquitectura dejaban perplejos a los visitantes que llegaban desde lejanas tierras. En la entrada principal del palacio dos bellísimas esculturas de ébano representando leones daban una cálida bienvenida a todos aquellos que accedían al salón principal.

El palacio Royal, también conocido como la Casa de la Moneda, era propiedad de los Siete Reinos y estaba destinado a la acuñación de las medallas y a la producción de lingotes de metales preciosos. Se trataba de un lugar de suma importancia, ya que se encargaba de proveer todas las medallas del planeta Coral. Las medallas llevaban impreso y a golpe de martillo una espiga y una flor, símbolos distintivos de los Siete Reinos. La delicada tarea era supervisada directamente por el director de la Casa de la Moneda, el conde Aníbal Issa.

La administración de la empresa estaba rigurosamente controlada por los reinos, y el conde Aníbal Issa se encargaba de adquirir los metales preciosos del Coral y someterlos a un proceso de fundición, en el cual se separaba la escoria. El proceso de acuñación de las medallas estaba estrictamente vigilado para garantizar su autenticidad y calidad. Las medallas acuñadas pertenecían a la Real Hacienda, siendo esto una muestra tangible del valor y la riqueza de los Siete Reinos del Coral.

Además de su función, como centro de acuñación, el palacio Royal Coral también era un lugar de esplendor y belleza. En sus jardines, de asombrosas formas cuadradas y escalonados, se plantaban palmeras de dátiles y de cocos; también arboles de: olivos, higos, almendros, membrillos y una extensa variedad de otros traídos desde lejanas tierras. Además, en la parte más alta de las terrazas se situaba una gran fuente de agua que añadían un toque de encanto a la imponente estructura. Aquel sitio representaba el poder y la grandeza de los reinos del Coral.

LA MALA HORA.

Aquella desafiante mañana del 22 de septiembre, Susi Silvestre, apresurada, entró con una taza de café negro en la mano a la oficina. El principal había pedido verla antes de que comenzara la jornada del día. Al notar la expresión en el rostro del siempre impecable principal, Susi dedujo que el hombre no había pegado un ojo en toda la noche.

"¿Qué te sucede, Aníbal?", preguntó, asombrada. Era la primera vez que veía al principal de la Royal Coral en un estado tan deplorable: alterado, arrugado y sin afeitar.

El conde Aníbal Issa se sentó encima de su escritorio, la barbilla le temblaba. Después de un breve silencio –que a Susi le pareció una eternidad–, dijo con voz quebrada: "Han desaparecido todos los fondos de la Academia. Por lo tanto, la honorable Academia se verá obligada a cerrar sus puertas".

Susi sintió que el mundo se le venía abajo, afligida por lo que vio venir, pensó que, si la noticia no le causaba un infarto al doctor Santiago Silvestre, seguro lo dejaría sin apetito y se iría a la cama sin probar bocado.

"Debe de haber un error, Aníbal. No puede haber desaparecer todo. Era una fortuna. ¿Cómo fue posible?", reviró Susi, alarmada, llevándose las manos a la boca.

Aníbal explicó a Susi que alguien con conocimiento de los códigos de acceso a la fortuna de la Academia había llevado a cabo la operación. No había otra explicación razonable.

Tras la terrible noticia, Susi caminó entre los bellísimos jardines de la Casa de la Moneda con el semblante tan pálido como un muerto. Desde que se graduó con honores lauros en economía había estado trabajado como banquera en la institución. Solo se había tomado un par de meses de descanso, cuando nació su hija, la pequeña Galia.

Susi ocupaba un cargo importante y, ella más que nadie, conocía la enorme y sólida fortuna que la Academia mantenía en las arcas de la Royal Coral. Esa fortuna había garantizado el progreso de la ciencia y el conocimiento desde que la Academia abrió sus puertas.

¿Qué sucedería con la Academia al ser despojada de los bienes que la mantenían en pie? Un futuro oscuro se perfilaba para el progreso del Coral. La idea estremeció a Susi. Era el comienzo del otoño, y los árboles comenzaban a pintar la atmósfera con tonos rojizos y amarillos dejando caer sus hojas melancólicas ajenos a su angustia.

El doctor Santiago Silvestre había tenido una caída jugando al tenis y debía de guardar reposo. A regañadientes, accedió a quedarse en casa hasta que le quitaran el yeso, pero eso no le impidió despegar la nariz de sus investigaciones. Cuando Susi se aproximó a la entrada de su casa, alcanzó a ver al grupo más cercano de académicos del doctor, quienes se marchaban apresuradamente, lanzando maldiciones a su paso.

"¡Nos han despojado de todo! ¡No queda ni una sola medalla!", exclamó el doctor hundido en su sofá; el color de su rostro se la había ido por completo y estaba tan triste como un funeral sin gente. Susi se aproximó a su esposo, sin habla, muda, como si las palabras se le hubieran atorado en la garganta.

Capítulo 8 El Embuste

"Mi mundo está formado de todas las decisiones que he tomado en mi vida, el resultado es este que soy".
–Ángel Silvestre

La mañana sofocante del 23 de septiembre, el doctor Santiago Silvestre esperaba impaciente a su esposa, la banquera Susi, en un ala del palacio de la Casa de la Moneda. Eran las once de la mañana, su rostro pálido reflejaba el claro gesto descompuesto de una noche en vela. Minutos más tarde, fue conducido por un uniformado a otro salón, le dijeron que esperara, como parte del protocolo, dado que se encontraba en la Casa de la Moneda.

Lamentablemente, luego de aquel día, el doctor Santiago y su esposa Susi nunca fueron vistos con vida de nuevo. Los padres de Galia fueron asesinados. Las autoridades informaron que unos delincuentes ingresaron a la Casa de la Moneda para robar y, al encontrarse con el doctor Santiago y su esposa Susi, los delincuentes les dieron muerte indolora; les partieron el corazón en dos, literalmente, dijeron.

Galia, con el corazón fragmentado en mil pedazos, lloraba inconsolable en las laderas de los montes de ébano, donde corrió a refugiarse con la familia Bell, después de tan repentina y trágica perdida que la dejó huérfana. La anciana, Lili Bell, conteniendo su propio dolor apretó los labios y abrazó a la desbaratada Galia, ya huérfana de padre y madre.

Y, por otro lado, la espontánea tragedia dejó a Pipino Cande Bell y a su joven hijo sin aliento; ambos, se vieron perdidos de pronto en un mar de dudas que les aguijonó de súbito la cabeza. Habían tenido reuniones secretas con el doctor y el grupo de académicos en las últimas semanas, y tenían la sensación de que lo qué habían descubierto había mandado a sus amigos a la tumba.

La casa de Galia fue confiscada por órdenes de los Siete Reinos, y la academia fue tomada súbitamente, alegando investigación de carácter secreto. Así comienzo aquel oscuro capítulo en el planeta Coral.

Pocos días después, la anciana Lili Bell desapareció repentinamente sin dejar un solo rastro, como si se la hubiera tragado el volcán. Nadie encontraba una respuesta sensata sobre su misteriosa desaparición. Dejó una carta bendiciendo a su nieto, Pipino Cande Bell, y a la joven Galia, por sus próximas nupcias, junto con una sarta de recomendaciones para tener un buen matrimonio.

Por otro lado, el comunicado de los reinos informó que los profesores eruditos de la Academia estaban siendo investigados por conspiración, y también a ellos les confiscaron todos sus bienes.

Galia Silvestre y Pipino Cande Bell se casaron en una ceremonia íntima que se llevó a cabo en las laderas de los bosques de ébano en estricto hermetismo, debido al sombrío periodo que se cernía sobre el Coral. El grupo de las laderas acordó mantenerse discreto y moderado en sus acciones, tratando de pasar desapercibidos a los ojos de los Siete Reinos. Pipino Cande Bell padre, como sucesor de la anciana desaparecida, Lili Bell, encabezó el bellísimo ritual de bodas que tuvo lugar entre llanto y alegría, como aderezado con una mezcla de limón y miel.

Luego de unos meses nació la pequeña Ágata; permaneció la familia de tres sin hacer mucho ruido. Vivieron de manera muy sencilla en la villa de Santa María de los Carbones durante algunos años, tratando de alguna forma de mitigar el saberse perseguidos. Sin embargo, aún no tenían idea sobre el complejo y misterioso secreto que envolvía a toda esa familia; ni qué sorpresa les tenía preparado el sendero a transitar.

Segunda Parte

Capítulo 9 La Roca

"Y nunca me cansaré de buscar sombra en el desierto".
–Ángel Silvestre

En un punto conocido como el Triángulo del Coral, cuya superficie era de aproximadamente seis mil kilómetros cuadrados, se hallaba la famosa prisión conocida como La Roca; se trataba de un enorme complejo levantado en un área marítima tropical.

Aquel horrible complejo de piedra se ubicaba en un área conformada por once islas. El clima en aquella zona era cálido y húmedo, con dos estaciones, seca y lluviosa. Y las laderas cubiertas de selva en las altas montañas que se elevaban en el centro de las islas eran evidentes desde distintos ángulos. Los constructores de aquella impresionante mole en el océano, a petición de los Siete Reinos de antaño crearon un campo magnético para sellar las once islas. De esa manera esa prisión se convirtió en una garantía para combatir al enemigo de antaño que, amenazaba constantemente con permitir una invasión extranjera. El único acceso que había en aquellas instalaciones era por barca.

Luego de muchísimos años con esa dinámica, los reinos del Coral enviaron a La Roca a la delegación correspondiente para hacer un convenio con los constructores, cuando estos se negaron a abandonar La Roca, y más aún, se atrevieron a proclamar su independencia y libertad. Luego de aquel hecho, no se supo qué pasó, pero no salieron jamás, ni la delegación enviada ni aquellos constructores. Permanecieron allí, consumiéndose dentro de aquella fantasmal roca en el océano, hasta que no fueron más que sombras olvidadas con el paso del tiempo.

El pez loro de cabeza jorobada, el pez Napoleón, el tiburón ballena y las mantarrayas, atraídas por los grandes bancos de plancton se daban un festín en las brillantes aguas del océano, ajenos a lo que lo que ocurría en tiempo real en la superficie de aquellas cálidas aguas tropicales. De la misma manera ocurría con los millares de atunes, como el aleta amarilla, aleta azul, atún rayado y atún blanco que recorrían una y otra vez esa ruta como penitencia. Ocurría lo mismo con las seis especies de tortugas marinas que habitaban aquellas aguas: tortuga plana (Natator depressus), laúd, verde, carey, olivácea y boba. Y para las ballenas azules, cachalotes y delfines era un día igual, como todos los días en el Triángulo del Coral.

LA TRAGEDIA

Cuando hubo ocurrido el infame plan que dejó desamparadas a los niños, llevaron a los ya Huérfanos del Coral a la famosa Roca. Un grupo de monjes meticulosamente entrenados para esas funciones los recibieron; aquellos monjes tenían la consigna de colocar a todos los huérfanos con las familias que usurparían a sus padres.

A partir de aquel momento, como un sueño infernal del que

no se puede despertar, la prisión de La Roca se convirtió en el nuevo hogar de esas criaturas desamparadas. Por todos los medios se les obligaría a los pequeños a borrar su memoria, y sembrar en su mente lo que ya se había decidido con anterioridad por los Siete Reinos. Pasarían el resto de sus vidas esos niños del Coral literalmente sometidos en laboratorio.

Ágata Bell tenía cuatro años y Azul Gordon ocho cuando los llevaron a aquel temible lugar, luego de que los pequeños no pudieron abordar la barca a tiempo junto con los otros, quienes, afortunadamente, sí lograron escapar abriendo túneles en el océano, cuando ocurrió el blasfemo complot y muchos fueron avisados con tiempo. No supieron qué ocurrió con sus padres; de hecho, ninguno de los Huérfanos del Coral que llegaron a la Roca supo lo sucedido con sus padres.

La mujer que usurparía el lugar de la madre de Ágata la llamaban Yoya. Y, aunque a Ágata le gustaba la idea de que esa señora no era del todo una mala persona le irritaba recibir sus órdenes. Pero qué más podía esperar la pobre huérfana desde entonces, sino recibir sólo órdenes: "¡Piensa cómo te digo!, debes pensar de esta manera. ¿Por qué tu mente no piensa correcto?", era la lluvia de críticas y órdenes que recibía cada día de parte de su supuesta madre, y de todos los guardianes de aquella "horrible roca" –como los niños la llamaban.

LA MARIPOSA

Un día, Ágata aterrizó su mente que vagaba en la montaña sagrada, así llamaba Ágata a su morada –un lugar imaginario, al que recurría meditando, y que la conectaba con la historia que escuchó de sus padres, sobre su bisabuela, la señora Lili

Bell, y el volcán sagrado que estaba en las faldas de los bosques de ébano–. Notó que habían tomado las sillas del jardín de la casa donde vivía con la señora Yoya. Pasó saliva, y su rostro notablemente descompuesto por lo ocurrido se cubrió de súbita palidez, por el hecho de pensar que, le llovería una tunda si su falsa madre se daba cuenta de ello. La culparía a ella, sin duda, no desaprovecharía esa infame mujer el momento para descargar sobre Ágata palabras malsanas. Le diría que ella tomó las sillas faltantes sin su autorización, y trataría de hacerle creer que lo hizo mientras estaba dormida, para hacerla dudar de sí misma, como solía la señora Yoya hacer con siniestra familiaridad, y de esa manera manipularla.

Aquello era su método; su instinto cruel y malvado sembraba en la cabeza de la dulce Ágata el miedo a la posible locura, y de esa manera controlarla,

La atmósfera se sentía fresca, había llovido mucho en esa temporada y estaba bastante verde el área. Aterrizando sus pensamientos, Ágata dio un brinco y se lanzó a buscar las sillas a la casa celeste –una casa donde su falsa madre jugaba naipes con sus amigas los jueves, y que estaba localizada en una parte baja del terreno.

Las sillas estaban allí, acomodadas en el área del jardín de la casa. Cuando se dispuso a tomar una de las sillas, por intuición, giró la cabeza noventa grados hacia la entrada de la casa. Con sorpresa, vio a una mujer de aspecto cadavérico tras la ventana de la casa asomarse. Ágata pensó que no estaban los vecinos, ya que era domingo, y solía esa extraña gente reunirse en el estadio de La Roca y escuchar el mismo sermón de siempre, y no volvían hasta después del mediodía, por ello mismo se sorprendió al ver a una mujer allí. Aun así, pensó en llevarse las sillas a la casa de la señora Yoya y evitarse una paliza, así que no se detuvo ante la quisquillosa mirada de la mujer de la ventana.

Luego de aquello, regresó a su falsa casa con las sillas de la señora Yoya de vuelta. La sonrisa de triunfo dibujada en sus labios se le borró cuando vio cómo la carretilla destinada al trabajo al que era forzada todos los días hacer –recolectaba el coral duro durante horas– se fue accidentalmente camino abajo, la velocidad fue en aumento. Preocupada por tal acontecimiento, se fue tras la carretilla tan rápido como sus piernas pudieron responder. Se le bajó la presión del susto al ver a unas pequeñas en el camino. Se trataba de las hijas de los amigos de su falsa madre, quienes ajenas jugaba sin percatarse del evento. Corrió tan rápido como pudo al ver a las niñas. Dotada de un corazón noble y una poderosa confianza en sí misma, estaba segura de ganarle la partida a la carretilla que iba como un caballo desbocado. Tenía que detenerla, y evitar un daño para las niñas.

Las niñas, como por intuición, giraron su flacucha carita hacia el camino; y con los ojos saltones por el espanto pegaron un semejante grito al ver la carretilla casi encima de ellas. Afortunadamente, unos segundos antes de ser arrolladas, casi por mandato divino, la carretilla cambió su dirección y se fue de lado. Lloriqueó una de las niñas haciendo un berrinche de escándalo. El perro de esa familia salió corriendo con la cola entre las patas, alejándose de ahí como alma que lleva el diablo. La madre de esas criaturas ya estaba en camino. Lo vio todo, de la misma manera que Ágata, y le lanzó una mirada asesina a la inocente criatura; ella se estremeció, le llovería una severa tunda por lo ocurrido, un pretexto más que usaría su supuesta madre para castigarla y mandarla a los calabozos.

Preocupada por el panorama que vio venir, con un nudo en la garganta, se limitó a decir: "¡Qué peligroso estuvo esto!, lo siento mucho, no tengo más palabras".

Luego de lo ocurrido, aquellas niñas actuaron egoístas con Ágata cuando ésta trató de escapar y aplazar la severa tunda que recibiría –esas criaturas feas la capturaron con una red gigante cuando Ágata quiso huir del escenario–. Aquellas niñas, hijas legítimas de los usurpadores, no eran en lo absoluto nada amables, al igual que todos en La Roca para con los Huérfanos del Coral.

"¿Acaso soy una mariposa? ¿Por qué me están tratando como si yo fuese una mariposa?", les gritó enfurecida a sus feas captoras.

Después de aquel mal momento no supo con exactitud cuánto tiempo estuvo en los calabozos, pero su amigo Azul se las ingenió para hacerle llegar algo de leche y unos dibujos en clave. Los días pasaron, Ágata sonrió al recordar a su querido amigo, quien era siempre tan bueno con ella.

"¿Ágata, aprendiste la lección? ¿O deseas hacerles compañía a las arañas unos días más?", dijo la falsa madre; con una chispa infernal en sus ojos, al ver llegar de regreso a Ágata a la casa; meditabunda y triste, todo flaca, temblorosa y ojerosa, luego que salió de los calabozos.

La pequeña Ágata estuvo sosteniéndose con migajas de pan y agua, aislada, en los calabozos oscuros que usaban en La Roca para castigar a los rebeldes, y no le fue nada bien a la pobre en aquel horrible sitio, así que, con su dulce vocecilla quebrada respondió: "Sí, señora Yoya, sí, aprendí la lección; debo poner más atención en mi trabajo, y no debo hablar de las cosas tontas que ocurren en mi cabeza".

"No me llames señora. ¡Ya te dije qué soy tu madre!", dijo la señora Yoya con áspera actitud.

"Y te recuerdo que, lo que ocurre en tu cabeza, solamente son cosas producto de tu imaginación", gritó, histérica, la malsana mujer "¿Por qué no eres como las hijas de los vecinos?".

"¿Por qué no te comportas igual que ellas?", arremetió con ímpetu y furia la señora Yoya a Ágata, con su irritabilísima típica aguda voz.

Ágata apretó los labios y guardó silencio, no estaba en condiciones para recibir otra tunda, pero pensó ante el comentario punzante y enfermo de la señora Yoya: "¿Acaso esta mujer piensa que de verdad voy a creer qué es mi madre? Tan sólo la simple idea me ofende. Pero más me ofende todavía que ella me diga que debo de ser como esas otras niñas. Esas otras niñas no trabajan recolectando el coral desde que el sol se pone, ni las mandan al calabozo para castigarlas, y tienen hasta un perro de mascota en su casa; ¿cómo vamos a ser iguales con tanta diferencia? ¡El comentario de esta mujer ofende mi inteligencia!".

La señora Yoya, quien parecía advertir lo que Ágata estaba pensando, la bombardeó con palabras mal sanas, le dijo que ella había sido un producto del error, que no debió haber nacido nunca, pero que su buen corazón había tenido piedad de ella y le permitió vivir.

Trataba aquella mala mujer por todos los medios con

astucia de envenenar su dulce corazón, sembrando en ella dudas. Afortunadamente, Ágata todavía recordaba muy bien el calor de sus padres ausentes. Tenía en aquel tiempo ocho años, habían trascurrido cuatro años desde que llegó a ese horrible lugar, llamado por los Huérfanos del Coral "la horrible roca".

Su amigo y compañero Azul tenía en aquel tiempo doce años; se trataba de un niño muy reservado con la gente, en lo general, pero cuando estaba con Ágata no paraba de hablar. A pesar de las tristes circunstancias que gobernaban sus vidas, Ágata solía a menudo bromear con su querido amigo desde siempre: "¿De dónde te desconecto, querido Azul? ¿Ya te disté cuanta qué no has parado de hablar?".

Como un dato importante, de la misma manera que no recordaba cuándo aprendió a nadar en el mar, Ágata no recordaba cuándo conoció a su querido amigo Azul. Pero, sí se acordaba, como la claridad de un día soleado, cuando sus padres se reunían a hurtadillas en el sótano de su casa y ellos aprovechaban el momento propio que buscan los niños para jugar en el jardín. Se divertían de lo más lindo esperando a sus progenitores. A Azul siempre lo distrajeron las lagartijas y las serpientes que había en los alrededores de la casa de Ágata; eran nueve diferentes especies, de ambas, curiosamente; y Azul no paraba de hablar sobre sus observaciones y descubrimientos como un laureado biólogo, a pesar de su corta edad.

Una noche oscura en la horrible roca, Ágata despertó repentinamente envuelta en un hilo nostálgico; impulsada por aquel sentimiento inusitado salió del oscuro cuarto bajo los efectos de un pesado letargo. Afuera, no se percibía nada más que la oscuridad. Poco después, dio vuelta para regresar al dormitorio cuando la primera ráfaga de recuerdos refrescó su mente. En el camino se le paralizó el corazón por un instante al percibir movimientos en la oscuridad. Frente a ella estaba un perro gordo; la miraba con ojos infernales con las claras intenciones de comérsela viva. Ágata alcanzó a pillar un objeto metálico, semejante a una escalera, y le dio un tremendo golpe al perro con el objeto alcanzado en el momento en que el canino se le echó encima, literalmente lo derribo en el aire.

El perro quedó atrapado entre el metal del objeto y ella aprovechó para alejarse de allí. Azul la alcanzó pronto. "Escuché ruidos. No sé por qué supuse que eras tú; ven, intentemos el escape nuevamente", dijo.

"No, Azul, ese camino está custodiado por criaturas infernales que se parecen a los perros, es peligroso. Acabo de matar a uno que me atacó entre la oscuridad", replicó, asustada.

Azul le dio una palmadita en la espalda en señal de solidaridad. Pronto comenzó la cacería y por todos lados salieron esas criaturas con intenciones de comerse a los niños vivos. Azul los ahuyentó, imitando el comportamiento de los osos, ayudado con un plástico que llevaba a manera de capa. Algunos perros se asustaron, pero no todos, y Ágata sentía las mordidas fallidas a escasos milímetros de su piel, hasta que no pudo librarse de uno que le mordió una mano y ya no la soltó.

"Saldremos de aquí, Ágata", escuchó la voz de Azul, antes de ser llevados al calabozo de los castigados.

En aquel horrible lugar llamado La Roca, donde se llevaron a los huérfanos, Ágata y muchos de los niños trabajaba desde que el sol se levantaba recolectando el coral duro.

Carretilla tras carretilla de coral apilaba en un área cercana al muelle, aunque ella se las ingeniaba siempre para descansar y husmear en las zonas prohibidas. Esa curiosidad suya le costó muchas visitas a los calabozos.

Por otro lado, Azul trabajaba como pescador a lado de su falso padre y el grupo de pescadores. Pero se las ingeniaba para observar y estudiar el comportamiento de las criaturas que habitaban en las islas, casi con fervor. Ágata miraba a Azul de la misma manera que él observaba a las criaturas de la isla, porque Ágata solía observar casi de manera automática los movimientos y gesticulaciones del rostro de la gente; le sorprendía y a la vez le fascinaba notar las diferentes expresiones que suelen tener los rostros humanos de acuerdo con su estado de humor.

En aquel verano, Ágata visitó varias veces el calabozo; la histeria de la señora Yoya aumentaba con el paso del tiempo y descargaba sobre la pequeña todo su insano sentimiento; la acusaba hasta por el mal clima que azotaba seguido a La Roca y decía con tono escalofriante la malvada mujer rechinando los dientes mientras la llevaba a empujones al calabozo: “Este clima tan caluroso en esta época es un castigo por los niños desobedientes y feos como tú, Ágata, los cielos nos castigan por eso”.

Azul, preocupado por no ver a su amiga Ágata en varios días, aquel verano decidió correr el riesgo de hacerle llegar pan y miel a los calabozos. Lamentablemente, fue descubierto facilitándole a Ágata su estancia en el calabozo y, fue castigado severamente por el señor Martirio, su supuesto padre. Azul no se levantó en varios días de la cama a consecuencia de ello.

Cuando Ágata terminó sus vacaciones en los calabozos, Azul

y su falso padre habían cambiado su residencia a la isla contigua. Se difundió el rumor que el señor Martirio había montado una pescadería que surtiría la demanda de alimento en las once islas de La Roca. A consecuencia de la noticia, Ágata pasó los próximos días sumergida en su mente, sin hablarle a nadie. Aquel verano estuvo tan triste como un féretro por la ausencia de Azul; finalmente, decidió que se quedaría muda y, así mismo fue durante algunos meses.

La prisión fue construida con carácter impenetrable. Se trataba de once islas. La misma gente de la estirpe de Ágata y Azul fueron sus diseñadores. La fortaleza fungió como prisión para los enemigos de antaño, a petición de los reinos.

A aquel temido lugar enviaron a los huérfanos para educarlos bajo la tutela de padres falsos, para que estos usurpadores les llenaran su memoria con lo que el sistema demandaba de ellos.

Capítulo 10 El Monje

"De los diversos instrumentos del hombre, el más asombroso es, sin duda, el libro. Los demás son extensiones de su cuerpo. El microscopio, el telescopio, son extensiones de su vista; el teléfono es extensión de la voz; luego tenemos el arado y la espada, extensiones de su brazo. Pero el libro es otra cosa: el libro es una extensión de la memoria y de la imaginación".
–Jorge Luis Borges.

Una tarde sofocante de verano, Ágata recogió el vino que su ficticia madre había encargado en una de las tantas tabernas que había en La Roca. "La gente aquí se mueve como si estuvieran en un corral", pensó Ágata, al ver a la muchedumbre eufórica por el calor del vino; caminaban con notable torpeza.

"¡Miren a mi bebé! ¡Cuánto ha crecido ya!", dijo el supuesto padre de Ágata; al verla llegar, seria y pensativa –como solía serlo cuando la señora Yoya desquitaba sus frustraciones malsanas en ella.

"¿De quién es? ¿Quién es la madre?", preguntó una voz sarcástica. "¡Porque, supongo que ella también participó!", agregó la misma voz sarcástica, soltando una tremenda carcajada que contagió a todos.

Ágata sintió cómo el color de la sangre se le subía ante aquel bullicio infernal.

“Cálmate, no es para tanto”, dijo su falso padre, dándole una palmadita en su tierno rostro visiblemente enrojecido.

“¡No me toques, me puedes contaminar!”, gritó Ágata con tono ofensivo.

Le irritaba tanto conocer la verdad y seguir con ese juego, y, además que toda esa gente allí lo supiera, le irritaba tanto como la hiedra venenosa que crecía en algunos lados de La Roca –un tipo de planta que causaba erupciones en la piel al estar en contacto con ella.

“¿Qué no te puedo tocar los cachetes de tomate enojado que tienes?”, reviró él sujeto, dirigiéndole una mirada siniestra, al mismo tiempo que volvió a tocar su rostro angelical rasgando con brusquedad su barbilla.

“¿¡Qué estás haciendo!?”, le gritó Ágata.

Lo acusó frente a todos de ser una mala persona. Pero nadie intervino por ella. Era claro que a nadie en aquel pedazo de mundo le interesaba la suerte de esos huérfanos.

“¡Vete ya de aquí!”, lanzó un grito encolerizado su supuesto padre salpicando saliva.

Ágata, indignadísima y furiosa, dirigió sus pasos a la salida tragándose el coraje que le quemaba las tripas; se mordió los labios antes de que se le escaparan las palabras mágicas que la mandarían directo al calabozo.

“No puedo creer que haya permitido esto. ¡No me defendí lo suficiente! ¿Por qué? ¿Acaso empiezo a ser un pollo cobarde? ¿O es porque extraño mucho a Azul?”, renegó y se recriminó a sí misma.

La inocente jovencita lanzó una infantil mirada amenazante a esa infame gente antes de abandonar el sitio una vez que recobró su postura. "¡Voy a denunciar el acto ahora mismo!, esto ha sido una agresión a mi persona; sé qué me escuchará alguien, aunque ustedes insistan en que eso es una locura de mi parte", dijo con una nota de indignación en su vocecilla.

La gente en la taberna de La Roca observaba a Ágata como si de un fenómeno se tratase cuando la escuchaban murmurar. Algo raro que notaba ella siempre en esa gente de nariz flaca y puntiaguda era su expresión, parecían estar muy atentos a lo más mínimo que ella decía; pero, inmediato a ello, le hacían sentir que no estaba cuerda, que estaba tan chiflada como las cabras del campo.

El día se marchó, y Ágata se fue a la cama súper irritada por el mal momento que pasó en la taberna.

Al amanecer del día siguiente, se despertó de mal humor, tenía una terrible jaqueca y sentía un vacío oprimiéndole el pecho. Giró la cabeza hacia la diminuta ventana de su habitación; le daba vueltas todavía por el menudo trago amargo que le hicieron pasar en la taberna, mismo que no digirió y se llevó a sus sueños.

Con expresión de aturdimiento en su inocente rostro, vio a unas personas entrando al complejo de La Roca; arribaron por el lado del puente. "¿Por qué estará pasando esa gente por allí?, algo importante debe de estar ocurriendo", pensó al ver a un grupo de monjes con capucha roja.

Traían cosas consigo que indicaban intenciones de mudarse, era un grupo grande; había niños y adolescentes entre ellos. Sus cosas estaban montadas en una carreta, y ésta estaba montada en la cubierta de la barca que los trasportaba.

Ágata observó la escena con mirada fija; pensó al ver aquel cuadro en la posibilidad de que fueran invitados de su ficticia familia, provenientes de las otras islas. Pero le pareció demasiado extraño que pasaran por allí, usando aquel puente que estaba infestado de tiburones para mantener a los niños alejados del muelle; y, dada su naturaleza, no tardaría mucho en averiguarlo.

Sus chispeantes ojos se abrieron con asombro cuando vio a su supuesta madre llegar al escenario y extenderle la palma de su huesuda mano al que parecía ser el principal del grupo –un monje–, quien le correspondió de buena gana el saludo.

Cuando aquel grupo recién llegado entró al salón principal de La Roca, Ágata se deslizó hasta allí con la agilidad de un gato y se aproximó a ellos. Le extendió la mano al monje, como por intuición, más que por cortesía.

Extrañamente, el monje la miró con un fervor casi religioso y, le dio el saludo correspondiente al grupo de su padre –Pipino Cande Bell–, pero Ágata dudó en regresar aquel especial saludo y, sin saber qué decir, trató sin éxito de esbozar una sonrisa.

"¿Por qué me está dando el saludo en código que conozco de mi padre este hombre?", se cuestionó, intrigada.

Ágata estuvo dándole vueltas todo el día al asunto del monje mientras se quebraba la espalda recolectando coral. Ya por la tarde, antes de emprender la vuelta de regreso a su falso hogar, recibió una nota de manera misteriosa, un desconocido se la dio en sus manos directamente, luego se marchó corriendo, dejando a Ágata literalmente con la palabra en la garganta.

Temblorosa, observó aquel papel arrugado lleno de

garabatos, y notó entre esos garabatos la señal que usaba siempre su padre para comunicarse en secreto con su grupo.

Pipino Cande Bell, su padre, le ensenó desde pequeña dicha clave para cuando llegara el momento. Le había transmitido por medio de aquellos códigos la señal, como un recuerdo heredado a toda la descendencia de los Huérfanos del Coral. Refrescada su mente, Ágata estaba muda ante la evidencia de sus sueños, o recuerdos, mismos que se mezclaban en su mente.

Capítulo 11 La Conexión

"El ser humano que ha nacido por segunda vez, entiende la lección de las abejas, que son un magnífico ejemplo de sociedad superior y saben preparar la miel: trabaja para que la idea de la fraternidad universal se extienda sobre la tierra, y aprende a elaborar su propia miel espiritual".
–Omraam Mikhael Aivanhov

El monje de capucha roja, de nombre Sam, había llevado a La Roca a los niños, los últimos huérfanos del Coral. Aquel hombre era uno de los pocos infiltrados que quedaban vivos aún en el Coral; fiel al grupo que había comandado el padre de Ágata, el escultor Pipino Cande Bell.

"Si mis sospechas son ciertas, esta pequeña es la hija de Galia y Pipino Cande Bell", pensó el monje, con la esperanza de que así fuera. "Pero si fuera ella la verdadera hija de los Bell, ¿por qué no correspondió el saludo de reconocimiento?", se cuestionó el monje y, por un momento se notó defraudado y frunció su poblado entrecejo.

VOLVIENDO EN EL TIEMPO

El monje Sam ocupaba un cargo importante en el Templo del Coral, siendo él mismo uno de los principales de esa poderosísima Sede. Se trataba de un notable erudito: había dado clases de Astronomía en la Academia hasta antes de ser llamado a ocupar el cargo, tan ansiado por él, en el Templo del

Coral.

Antes de que la penosa tragedia ocurriera, cuando el monje tuvo acceso a la información precisa sobre el infame plan que se estaba gestando con aquel grupo y sus niños, el noble Sam no dudó en alertar a los Bell. Mandó una nota confidencial citándolos a mediodía, en el Palacio del Ébano, ubicado en la calle del Alma número 10.

Aquel palacio, erigido en cantera gris, estaba situado justo frente al Templo principal del Coral, los dividía un cuadro compuesto de gigantes árboles de nogal que sombreaban toda la manzana.

"¿Por qué tanto misterio?", se preguntó Galia al acudir a la cita.

El escultor, Pipino Cande Bell, no acudió a la cita, ya que se encontraba atendiendo una diligencia de carácter vital junto con su grupo cuando llegó la notificación.

Cuando Galia vio llegar al monje tan agitado supuso que la urgencia de verlos no podía tratarse de nada bueno. El sudor, como la cera, le escurría de la frente como si estuviera derritiéndose, y se le atoraban las palabras en la garganta.

"¡Cálmate, hombre! ¿Pues qué cosa has visto que te ha puesto así?", preguntó Galia, y preocupada al ver el estado descompuesto del monje con gentileza tomó sus manos para tranquilizarlo.

Después de que los nervios del monje se apaciguaron, contó con detalle su descubrimiento; le advirtió sobre el terrible plan que se estaba gestando a sus espaldas. Todo el grupo se encontraba en peligro, sin lugar a duda. Y los códigos de los papiros amarillentos que Galia encontró en antaño en la

Academia eran una pista para el pase de salida del Coral.

Todo indicaba que se trataba de información confidencial que atañía a la Misión Artemisa 7.

Acordaron por lo delicado del tema que, los papiros estarían más seguros ocultos en una de las cámaras del Templo del Coral, nadie sospecharía de aquel sitio.

Luego de lo ocurrido, tan abrupto, Galia se fue a buscar aquel bonche de papeles viejos y, ocultando con discreción bajo su gabardina purpura los papiros amarillentos, volvió casi en enseguida. Al monje, que seguía hecho un manojo de nervios, se le iluminó el rostro al verla de vuelta; ambos entonces sin perder un segundo de tiempo cruzaron por la entrada secreta que conectaba con el Templo, y que había descubierto con anterioridad el escultor Pipino Cande Bell. Ocultaron los papiros en el lugar elegido y quedaron de verse más tarde. Por otra parte, dadas las vitales circunstancias en puerta, resolvieron que sería el monje quien los buscaría para no levantar sospechas.

La conexión que había por medio de túneles secretos entre el Palacio del Ébano, el Templo Principal del Coral, la Royal Coral –Casa de la Moneda– y la Academia, nadie la conocía tan bien, a excepción del grupo que comandaba el escultor y padre de Ágata, Pipino Cande Bell.

Por otro lado, el monje Sam conocía muy bien sobre los secretos que guardaban los guardianes del Coral, ya que la Sede mantenía celosamente esos registros ocultos en sus cámaras secretas. Sam, formaba parte también del grupo que comandaba Pipino Cande Bell, hasta antes de ser descubiertos y traicionados.

Aquel trágico día que oscureció el futuro del Coral, el monje Sam logró mantener su incógnita intacta, gracias a que fue avisado con tiempo de lo que estaba por ocurrir, con respecto a los niños del Coral y a sus padres. Lamentablemente, no pudo dar aviso del complot en aquel último vital momento, y Pipino Cande Bell y todos los del grupo fueron arrestados, y literalmente desaparecieron, porque nada se supo de ellos después.

Posterior a ello, los huérfanos como Ágata y Azul fueron enviados todos a La Roca, como si de una penitencia se tratase.

"¡Parece que son estos los últimos niños que quedan ya!", dijo el monje a la señora Yoya, con tono despectivo, como parte de su estrategia –debía comportarse como todos los de La Roca y ver a esos huérfanos como fenómenos.

"¡Eso espero! ¡Porque estos niños no debieron existir nunca!", respondió la señora Yoya, furiosa, sacando humo como una chimenea de su puntiaguda nariz.

Capítulo 12 Los Papiros

"Las heridas que no se ven son las más profundas".
– William Shakespeare

Ágata asistió al punto indicado como era de esperarse en ella; el miedo de saberse sola y en esa ala prohibida de La Roca lo dejó afuera; ella sabía más que nadie que no estaba para mimos. Se sorprendió a sí misma por el temple que dejó ver a una bien equilibrada jovencita.

A pesar de su corta edad, y aunado el sufrimiento vivido en manos de las mentes enfermas de sus cautivadores, no cabía duda de ello, Ágata Bell era digna hija del Coral, y sus ancestros, Lili Bell y Pipino Cande Bell estarían orgullosísimos de lo bien que estaba digiriendo su posición, como hija legítima del Coral.

Una vez que entró al ala de La Roca indicada, tragó saliva y, sintió que se le encogió el estómago debido a los nervios que la estremecieron de los pies a cabeza. Se llevó la mano al corazón y respiró tan hondo como pudo, tratando de apaciguar su pulso acelerado al saberse tan cerca de algo tan grandioso, pero, que aún no alcanzaba a comprender.

Entró a la cámara con la confianza de una mente sana; estaba oscuro allí adentro, y olía a huevos en descomposición y a ratón muerto. Sobreponiéndose del penetrante olor, sacó de su bolsillo con urgencia la nota arrugada con los códigos de su padre y su grupo que, el monje le hizo llegar, y se sentó encima de una deteriorada mesilla, soportando el nauseabundo olor que se respiraba en la atmósfera del sitio.

Respiró profundo para relajarse y, rememorando el movimiento de las tortugas bobas en la arena, con la misma calma analizó el contenido de la nota. Luego de un buen rato de profundo análisis, y dándole vueltas y vueltas a lo que decía la nota en código, no encontró según su perspectiva nada extraordinario en ella y, acabó la pobre con una jaqueca de valor doble; exhausta, pero no derrotada, se daba ánimos así misma, "en algún punto debe estar la combinación de este laberinto de letras, símbolos y figuras de criaturas vivas", dijo, frunciendo el entrecejo y clavando su mirada en la nota.

Afortunadamente, el fantasma del desánimo no logró cautivar su confianza y Ágata dirigió la mirada a una de las paredes de piedra; en la base de dicha pared, para su sorpresa, notó algo semejante a un fresco; se trataba de pájaros, flechas, símbolos y números burilados en la roca que indicaban la dirección y el orden de los textos.

De pronto, sintió una punzada en el estómago y dejó escapar un gemido de asombro. Palideció como un muerto al descubrir un código escrito en caracteres jeroglíficos –letra arcaica del planeta Tierra 11–; con la mano temblorosa por la emoción se arrimó una silla. "Lo que sea esto, prefiero que me agarre bien sentada, no vaya yo a caerme por el susto", dijo en broma para liberar su tensión; y sin más, se dispuso a tocar los símbolos de acuerdo con la clave descubierta en estos.

Con asombro vio que se abrió una ventana, frente a ella, y abruptamente se dobló, llevándose la mano derecha a su corazón, porque sintió un intenso dolor en el pecho que la obligó a doblar el torso. "¡Oh!, ¡qué rara sensación! ¿Me estaré muriendo?", se preguntó, al mismo tiempo que se exploró buscando algún posible golpe que se hubiese dado sin haberse darse cuenta de ello.

Una vez que se le pasó el dolor y aquella extraña sensación –semejante a una descarga eléctrica, seguido de una punzada intensa–, se activó una pantalla en la ventana que se abrió. "¿Qué es eso?", se preguntó, exaltada, abriendo semejantes ojos al ver un Cubo Negro en la pantalla, y dentro de este a una joven tomando una ducha y quejándose de dolor, explorando con su mano derecha en el lado de su corazón, justo como ella misma lo había hecho segundos antes.

Estupefacta, volteó para todos lados, tratando de encontrar una lógica a tal coincidencia, pero no encontró ninguna respuesta razonable.

Después de un buen rato, tratando de digerir aquello tan extraño, decidió salir a enfriar su cabeza de tantas ideas que bombardearon su mente; a hurtadillas se dirigió al escondite que tenían ella y Azul, cercano al punto de las abejas, ahí se sentó a meditar lo ocurrido. Aterrizó sus pensamientos cuando una hormiga le mordió una pierna. "¡Ay, ay!", dejó escapar un grito, al sentir el pellizco de la inocente hormiga que movía sus patitas en el aire mientras la mordía. Se sacudió las hormigas que se le subieron sin darse cuenta y, se dispuso a volver a la fortaleza antes de que la señora Yoya pudiera notar su ausencia. En eso pensaba, cuando apareció en escena Azul, muy fresco, con una sonrisa de lado a lado dejando al descubierto su perfecta dentadura.

"¿Viste a la lagartija saltar?", preguntó Azul con inocente asombro.

Ágata siguió con la mirada estupefacta a la lagartija que le señaló su amigo azul; la lagartija brincó de una piedra a un troco de árbol, luego brincó directo a un hormiguero que había entre la yerba, y se dio un tremendo festín de proteína.

"¡Ay!, ¡qué rico! ¡Buen trabajo, chico!", dijo Azul, con su peculiar sentido del humor, a la lagartija, que en ese momento se deleitaba con el manjar de proteína.

"¡Creo que esto ya es demasiado!", expresó Ágata con notable tono preocupado, pero trató de no dejarse llevar por las coincidencias repentinas que estaba experimentando.

Azul era un niño fascinado siempre por los reptiles, y estaba tan metido en el mundo de la lagartija en aquel preciso momento que, no escuchó la preocupación de Ágata.

Por otro lado, Ágata había tomado la resolución de tomar las cosas con calma, para no caer en la locura, en la superstición o en cualquier otra cosa negativa que pudiera oponerse a la misión a la que estaba destinada como hija legítima del Coral. Enorme herencia le habían dejado caer sobre su espalda aquellos ancestros a la dulce Ágata; ella tenía la obligación moral de desarrollar al pie del cañón el mandato sobre el futuro de los Huérfanos del Coral; esa difícil responsabilidad la espantaba, y como consecuencia de ello algunas veces daba vueltas en circulo.

Todo indicaba que esos niños, herederos de algo desconocido y complejo, tenían algo semejante a un código en sus memorias que amenazaba con activarse llegado su tiempo. Aquel linaje, de una manera inexplicable, recordaría las experiencias importantes que tuvieron sus antepasados como si se tratara de ellos mismos.

LOS CÓDIGOS DE ITZÁ

"Ya no llores más, bebé, te lo suplico. Te cargaré todo el día si dejas de llorar", prometió Ágata al bebé de la señora Yoya aquella mañana aparentemente tranquila. Y se esmeró llenando de mimos al pequeño, como era de esperarse del noble corazón de Ágata; más tarde, en la primera oportunidad que tuvo, se escabulló y volvió al ala oculta de La Roca, donde halló el acceso a la ventana por medio de un fresco burilado en la pared; activó los códigos correspondientes nuevamente, y para sorpresa suya, un bebé lloraba en el comienzo del filme dentro del Cubo Negro, en la pantalla que se activó; lloraba con la misma intensidad que el bebé de la señora Yoya. Ágata no logró entender lo que estaba ocurriendo. Desconcertada, se llevó las manos a la cabeza que le daba vueltas tratando de encontrar una respuesta razonable ante lo ocurrido. Al final del filme, aparecieron un bonche de papiros amarillentos como si de un gran libro se tratase, y una carta. Estupefacta, revisó una a una de aquellas misteriosas hojas, comenzando con la carta de exquisita caligrafía.

Capítulo 13 La Carta

"Mi nombre me lo dio una estrella del norte; sé a qué estrellas seguir para volver a casa".
– Ángel Silvestre

"¿Quién será esa Artemisa a quien va dirigida esta carta? ¿Y quién es Alma Yerach?", se preguntó Ágata Bell cuando terminó de leer la siguiente carta:

Información Confidencial, 13 de agosto

Querida Artemisa:

Me dirijo a ti saludándote y deseando con fervor vernos pronto.

En las cálidas noches de invierno he visto a las más bellas flores blancas nocturnas florecer.

Logré descifrar el código con éxito, y accedí junto con mi compañero al túnel trece, el día 13, a la hora indicada. Lamentablemente, hubo un error y se filtró información vital. Por consiguiente, por seguridad se dio la orden de cambiar las coordenadas para arribar a la nave, y quedé varada en la estación trece y, sumamente vulnerable, en el limbo literalmente. Cabe destacar que, por más que me esforcé dando lo mejor de mí, no logré reajustar el tiempo, según el código al que tuve acceso, y perdí el enlace con la nave. Traté como pude que no me ganara el pánico en medio de esa incertidumbre cuando noté la presencia de los enemigos del progreso merodeando mi sombra. Sabía de antemano que, estaba siendo observada desde el momento en que la nave cerró sus puertas para mí. Con paso moderado para no despertar sospechas me dirigí con dirección a la primera salida que visualicé, junto con mi compañero, quien, afortunadamente, no se dio cuenta de lo sucedido, porque se hubiera muerto de espanto el pobre. Aunque, a decir verdad, querida Artemisa, creo que no debo ocultarte que algo intuyó el hombre, de eso estoy segura... Salimos a buscar un transporte, pero la medianoche estaba próxima, y según el código al que tuve enlace, justo a esa hora se haría el cambio de guardia en esa zona, controlada desde una estación orbitando cercana a la Luna. Por lo tanto, me encontraba junto con mi gentil compañero en la boca del lobo, literalmente. Notarían mi presencia en la estación, y la cacería de brujas comenzaría en el momento de su descubrimiento. De modo que, podrás imaginar el espanto que reflejaba mi rostro en aquel vital momento.

Abordamos un trasporte minutos después, y el conductor, con gesto de sepulcro nos codujo entre las calles mal hechas y charcos de agua acumulada de una colonia escondida y solitaria. Guardé silencio, pensando que pasaría mi presencia incógnita, pero ya se había dado la orden, y quien conducía el carro era mi cautivador. Cuando noté lo antes dicho, "¡oh, sublime inocente!, me recriminé a mí misma, pero ya era demasiado tarde. Sabiéndome yo misma una persona de comportamiento virtuoso, guardé silencio para garantizar la misión. Luego de dar algunas vueltas, nos bajaron del vehículo y nos condujeron al interior de una mansión construida con cantera, había fuentes majestuosas y grandes jardines en su interior que, irónicamente contrastaban con la humilde colonia. Estaba oscurísima la noche, y el clima caliente y húmedo era insoportable.

"No puedes retenerme aquí por mucho tiempo, y lo sabes", le advertí a mi adversario cuando lo identifiqué. "Soy ciudadana de Itzá. Vendrán los de allá a buscarme, y tendrás graves problemas por este hecho. Déjame ir a completar mi misión, y tienes mi palabra de honor que no daré informes sobre este lugar". Insistí, paciente, ante la indiferencia de mi verdugo. "Sabes que no puedes detenerme aquí", le advertí nuevamente, aunque fue inútil. Por desgracia me mantuvieron unos días allí, en esa área, oculta y controlada por esa gente en la Tierra 11. Su intención fue quedarse con mi criatura por nacer, ya que sabían, ciertamente, que a mí no me podían retener por mucho tiempo, pero a mi criatura sí; al no ser mi criatura un ciudadano de Itzá, él no estaba protegido por sus leyes. Por consiguiente, me mantuvieron bajo el influjo del suero de la verdad, pero, aun así, ni una sola palabra salió de mi seca garganta. Trataron entonces de sembrarme dudas para que retractara mi postura, y para que el peso del miedo me hundiera. "Claro que sí tengo miedo", le dije a mi insano verdugo, "pero has de saber tú también que para atrás uno no vuelve ni para tomar vuelo", remarqué con énfasis al cabecilla, porque sabía muy bien que ellos reconocerían esa clave. Con gesto descompuesto, al saberse descubiertos, cambiaron su áspera actitud y quisieron convencerme de vivir con ellos, en aquella mansión, cuya existencia, bien sabido, era el resultado del sufrimiento de las masas desamparadas; volví a advertirles: "olvídenlo, la ambición daña la mente; déjadme ir por la buenas". Al final del día, decidieron no arriesgar su estancia en ese pedazo de tierra y, nos dejaron ir, a regañadientes. Podrás imaginar el infierno que pasé en el camino hacia la jungla, con semejantes enemigos cuestas a mis espaldas. Mi gentil acompañante se espantó tanto que no lo volví a ver.

Me despido de ti con un caluroso abrazo fraterno.

Tu amiga y siempre fiel compañera,

Alma Yerach

Pasaron los días y, Ágata comenzó a estudiar aquellos papiros amarillentos como guiada por una fuerza desconocida hasta entonces. A Azul lo veía una vez al mes, cuando el jovencito acompañaba a su falso padre a entregar el atún, a la isla donde ella seguía en cautiverio. Azul se escabullía con la habilidad de un camaleón y lograba camuflarse hasta el lugar secreto que mantenían para sus reuniones; se trataba de un sitio cercano al punto donde estaban las colmenas. En aquel período, Ágata también tuvo que visitar el calabozo muchas veces debido a lo que su ausencia provocaba; pero valía la pena el sacrificio que había de pagar por ello, de eso no tenía la más mínima duda, porque la dulce Ágata comenzaba a tener más claridad de lo que había pasado en el Coral con sus padres, y le comunicaba a Azul sus descubrimientos cuando eran posible sus encuentros.

Con toda la información que obtuvieron Ágata y Azul en aquel tiempo, llegó el momento en que entraron en las profundidades del tema, y juntos lograron descifrar un código para abrir un canal de escape, que se ubicaba en las aguas de ese océano.

Habían transcurrido tres años desde que el monje Sam le enviara la nota, con el código oculto de sus padres impreso en esta, indicándole el punto dónde podía tener acceso a aquella ventana oculta que, mostraba los filmes dentro del Cubo Negro, y el bonche de papiros amarillentos con los códigos del Coral. Tenía Ágata once años, y los registros de las memorias arcaicas de su linaje ya comenzaban a activarse, tal como lo habían anunciado con anterioridad los escritos de Itzá que –la antigua Ciudad del Coral– ocurriría llegado su momento con los niños de la gema en la cabeza.

Ágata había logrado memorizar casi todo el contenido de los papiros a los que tuvo acceso en ese periodo, y muchas veces accedía a los códigos repasándolos en su mente.

Un buen día, el misterioso Cubo Negro le mostró extraños filmes que no logró comprender en aquel momento; y un libro en blanco, donde ella comenzó a escribir sus descubrimientos y penurias.

Todo aquello indicaba tecnología compleja. Un sofisticado ordenador escribía lo que ella narraba, y las páginas del libro en blanco comenzaron a tomar forma. A partir de aquel momento, Ágata a menudo recordaba un mapa perfectamente trazado y la voz aguda de un hombre que decía: “Este es un mapa igual al que hay en la Calzada de los Muertos”.

“¿Acaso el sofisticado y complejo ordenador estaba narrando los mundos insospechados que los pueblos del cosmos descubrirán a trevés de Ágata Bell?”, alguien se preguntaba en el Cubo Negro.

Capítulo 14 El Escape de Azul

"Tú que vertiste el vino divino en mi copa. Haz que en virtud de su calor mi esencia se revele. Haz del amor el principio de mi vida. Por el ardor de mi hálito, haz brotar de mi ceniza una llama audaz. Cuando esté muerto, haz de mi polvo una lámpara. Y qué avivada por mi dolor arda en el desierto".
– Mahoma

Escucharon voces provenientes de afuera; se trataba de los vigilantes de los huérfanos que, montaban guardia en esa horrible fortaleza. El supuesto padre de Azul, el señor Martirio, había decidido alargar su fiesta y quedarse en la isla unos días más.

Alrededor de las lumbres que ardían como si fuera el mismísimo infierno, aquellos monstros sin alma reían a carcajadas, rememorando sus atroces faltas. Ágata y Azul aprovecharon ese momento de mal sano deleite de su capturadores para intentar el escape tantas veces planeado y fallido a última hora.

Ya era tarde, pero no había caído la noche todavía cuando emprendieron la carrera aquel otoño. En cada zancada que daban al par de jovencitos se les paraba el corazón de espanto; sentían el bullir de la sangre en sus venas, y Azul se veían así mismo despellejado vivo si los atrapaban.

Uno de los guardias, con la astucia de un zorro los siguió maliciosamente, pero los niños que, de ninguna manera eran tontos, se percataron de su sigilosa presencia.

Ágata y Azul tenían muy claro su objetivo; debían seguir por el sendero que conducía a la zona de volcanes, y una vez allí, descender del otro lado hasta llegar al mar, donde se cruzaba una corriente que funcionaba como portal.

Firmes y valientes, a pesar del miedo que sintieron al llevar a cabo tal atrevimiento, los niños no detuvieron su marcha. Ágata, metida en su mundo, se veía así misma colgada en la horca con la lengua de fuera y los ojos saltones si la juzgaban por desobediencia. Aterrizó sus pensamientos al recordar que cuando tuvo acceso a los registros arcaicos de los hijos legítimos del Coral, tuvo acceso también a una compleja fórmula para respirar bajo el agua. –Eso era posible accediendo a un código y, de acuerdo con dicho código, ella podría nadar como pez, y ser como un submarino bajo el agua –. Aunque aún esa idea le sonaba súper descabellada, porque todavía no tenía una idea clara de lo que significaban los destellos de información que repentinamente recibía –semejante a descargas eléctricas–. Y a menudo se preguntaba asustada: "Bueno, ¿y de dónde demonios vendrá todo esto qué recibo en código?".

Por desgracia, aunque había memorizado casi todo el contenido de los cientos de papiros amarillentos a los que tuvo acceso todavía no lograba entender eso fenómeno extraño sobre las ráfagas de información que le llegaba abruptamente, a manera de descargas eléctricas.

"¡Azul Gordon!", dijo Ágata con tono firme, antes de que la

ola rompiera y zambullirse en ella. "Has de prometerme que, si logramos cualquiera de los dos abrir el canal y cruzar el mar que separa al Coral de los otros mundos, y uno de nosotros quedara atrapado aquí, no desfallecéis, debemos continuar con la instrucción que hay en los códigos de nuestro linaje. En otras palabras, Azul Gordon, tenemos que seguirlos conforme estos se vayan revelando". Azul no escuchó más a su amiga Ágata.

CACAHUAMILPA

Azul abrió los ojos sintiendo los pellizcos que los cangrejos le propinaban en su mallugado cuerpecillo, luego de la revolcada que sufrió al atravesar el campo magnético que abrió. No supo cómo llegó hasta allí, porque perdió el sentido, pero no sin antes, con la habilidad de un delfín, lograr ganarle la partida a un tiburón que lo persiguió con la pura intención de saborear tan fresco manjar. Azul era un joven muy especial en esos temas del agua; además de estar dotado de un corazón valiente y noble, era un pez el muchacho en el agua sin duda. Logró engañar al tiburón que lo seguía, camuflándose, entre los corales donde abrió el canal de escape de La Roca, gracias a los códigos de los papiros que ambos, Ágata y él lograron satisfactoriamente descifrar.

"¡Ágata! ¿Dónde estás?", Azul llamó con un grito desesperado a su única amiga al verse solo, tirado, con sus miserias humanas, allí en la blanca arena; ya estaba por oscurecer, pero todavía se divisaba el escenario.

Azul se estremeció todo al no obtener respuesta, y temiendo lo peor, su corazón palpitó acelerado y de un brinco como un resorte se levantó.

Desconcertado, al no tener ninguna señal de Ágata, la buscó durante toda la noche, como preso de una locura; salía del agua solamente para respirar aire, para luego sumergirse hasta el corazón del mismísimo océano con la esperanza de encontrarla, desafiando a los tiburones y a cuanto animal que se encontraba a su paso. Desafortunadamente, el sol se puso, y Azul agotado por tan intensa búsqueda acabó a punto de ser el desayuno del tiburón. –Y, como advertencia de un mal presagio, se trataba de el mismo tiburón que insistente lo siguió por el canal que abrió.

El filo mortal de los dientes del tiburón alcanzó a rozar la pierna de Azul, y un hilo de sangre tiñó el agua obligándolo a desistir en su búsqueda. Pasó el joven los próximos días histérico; y por tanto susto y ansiedad cayó en cama, aunado a todo ello olvidó alimentarse, y su pierna ya se había infectado; ardía en calentura. Deliraba y clamaba por Ágata, su dulce amiga. Se negaba a pensar en la idea que el malvado tiburón se la hubiera comido, o en la posibilidad de que se hubiera ahogado. Recordaba y se repetía a sí mismo las palabras que a menudo escuchaba decir al grupo de sus padres, aquel viejo proverbio: "Haga lo que haga, no se ahogará quien ha nacido para la horca".

Pasaron los días, y una mañana Azul despertó sudando a cántaros. Estaba tumbado como un bulto en una de las cavernas de las islas del Coral. "¡Oh, no! ¿Qué le pasa a mi pierna que ha engordado tanto?", exclamó en tono sarcástico, para apaciguar el espanto que le causó ver su pierna morada y regordeta; a las claras infectada. "Seguramente ese tiburón no se desinfectó la dentadura, malvada criatura del océano", renegó y lanzó un chillido cuando trató de mover su pierna severamente dañada.

Como pudo, a rastras, se arrimó y tomó del agua fresca que se filtraba de una gotera que caía en aquella galería, donde el pobre estaba tirado con sus miserias humanas. Poco rato después, ya calmada su sed, lo invadió un sentimiento de tristeza y su ánimo se vio afectado por el fantasma que provoca el desaliento. Posterior a ello, su mente parecía un caballo desbocado; sin rienda sus pensamientos divagaban en un mundo de ideas desordenadas; tembloroso y agitado, renegaba con una rabia hasta entonces desconocida por él.

Mas tarde, luego de haberse quedado dormido, cansado de tanto renegar y pensar, cayó en una profunda depresión y no quiso levantase ya, permaneció encogido como un niño en el vientre de su madre.

Pasaban los días lentísimos, lloraba todo el tiempo, día y noche; y agotado por tan humano sentimiento, se quedaba dormido, despertaba y repetía la misma rutina, una y otra vez. Y así sucesivamente Azul estuvo por un periodo prolongado. Luego entró en otra etapa, la más dura para ser digerida por una criatura tan joven; no se movía, incluso ni pestañaba. Estaba como ausente, ido de la mente, y soñaba y deliraba literalmente despierto que veía llegar a Ágata a la caverna.

No despegó los ojos del océano por mucho tiempo, hasta que sintió una sensación extraña en el estómago que lo obligó a levantarse y buscar algo para comer.

Capítulo 15 El Espíritu de Pipino Cande Bell

"Las tierras pertenecen a sus dueños, pero el paisaje es de quien sabe apreciarlo".
– Upton Sinclair

Ágata se despertó abruptamente con el estruendo de un rayo, eran las once y once de la noche. Presa de un estado de exaltación, una lluvia de pensamientos bombardeó su tierna mente y, aunque lo intentó, no pudo conciliar más el sueño. Irritada de dar vueltas y vueltas en la cama, optó por levantarse y desliarse entre las sombras de la noche, hasta la cámara, donde se hallaba la ventana con el extraño Cubo Negro en la pantalla y el bonche de papiros amarillentos. Se quebró la cabeza tratando de entender más de esos códigos, hasta que sin darse cuenta la venció el cansancio y se quedó dormida; cuando salió de la cámara era ya mediodía. "¡Oh, sublime insensata!", gimió la dulce Ágata cuando se imaginó la cara de toro bravo de la señora Yoya; sabía que esa malsana mujer se la comería viva. Y así mismo fue, Ágata fue enviada al calabozo nuevamente. Yoya demandó dejarla ahí por un tiempo indefinido para que esa niña insensata aprendiera de una vez por todas la lección, alegó con su característico vil tono.

Ágata durmió mucho en aquel tiempo para escapar de su realidad. Y cuando estaba despierta practicaba yoga, hacía ejercicio y estiraba su cuerpecillo delgado en el reducido espacio. Uno de esos tantos días que estuvo castigada, aprovechó el momento en que le llevaron el pan y el agua;

contuvo la respiración y se hizo la muerta, logrando con éxito engañar al guardia, quien retrocedió para dar aviso dejando la puerta abierta.

Aprovechó entonces Ágata aquel momento para escapar. Sin pensarlo mucho, a velocidad de rayo, la valiente jovencita tomó la burda escalera de esa ala de La Roca. Sabía que si la atrapaban nuevamente la señora Yoya no tendría piedad de ella; se veía a sí misma colgada y con la lengua de fuera si la atrapaban, convencida de que esta vez no tendría suerte.

De pronto, sintió que se le paró el corazón, cuando vio el rostro de un extraño individuo que le tapó el paso, escalera abajo. En primera instancia, no supo la inocente criatura qué hacer, tenía claro que no debía regresar, porque la atraparían de inmediato; tenía que bajar esos escalones y escabullirse para ganar unos días.

Pero en un abrir y cerrar de ojos apareció aquel hombre tapándole el paso. Ágata no supo de dónde salió y, supuso dado lo acontecido, que había puertas camufladas en ese punto, porque de ninguna manera se tragaría el cuento de los aparecidos –si ese fue el plan de sus cautivadores para asustarla, no lo lograrían, Ágata no era ingenua.

Antes de que la razón le diera la respuesta ante aquel extraño cuadro, la adrenalina le tocó la cabeza y, algo semejante a un escalofrío le recorrió la espina dorsal cuando fijo directo su mirada en los ojos del aparecido.

"No te asustes, Ágata, soy yo, Pipino Cande Bell, tu pentabuelo", dijo él.

"Pero ¿cómo es esto posible?", replicó Ágata, abriendo semejantes ojos ante algo tan descabellado.

"Ágata, aún no te has dado cuenta, criatura, pero nosotros podemos estar al mismo tiempo en varios lugares a la vez", dijo el hombre con tono sosegado.

"¿Qué quieres decir con eso?", replicó Ágata, incrédula, pero con una ligera nota de curiosidad.

"Bueno, verás, criatura, tú ves ahora tu cuerpo, pero tu cuerpo al igual que todos los de nuestros ancestros yacen en el Templo del Sarcófago Sagrado, bajo la protección de Sisi, nuestra madre sagrada, quien desde siempre ha estado velando por nosotros", dijo el hombre con notable serenidad en su semblante.

"Pues no te ofendas, pero para ser tú mi pentabuelo (abuelo quinto) luces bastante joven. Y eso de que mi cuerpo está en ese lugar que mencionas me confunde, porque yo estoy aquí, atrapada en esta fortaleza, donde han estado tratando de borrar mi memoria y manipular mis recuerdos, mismos que, como ráfagas, me llegan repentinamente todo el tiempo", respondió Ágata, consciente de sus palabras.

"Poco a poco lo irás notando, Ágata, por el momento no tengo autorizado darte más detalles, pero en su momento tu código se activará, al igual que todos los de nuestro linaje; entonces podrás tener una mejor comprensión de lo que te he comunicado", dijo su pentabuelo, Pipino Cande Bell, antes de desaparecer ante la atónita mirada de Ágata.

"¡Yo creo qué tanto encierro me está dañando la cabeza!", murmuró Ágata ante tal acontecimiento, y siguió su carrera a velocidad de rayo, escalera abajo.

Luego de varios días, oculta en los rincones más inimaginables, los guardias la encontraron y la llevan ante la presencia de la señora Yoya, quien la recibió con su característico destello demoniaco asomándose en sus ojos amarillos de réptil.

"¡Mira nada más cómo vienes!", arremetieron con críticas llenas de desprecio toda su supuesta parentela, en cuanto la vieron llegar.

"¿Acaso has perdido la cordura, Ágata? Mírate en el espejo: tus miserias humanas. Parece que has perdido el juicio. ¿Cómo has permitido que te suceda todo esto?", bramaron sin piedad los miembros de su supuesta familia en aquel salón, donde el aroma rancio de la atmósfera era detectable a metros de distancia.

El mayor de sus supuestos hermanos exigió saber cómo había tenido acceso al famoso libro, cuya tecnología registraba en sus páginas blancas todo lo que ella narraba.

Aquel complejo y misterioso sistema funcionaba de manera similar a un satélite, y enviaba copias automáticamente a todos los sistemas conectados a una misteriosa red.

Ágata había estado escribiendo con lujo de detalle sobre las mentes enfermas de sus captores, sus experiencias en La Roca, sus angustias, penas y pesares, pero también dejó saber sus buenos momentos, sus alegrías y esperanzas. Y habían llegado rumores a La Roca sobre el tema. Afortunadamente, había escrito las cosas más importantes en clave; todo lo concerniente a la misión inconclusa de sus padres estaba en clave, siguiendo al pie de la letra las instrucciones que recibía de manera misteriosa.

"Preocúpense si la información que hay en el libro les afecta a ustedes. Eso sería posible solamente si están involucrados con toda esta infame mentira", dijo Ágata con confianza en su voz, porque a esas alturas ella ya estaba consciente del alcance de la tecnología a la que había tenido acceso.

"Estás mal de la cabeza, Ágata ¿Acaso no te has dado cuenta? Ese libro que has escrito es prueba de ello", replicó la infame familia, tratando de que ella lo creyera así.

Ágata le lanzó una mirada de advertencia a su supuesto madre. "¡Lo creen así?", respondió, indignada. "Pues les comento que los grandes genios que vivieron en el arcaico planeta Tierra 11 fueron mentes brillantes; esos grandes brotes, las más bellas flores que ha producido el creador, fueron aquellos hombres visionarios de ciencia y progreso que fueron acusados de locos y herejes por mentes ignorantes y tiránicas como las de ustedes", dijo con firmeza, desafiando la mirada inquisidora de su falsa madre, su supuesto hermano mayor y la mujer de éste.

"¿De dónde has sacado esa descabellada información, Ágata? ¿De qué planeta Tierra 11 estás hablando? ¿De qué gente hablas? Nada de lo que dices es real. ¡Por mil demonios, Ágata!", gritó histérica la señora Yoya.

"Desapareciste repentinamente por varios días, y ahora reapareces en condiciones terribles, mírate, pareces una loca", intervino el falso hermano mayor.

"No seré perfecta como ustedes claman serlo, pero conozco el significado de la moral que descansa en el altar de las virtudes elevadas. A diferencia de ustedes, yo no quiero devorar a las personas, tal como lo hacen ustedes con el poder de su lengua malsana", replicó Ágata, lanzando una mirada de advertencia a su supuesto hermano mayor, quien tragó saliva cuando ella le penetró la mirada sin titubear.

¿Qué demonios habrá escrito esta rebelde? Se leía en la mirada de sus crueles captores.

Ante lo sucedido, y, antes de que ella le dijera a su supuesto hermano cuán alejado estaba él de comprender el significado de la voluntad, la perfección del alma y el carácter del hombre, la supuesta madre intervino y le pidió a Ágata que la acompañara. Ella obedeció la orden y la siguió por un pasillo largo, estrecho y semioscuro.

La supuesta madre, que iba delante de ella, murmuraba palabras groseras; y salpicando chispas de amargura no perdió la oportunidad de hostigarla.

"¿Por qué permites que la ausencia de ese joven te siga haciendo daño?", dijo la maliciosa mujer, refiriéndose a Azul.

"Pero ¿qué dices? Eso no es verdad", replicó furiosa Ágata a su supuesta madre ante tal afirmación.

"Te parece poco que Azul no quiera saber más de ti. Lo encontramos casi ahogado. El equipo de rescate lo llevó al hospital, se curó pronto, pero ya no quiso regresar a estas islas. Decidió mudarse por voluntad propia con su padre a otro lado del Coral. Dijo que tú lo habías obligado a escapar y se declaró inocente, culpándote solamente a ti de lo ocurrido. El pobre necesitó muchas horas de terapia", añadió la malvada mujer con saña.

"Escúchame bien", respondió Ágata, furiosa, "no te creo nada. Azul es una persona buena, él nunca me trató mal. Estás tratando de confundirme, pero no lo lograras", replicó con tono firme.

Ágata continuó ya sola por aquel pasillo, después de la

filosa discusión que mantuvo con su supuesta madre, quien, agotada al darse cuenta de lo lejos que estaba de lograr manipularla, desistió de una vez por todas: Con malsanos pensamientos abrió la puerta del túnel, con la clara intención de arrojar a Ágata a los tiburones.

Esa fue la treta de la señora Yoya cuando condujo a Ágata por ese túnel aquella tarde de otoño. La señora Yoya desapareció y Ágata quedó desorientada dentro del túnel, debido a la complejidad de los campos magnéticos en aquella área de túneles.

Afortunadamente, la jovencita no flaqueó, a pesar de saber las intenciones nada ocultas de la malvada señora Yoya, quien sin piedad la arrojó a los mares de la muerte.

"Vencer o morir" fue el lema de su padre, el escultor Pipino Cande Bell, y Ágata lo adoptó como un principio suyo desde entonces.

Durante todo aquel verano, arriesgándose a que la señora Yoya la desollara viva, había estado trabajando arduamente con los códigos que encontró en los papiros amarillentos, y con éxito logró una comunicación ligera con los huérfanos que se encontraban afuera de La Roca – los que afortunadamente lograron escapar en las barcas, antes de que ocurriera el complot que acabo con sus padres–. Su fe en sus ideales la sostuvo siempre en pie; estaba segura de que sus compañeros no tardarían mucho en encontrarla. Confiaba en que los escritos en clave que había enviado previamente le permitirían pronto acceder a una puerta de enlace, y entonces, ellos, sus compañeros, la encontrarían.

Aterrizó sus sublimes pensamientos al notar que no estaba sola en aquellos oscuros pasajes; se escuchaban quejidos dolorosos provenientes de una mazmorra.

Con precaución, se acercó temerosa al par de bultos que vio tirados en el piso. Se trataba de dos jóvenes que se encontraban en un estado bastante preocupante: tenían las manos y los pies atados con cuerda y la boca sellada con cinta plateada. Se vio a sí misma en aquel lamentable cuadro.

Les auxilió sin hacer preguntas. Una vez liberados de sus ataduras, los dos jóvenes la siguieron a través del laberinto de túneles oscuros. Ágata notó que uno de ellos tenía un parche en un ojo y el otro cojeaba, y supuso que eran mudos y sordos, porque no hablaban. Se preguntó, curiosa, por su origen, ya que nunca los había visto en las colonias que conformaban las once islas de La Roca.

Angustiada ante su próximo panorama, y con un par de huérfanos a su lado en estado preocupante, siguió buscando una posible salida durante varias horas en aquel laberinto de túneles oscuros, hasta que una luz en la distancia literalmente los guío hacia una salida.

Una vez afuera de los túneles, y a pocos metros de haber avanzado, a Ágata casi le dio un infarto cuando se topó con una enorme pared bloqueándoles el paso.

"No dejaré que me atrapen; seguiré hasta encontrar una salida para ganar tiempo mientras los otros compañeros me encuentran", se dijo a sí misma con bravura, al contemplar aquella imponente barda que les impedía la salida del complejo laberinto de túneles que acababan de dejar.

Se encontraban afuera de los túneles, a la luz del día, en un patio no muy grande, de forma cuadrada, desde donde se apreciaba el extenso terreno circundado por una barda y malla de alto voltaje.

Todo aquello revelaba ser un complejo extraño y misterioso. Ágata pudo tener entonces una mejor visión del lugar de ubicación: detrás de la altísima barda –es decir, del otro lado donde ellos se ubicaban–, enormes torres, como gigantes de diferentes formas y tamaños, intimidaban con su presencia.

Todo indicaba que aquel enigmático complejo contaba con sofisticada tecnología. Se trataba de algo semejante a pequeños satélites y telescopios de alto alcance, circundando el área.

Ágata se giró, atónita, al toparse con aquel muro, y con lo que este revelaba hacia el exterior. "¿Así que de esto se trata? Una prisión de avanzada tecnología. ¿Por qué? Por alguna razón importante están todos esos aparatos y torres de control circundando esta prisión, o como se llame esto donde hemos vivido todos estos años. ¿De qué se trata todo esto: de que nadie entre o de que nadie salga?", se preguntó, intrigada.

Decepcionada, giró su tierno rostro de vuelta hacia la entrada del túnel recién dejado; y encolerizada, todas las palabras malsonantes hasta ese tiempo retenidas se le escaparon de la garganta por docenas.

Luego de un momento reflexivo, la idea no le agradó, pero tenían que regresar por el mismo lugar para buscar alguna otra salida.

Antes de introducirse nuevamente al túnel que recién habían dejado, recogieron una bolsa de lana que estaba bien camuflada, a un lado de la entrada. En la bolsa había una hogaza de pan. “¿Recuerdan qué es esto, niños? ¡Es alimento, es pan! Nosotros no hemos tenido permitido comer de esto, pero han de saber que ellos, nuestros captores, comen todos los días, y tres veces”, dijo Ágata a sus dos ausentes acompañantes.

En silencio, casi en calidad de oración, los tres jovencitos se comieron aquella hogaza de pan que favorablemente encontraron en su camino de escape. Ágata, pensó en el corazón bueno del monje y esbozó una sonrisa al recordarlo. Tenía el presentimiento de que algo había tenido que ver el monje con esa hogaza de pan y lo agradeció en silencio –Con su participación el monje estaba arriesgándose a la horca.

Aquel par de huérfanos rebeldes eran dos compañeros que, anteriormente, habían sido encontrados merodeando el área de La Roca con la intención de rescatar a Ágata; pero fueron enviados y abandonados en esos túneles con la misma malsana intención de la señora Yoya. Los pobres se notaban bastante mal, como ausentes. Ágata pensó en la posibilidad de que el hambre y la soledad hubieran hecho estragos en el par de jóvenes.

Terminaron de degustar el pan y siguieron su marcha por aquel laberinto de túneles oscuros y húmedos. Ágata tenía el presentimiento de que ya había empezado la cacería; sintió el golpe de adrenalina tocándole la cabeza al saberse perseguida, pero mantuvo su fe firme.

“¡No tardarán los otros compañeros en encontrarnos; no me rendiré!”, pensó con convicción. De repente, en un parpadeo fueron emboscados por sus captores. Ágata no supo de dónde salieron aquellos captores, ni cómo eran físicamente. De hecho, no supo si eran máquinas, animales o personas, porque no los vio. Solamente sintió que le introdujeron algo en el cuerpo que la dejó inmovilizada, y finalmente se desvaneció sin fuerza y se desplomó como un saco de papas en el suelo.

"Estaré bien en cuanto se me pase este infernal efecto; entonces me levantaré a pelear con el enemigo. Ahora guardaré energía; no tiene caso ni intentarlo. Seré paciente mientras me encuentran mis compañeros", pensó, tirada en el piso junto a sus miserias humanas, consciente de no poder hacer nada al respecto en tan mala hora.

Ágata estaba débil, pero no muerta; sentía el abrazo de una llama que ardía con vigor en el fondo de su corazón en aquel vital momento, y percibió el apoyo de todos sus ancestros, que amorosamente avivaban la llama para que ella no muriera.

Mientras tanto, en una esquina, entre dos túneles, uno de los jóvenes prisioneros se revolcaba en el suelo. De la boca le salía algo semejante a la espuma de un perro rabioso. El jovencito, aún en las condiciones en las que se encontraba, valiente, trató de levantarse para pelear con la sombra del enemigo que a velocidad de bala se desplazaba de un lado a otro.

Ágata le lanzó una mirada al valiente joven compañero y, le hizo un gesto, indicándole que no lo hiciera, porque estaban en desventaja con el enemigo, dadas sus condiciones, aunado a la infernal sustancia que les pusieron; literalmente no tenían coordinación en sus movimientos. Hacerse el muerto, le sugirió a esa valiente y pobre infeliz criatura en cautiverio.

Ágata, tirada allí junto a sus miserias humanas sintió la baba que involuntariamente fluía y se desparramaba de su boca – como suele pasar durante el sueño profundo, cuando los músculos faciales se relajan y el reflejo de deglución se detiene. A pesar del escenario tan desfavorable mantuvo su fe en lo más alto. Tenía el presentimiento que no tardarían los compañeros en encontrarla y se aferró firme a esa idea.

No supo cuánto tiempo permaneció en aquel estado. De hecho, Ágata a temprana edad descubrió que tenía la habilidad de desconectarse de su realidad física, a manera voluntaria, como estrategia de escape a sus temores. Aunque todavía no lograba el control total de ello.

Capítulo 16 La Peregrinación

"La vida es un viaje, la muerte es un retorno a la tierra".
– Buda.

"¡Oh, sublimes ideales!", gimió Ágata cuando apareció la señal esperada. Reconoció la dulce jovencita que se trataba de ellos –los compañeros.

A la altura de su cabeza, cuando apareció el enlace, es decir, la ventana, Ágata tocó los números del código oculto que descubrió en los papiros amarillentos. Se trataba de algo semejante a un teclado de cristal–. Seguido de esto, se produjo un sonido similar al repicar de una campana de cristal y se abrió un portal trasportando a Ágata y al par de jóvenes fuera de los oscuros túneles. Todo aquello revelaba ser parte de los misteriosos secretos que envolvían a esos huérfanos y al planeta Coral, y por lo que perecieron los padres de los jovencitos.

¿Qué secreto guardaban aquellos misteriosos túneles? Todo indicaba que se trataba de la misma tecnología que había en las faldas del famoso Volcán Sagrado, en los bosques de ébano.

Caminaron los tres huérfanos con paso torpe entre un gentío una vez afuera de aquellos enigmáticos tuéneles de La Roca. A pesar de las desfavorables circunstancias que debilitaron a Ágata, con notable lucidez tenía claro que debía encontrar a los compañeros. Minutos después, se cristalizó tan anhelado deseo cuando uno de los esperados compañeros apareció en escena. En la misma calle por donde ellos iban el compañero venía. Se trataba de un joven de raza negra, de enigmática mirada y musculatura corpulenta, altísimo como una mole. Cuando ambos estuvieron próximos, el joven le dirigió a Ágata una mirada con el rabillo del ojo y, sin detener su paso y sin cruzar palabra alguna le entregó una de sus armas –llevaba dos armas primitivas con él–. Ágata tomó el arma con la precaución propia; la apretó a sí misma y siguió su camino, segura de saberse defender si intentaban detenerla. Esa era la instrucción por seguir, lograr salir de allí con éxito. El par de jóvenes compañeros que todavía no se recuperaban con torpeza la seguían sin chistar.

Poco tiempo después, luego de escapar con éxito de los túneles de La Roca, y con la información previa que obtuvo del monje, Sam, Ágata logró contactar con otros compañeros, todos hijos legítimos del Coral, por lo tanto, fieles a los ideales de su linaje hasta la muerte. Llevaba bien burilado en su memoria el mandato para arribar a la isla, donde el monje Sam ocultó a cuantos niños pudo salvar de ser llevados a La Roca –con la intención de lavarles a esos niños el cerebro, de alguna forma–. La instrucción precisa que llevaba Ágata era pasar desapercibida; como regla vital, debía estar en vigilia, siempre atenta, y al margen de los riesgos innecesarios. Por otro lado, comenzaba a sentirse más positiva con respecto a la misión, porque ya estaba informada que había más compañeros como ella y el bueno de Azul trabajando en los códigos que mantenían al Coral apartado, sellado y oculto en el vasto cosmos.

Alimentaba en lo alto la fe de saberse un día completamente libre de sus captores. Y el mismo ferviente deseo lo anhelaba para con todos los Huérfanos del Coral. Esa era su misión, así lo había discernido con claridad.

Por otro lado, resolvió dejar atrás todo sentimiento personal que pudiera interferir al llamado que con una fuerza inusitada ya ardía hasta en sus huesos; a partir de ese momento se enfocaría exclusivamente en la misión, a la que ella misma llamó: "Los Huérfanos del Coral".

A esas alturas, Ágata ya estaba enterada que, por órdenes de los Siete Reinos, sus ancestros crearon todas las conexiones que sellaron al planeta, con el fin de protegerse de los posibles ataques externos que preocupaban y aterrorizaban con una invasión. Pero cuando estos reinos cambiaron de parecer, por razones desconocidas hasta entonces, decidieron deshacerse de la evidencia de aquellos constructores.

El Coral quedó oculto desde entonces; habían pasado siglos desde aquella primera tragedia, sin embargo, el regente en turno, Elogio Malrostro, tras una larga estancia que pasó en la antigua Ciudad de Itzá, donde estuvo desenterrando el pasado del Coral, abrió el caso y comenzó la cacería de brujas: Buscaron pistas de los descendientes de aquellos primeros constructores, y una vez que los encontraron los desaparecieron y tomaron prisioneros a sus niños.

Elogio Malrostro y los Siete Reinos tomaron el control total de las instalaciones principales del Coral. Los niños y adolescentes que lograron escapar en aquel tiempo de ese atroz plan deambularon como alma en penitencia por todas las esferas olvidados del Coral. Abrieron canales conforme sus códigos se fueron activando, y mapearon las zonas del Coral conforme sus avances. Aunque, ciertamente, no fue suficiente ese esfuerzo para entender los códigos que sellaron al Coral; debían por lo tanto no flaquear, y seguir trabajando hasta lograr descifrar los enigmáticos códigos.

Como primera regla de sobrevivencia, los Huérfanos del Coral sabían de antemano mantenerse discretos y moderados; mantenerse al margen con aquellos que no pertenecieran a su causa era menester. Estos hijos auténticos del Coral comenzaron a trabajar en la misión mucho antes de que lo hicieran Ágata y Azul, ya qué conforme se fueron activando sus códigos, estos jóvenes se coordinaron con Sam, el monje espía, logrando ocultar a un número importante de niños huérfanos en una isla camuflada.

"¿Por qué La Roca tiene aparatos y telescopios tan sofisticados circundando el terreno del lado oculto de los túneles; a qué se deberá?", se preguntó Ágata, ya más calmada, luego de una profunda reflexión sobre lo que vio en aquel horrible lugar.

Capítulo 17 La Reunión de los Huérfanos

"Lo que distingue al hombre vulgar del hombre sabio no es el intelecto, es la práctica de la virtud".
– Confucio

"¡Queremos hablar con el segundo a bordo! ¡Él nos recibirá porque a él le atañe hacerlo!" dijeron Mar y Luildro –los jóvenes rescatistas y rescatados, ya más recuperados, los mismos que Ágata encontró en los túneles cuando la señora Yoya con malsanas intenciones la echó de su falso hogar de La Roca.

Había caído la noche, la luz era prácticamente nula, pero lo suficiente para verse los rostros con claridad.

"Y tú, ¿quién eres?", preguntó el hombre de la puerta a Ágata, quien estaba en medio de sus jóvenes compañeros, Mar y Luildro.

"Ella es la hija del escultor, Pipino Cande Bell", respondió Mar sin esperar a que Ágata se presentara por sí misma, ya que esa era la instrucción que llevaba de parte del monje Sam para ese momento.

"¡Mi silencio es por otra cosa, pero no quiere decir que sea muda, no necesito qué alguien hable por mí, jovencito!", replicó Ágata, amable.

El recinto se alumbraba con la luz de una vela debido a la estricta incógnita que debían manejar todos los integrantes. A Ágata aquella medida le pareció segura y razonable, dado el terrible acontecimiento que sufría el clan, ya que por órdenes de los Siete Reinos esos grupos eran perseguidos y aniquilados; para evitar desajustes en el sistema, clamaban aquellas mentes perversas.

Ágata, contentísima, como no lo había estado desde que Azul escapó de La Roca, identificó a algunos de los que en antaño fueron amigos de sus padres, reunidos también allí,

"Este par de jóvenes son los compañeros asignados de Ágata, ¡qué alegría que hayan sido ellos!", manifestó con sinceridad el atractivo joven Lu, cuya madre, la dulce señora Lolita, fue muy amiga de los padres de Ágata en los tiempos de felicidad.

Pronto, el par de jovencitos, Mar y Luildro, estaban más recuperados y muy animados. Cómodos con el recibimiento, se integraron con todos los compañeros presentes y reafirmaron su apoyo mutuo incondicional.

"Me empezaba a sentir muy mal por lo qué pasó con los compañeros enviados por ti a La Roca, pero ahora que los veo aquí, entre nosotros, me siento mucho mejor. Estábamos tristes porque supimos lo qué pasó con tus compañeros. Se suponía que ellos te rescatarían, y cuando los atraparon pensamos que los habíamos perdido también a ellos. Nos da a todos mucha alegría ver que no fue así, y que ya están con nosotros", clamó entusiasta el atractivo hijo de Lolita. Todos los presentes manifestaron también su alegría para con el par de compañeros asignados de Ágata.

Esa misma tarde se ofreció ella misma a preparar la cena para cerrar con broche de oro tan importante reunión. Cocinaría por primera vez pescado a la veracruzana. La señora

Rosa y la señora Lolita le proporcionaron las cosas para la preparación del platillo. Ágata fue muy cuidadosa en la elaboración de la cena.

Mientras tanto, en el salón principal los jóvenes Mar y Luildro seguían siendo el foco de atención. Rodeados por los otros compañeros, y con evidente mejoría, manifestaron la alegría de saberse parte de la familia de los hijos del Coral. Ágata reflexionó sobre el tema de sus protegidos y compañeros designados, llegando a la conjetura de que eran jóvenes muy nobles, dignos de pertenecer a tan honorable linaje, como solía decir su padre, el virtuoso escultor desaparecido, Pipino Cande Bell.

El monje Sam supo de la captura de los jóvenes asignados en el rescate de Ágata y lamentó terriblemente lo sucedido, sin embargo, tuvo la obligación de limitarse en su intervención para no estropear la misión. Supo también cuando la señora Yoya abrió el túnel, en La Roca, para lanzar a Ágata a los tiburones, ya que esos túneles no tenían salida; eran literalmente una tumba. El monje tuvo fe que, dado el corazón de Ágata, ella se detendría al escuchar lamentos humanos. Aunque cuando esto ocurrió los jóvenes caídos en desgracia eran ya casi despojos humanos, afortunadamente se recuperaron.

La música no se hizo esperar para armonizar con más solemnidad el ambiente, y más tarde una bellísima melodía les acarició el alma cuando las notas del violín se hicieron presentes. Tres extraordinarios músicos tocaban las cuerdas del violín para Mar, Luildro y Ágata, como si de un ritual se tratase. Ella permanecía en medio de ambos jóvenes, en silencio, deleitándose con la música, olvidándose de los mundos y sus problemas.

El músico mayor hizo contacto visual con Ágata mientras las cuerdas del violín tejían en clave las notas de las penas y pesares de los Huérfanos del Coral. Una vez que terminó de tocar la melodía, el músico se acercó a los jóvenes compañeros con la intención de recibir el reconocimiento esperado. "Sería una ofensa no darle a este hombre honores lauros", dijo Mar, al mismo tiempo que se levantaba y se ajustaba el cinturón que envió el monje Sam para él, y cuya hebilla dorada se componía de dos delfines mirándose de frente. La hebilla del cinturón tenía burilada la clave que el Monje Sam envió al grupo.

Ágata se limitó: no hizo comentario alguno, pero reflexionó en la nobleza que imperaba en el par de jóvenes compañeros y protegidos asignados a ella.

"¿Estará la cena lista?, es tardísimo", pensó, aterrizando sus pensamientos, y se dirigió a la humilde cocina alumbrada con un fuego abrazador.

Mas tarde la señora Lolita llevó un plato con un contenido semejante a dulces de leche. También llegó más gente al recinto, algunos de ellos portaban vestimentas extrañas.

Después de la cena, acordaron hondar sobre el tema de las barcas que debían usar para navegar sin ser detectados en la búsqueda de los otros compañeros, y registrar todos sus encuentros para facilitar la misión que tenían que desempeñar cada uno por su cuenta. Ágata fue puesta al tanto de todo lo acontecido con los suyos en el Coral, hasta entonces. Eso la ayudó mucho a mitigar su soledad, sus penas y pesares. La pasaron en vela aquella noche, todos, contándole a Ágata con detalle las de Caín por las que habían pasado sus miserias humanas, pero también le comunicaron sus alegrías, sus descubrimientos y sus sospechas.

Al siguiente día, que se apreciaba una mañana soleada, abordaron la barca destinada a su peregrinaje; se trataba de el "Dragón 22", cuyo nombre le fue puesto por el compañero Benny, un par de años atrás, cuando descubrió su ubicación, dentro de un Cubo Negro en las aguas profundas del Triángulo del Coral, en una de sus tantas expediciones.

Ágata y el grupo de compañeros recién encontrados navegaban poco después en aguas placenteras. Ágata, al igual que todo el grupo no había dormido nada la noche anterior y se estaba cayendo de sueño, pero, por aquello de mantenerse alerta, y aunado a las náuseas que sentía, no pudo perderse en el mundo de Morfeo. Nunca había navegado, y el oleaje le había revueltas las tripas del estómago.

En la barca iban también el músico y los dos jóvenes compañeros designados, Mar y Luildro. El músico, desde que abordaron al Dragón 22 se había perdido en su sueño, y roncaba como un oso hibernando a mitad del invierno.

Esta misteriosa barca llevaba las coordenadas del destino en sus códigos. Al cabo de un rato, a Ágata la venció un sueño descomunal del que no pudo librase y, cuando abrió nuevamente los ojos, todos estaban profundamente dormidos y el músico descansaba desparramado, apachurrando a Ágata. Se enderezó rápido; incomoda y amodorrada dijo: "Disculpa. ¿Por qué no te pones en mi lugar?".

Él se apenó, "¡Espera!, no es lo que parece", replicó con una nota de sinceridad en el tono de su voz.

En ese momento, incómodo para ambos, se produjo un movimiento en la barca que obligó a Ágata a respirar profundo un par de veces. La nave repentinamente cambio su dirección y se precipitó dramáticamente, cayendo dentro de un remolino. Afortunadamente alcanzaron a tomar el control.

Luego de semejante giro, la barca arribó a la isla que Evangelina Cohen resguardaba. De acuerdo con el informante, en aquel sitio recibirían información vital del posible paradero de Azul.

No los recibieron de muy buena gana, por lo menos Ágata así lo sintió.

"Tengo invitados especiales en el salón contiguo que demandan mi presencia. Y estoy preparando café para que lo disfruten con el pastel que con esmero he preparado para mis invitados", dijo Evangelina con arrogancia.

Y mirando a Ágata y a sus compañeros por encima del hombro les dio a entender que su presencia la distraía y le molestaba. "¿Ya viste lo qué provocaste?, se ha estropeado mi idea para con mis invitados especiales", dijo, y gruñó de malas cuando sus manos temblorosas derramaron café en el pastel de sus invitados.

Ante aquel gesto obvio, Ágata sintió que su presencia allí apestaba, y se sintió muy mal por el agrío gesto de recibimiento; y porque en realidad no sabía cómo lidiar con la gente ajena a su mundo, dado su encierro en La Roca, aunado a ello, todas las cosas que le daban vuelta en la cabeza con respecto al planeta Coral y sus ancestros.

Sin poder evitarlo, el áspero y gélido escenario le encogió el estómago, y un deseo feroz de retirase de allí la invadió toda.

Ese sentimiento le era tan familiar. Había pasado su vida desde los cuatro años en aquel infame lugar llamado La Roca, donde sus guardianes de mente malsana se encargaron por todos los medios de remover la dulzura de su corazón.

A regañadientes, obtuvieron información sobre el posible paradero de Azul, de parte de Evangelina Cohen, una enigmática agente infiltrada del grupo que comandaba el monje Sam.

Minutos luego, los cuatro jovencitos, apresurados, salieron de la casona de laja donde aquella agría agente habitaba de manera incógnita.

Aquel punto se ubicaba en una de las laderas de las altas montañas, cuya altura aproximada era de 3,300 metros sobre el nivel del mar.

Descendieron por el mismo sendero que habían tomado al llegar, hasta el lugar donde habían dejado anclada la barca. Se trataba de un lago situado en un cráter, donde los serpenteantes caminos de agua azul y el aire impregnado del perfume de las orquídeas negras y los lirios ofrecían al espectador una ráfaga de aroma suave y envolvente, así como una vista panorámica exquisita.

La paz y la belleza que emanaban en aquel punto, ubicado en el Triángulo del Coral, como un buen presagio, les arrancaron profundos suspiros de admiración.

Una vez de vuelta a su realidad, al músico fue al primero que se le iluminó el semblante, cuando vio en la lejanía de las aguas turquesas de la isla a la flotilla de compañeros.

En el acuerdo previo que tuvieron en la reunión, Ágata y los huérfanos debían seguir a las barcas que arribarían por ese lado del Triángulo del Coral; así lo hicieron. Pero el músico enfermó repentinamente como cosa de una infernal coincidencia y, Ágata tuvo que dar frente a la situación.

No fue una tarea fácil para ella en el timón, dada su nula experiencia con aquellas máquinas infernales: así las llamaba por la velocidad que eran capaces de alcanzar.

Todo indicaba que los otros compañeros, tripulantes de esas embarcaciones, con el paso del tiempo se habían convertido en expertos navegantes; así que, como pudo, Ágata logró mantener su dinámica. Navegaron con dirección a un sitio conocido como “Trece Cascadas”.

Espantados, los cuatro gimieron y abrieron semejantes ojos al ver que las barcas se aproximaban hacia aquella dirección. “¡Ay, no!”, gritaron histéricos y aterrorizados.

En un segundo, la barca quedó suspendida en el aire literalmente. La pequeña tripulación, espantada, volteados de cabeza y con los cabellos eléctricos, se miraron los rostros descompuestos por el susto durante un momento que sintieron eterno.

Mantenerse quietos no fue una tarea fácil. Tenían el rostro descolorido de espanto, conteniéndose para no expulsar de la boca lo que el estómago les demandaba. Afortunadamente, Ágata, valiente, logró controlar su terror y así mismo la barca, pero no sin antes tambalearse y girar sin control varias veces.

Una vez en aguas más placenteras, la barca tomó una velocidad increíble; Ágata tomó con confianza el control del timón. Pero todos estuvieron bajo un peligro latente, ya que los angostos y serpenteantes pasajes rocosos de las montañas por donde la barca navegaba se estrechaba más en algunos puntos.

Ágata no tenía la menor experiencia con esas naves, y el par de jóvenes compañeros estaba en igual condición; así que, tuvo que aprender a lidiar con eso en el momento, es decir, en tiempo real.

Repentinamente, perdieron contacto visual con los compañeros de las otras embarcaciones. “¿Por dónde se fueron?”, se preguntó desconcertado el grupo.

Ágata giró la pequeña barca con un movimiento brusco. Sin mucha sorpresa vieron que tenían compañía, y no eran precisamente sus compañeros. Impulsada por la razón, giró la pequeña embarcación nuevamente hacia otro estrecho desfiladero.

Los jóvenes entrecerraban los ojos cada vez que la barca estaba próxima a estrellarse, pero, valientes, siguieron con la instrucción de no detenerse; evitar perder la barca era una prioridad vital.

Una vez que estuvieron seguros decidieron anclar la barca y recurrir al siguiente plan. Resolvieron que se encontrarían después.

Siguiendo las instrucciones, Ágata entraría sola a la Isla Seca; recogería a los niños que estaban ocultos allí. Según los códigos obtenidos, aquellos pequeños eran una prioridad.

El músico, que ya tenía mejor semblante, y el par de compañeros, Mar y Luildro, buscarían la pista del paradero de Azul, de acuerdo con los informes que recibieron de Evangelina Cohen.

Capítulo 18 Los Inosentes del Antifaz

"La virtud no necesita de adornos, es como el agua, no compite con nada y a todo favorece".
– Lao Tse

Ágata arribó al punto de ubicación de acuerdo con las coordenadas que el monje Sam les envió –en el cinturón con los delfines–; arribó tan rápido como un alma en pena al llamado de San Juan y se dirigió al pequeño templo conocido como Punto Alfa.

Ya había caído la noche y, una espesa neblina comenzó a descender dificultando con ello la visión. Sentía el cuerpo mallugado, estaba mareada y tenía la presión baja y se sentía irritada y muy cansada.

Luego que se le pasó ese mal ánimo, supuso que estaba irritada debido al cansancio acumulado de los últimos días y decidió no darle más importancia a su malestar. Con expresión fatigada echó un aburrido vistazo a su alrededor, pero nada especial notó en aquel sitio. Se frotó los ojos y se sacudió el cuerpo con gentileza, como solía hacerlo para relajarse. Luego se encaminó calle arriba; se llevó una gran bocanada de aire fresco con el fin agarrar condición y aprovechar para templar sus nervios. El punto exacto lo ubicaría en cuanto viera la señal esperada grabada en algún sitio.

Después de haber estado como loca buscando durante casi

toda la noche el punto que demandaban la misión localizar, exhausta, volvió al lugar donde comenzó la búsqueda. "¡Ay, sublime insensata!", gimió, y abrió tremendos ojos de sorpresa cuando vio la señal esperada, justo allí, cercana al pequeño templo, frente al lugar donde acampó, recién llegó. "¿Por qué no la vi antes?", se preguntó, extrañadísima, ante aquello.

Y, antes de que su imaginación se perdiera en el mismo lío de combinaciones con respecto a las mismas interrogaciones que la bombardeaban seguido, Ágata lanzó un suspiro de alivio. "¡Menos mal que aquí está! De hecho, tal parece que aquí ha estado siempre", se limitó a decir para no caer en supersticiones.

Sin más que, con el corazón en la mano, y bien burilado en su memoria el significado de los pensamientos que se sostienen en el pedestal de las virtudes cardinales (prudencia, justicia, fortaleza, templanza...), se dirigió con pasos sosegados a la entrada de aquel bellísimo lugar que se erigía en lo alto de una colina Todo allí se encontraba en perfecto estado; estaba limpio y armonioso. Se percató con sorpresa que una sola alma no figuraba en el extenso terreno.

De repente, un poderoso e inusual escalofrío le penetró las entrañas, y como un golpe seco sintió la ausencia de los suyos. Cuando se recuperó de tan inesperado golpe, dio un profundo respiró para apaciguar sus ánimos.

Frente a ella se divisaba una calle larga, diagonal, que tenía una ligera tendencia hacia abajo, aunque bastante notoria. En la lejanía de aquella calle, justo en un cruce horizontal, se alcanzaban a ver algunos bultos andar.

Ágata se encaminó con paso seguro hacia aquella dirección.

Y una vez cerca de esa gente, que vestían elegantes ajuares y hablaban en una lengua que no identificó, se detuvo frente a ellos.

"¡Ah, al fin llegas! Te esperábamos ya", dijo una dama que portaba un elegante sombrero de colores en tono pastel, al mismo tiempo que ponía en las manos de Ágata una hermosísima y extraña llave de marfil. "¡Vámonos!", demandó con tono enérgico la misma dama, y en su rostro se asomó el gesto evidente que se dibuja en el rostro de quienes se sienten aliviados tras habérseles quitado un peso de encima.

Ágata siguió en silencio a aquel extraño grupo de gente por la larga calle horizontal, hasta que la calle terminó frente a una enorme puerta de metal de dos hojas.

Casi por intuición, metió la llave de marfil al cerrojo de la puerta y dio algunos giros. Curiosamente, estaba más que familiarizada con el mecanismo de aquella llave. Posterior a ello, la puerta se abrió y entraron todos a la casona detrás del portón. Adentro se divisaba un salón semioscuro y Ágata con familiaridad deambuló en el interior de aquel recinto. Conocía todo lo que había allí; ello fue posible desde que tuvo acceso al Cubo Negro y a los códigos de los papiros.

Estaba segura de que lo había visto con anterioridad a través del Cubo Negro que estaba camuflado en un ala de La Roca.

Giró su cuerpo tres veces a su alrededor, asegurándose con ello de no pasar por alto nada; luego, con la mirada fija en su objetivo se dirigió a la pared próxima al portón, del lado derecho.

Allí, en la parte alta de un par de columnas dóricas que, fungían de sostén a una viga, había un mecanismo. Con los pies de puntas lo alcanzó, y un pequeño y ligero piano de cristal se deslizó desde arriba.

"¡Ah, aquí está!", dijo con sonora voz, rompiendo el sepulcral silencio que se respiraba en la atmósfera.

Familiarizada con lo que tenía frente a ella, tocó las notas de la clave y se activó un portal, abriéndose un paso a otra esfera del Coral. Los presentes se marcharon con prisa ignorando la presencia de Ágata: Se trataba de grupos poderosos que intercambiaban información, corrían rumores sobre ello.

Ágata sintió de pronto una opresión en el pecho, semejante al filo de una daga punzante que la atravesaba toda. Incapaz de mantenerse de pie, alcanzó una silla y se desplomó en ella.

Sumida en una emoción que no comprendió en ese momento, horrorizada, se llevó las manos a la cabeza luego que recibió de golpe información concerniente a los huérfanos. Envuelta en un aura triste y, sintiéndose muy sola en ese filoso momento sin su querido amigo Azul, rompió en llanto. Lloró muchísimo, como si hubiese tenido retenido el llanto durante siglos. "Si sigo llorando de esta manera mi cuerpo se quedará sin agua, y me moriré seca y fea, como un campo árido", dijo, dándose ánimo a sí misma.

Como hija legítima del Coral Ágata había tenido acceso a información de carácter hermético. Dicha vital información se le había transmitido por medio de los códigos a los que tuvo conocimiento desde temprana edad, mismos que, habían ya comenzado a activarse por ser ella uno de esos niños portadores del misterioso cristal.

Después de semejante información a la que tuvo acceso, por

medio de las misteriosas ráfagas que recibió, Ágata volvió tan pronto como pudo a su realidad, "ya no estoy para mimos", se recriminó, y se levantó de la confortable silla. Con el rostro entre triste y resignado, luego de digerir semejante información, se dirigió al portal recién abierto y alcanzó a ver a un pájaro volar; se trataba en realidad de una nave que se desplazaba en los cielos, semejante a un helicóptero primitivo. Aunque nunca había visto uno físicamente, no le sorprendió mucho, y tuvo el presentimiento que quienes iban a bordo de aquella misteriosa nave era la misma gente que había encontrado en el camino.

Sin perder el tiempo en suposiciones innecesarias, se adentró en aquel extenso terreno que se componía de llamativos montículos naturales esculpidos en arcilla. Más adentro, en la lejanía, se divisaban barcos oxidados sobre las dunas de arena; aquella escena, sumada al polvo que se arremolinaba, creando densas columnas giratorias bajo el sol rojizo del mediodía, intimidó a Ágata.

"¿Qué pasó aquí?", se preguntó ante el singular cuadro. "Según la información que me envió el monje Sam, aquí encontraré una clave importante; debo estar atenta", pensó.

Al percatarse que se movían sombras dentro de los barcos, Ágata aterrizó sus pensamientos de golpe. Se trataba de niños que se cubrían el rostro con distintas máscaras hechas de tela. Ágata no pudo evitar derramar sus lágrimas al comprender que aquello a lo que había tenido acceso, antes de entrar al portal, cuando se derrumbó en la silla, se trataba de la tragedia de la que fueron victima esos inocentes.

Aquellos niños huérfanos tenían el rostro quemado porque

los habían mandado a exterminar. Y, Sam, con la ayuda de un grupo que, por razones desconocidas prefería manejarse en el anonimato, logró salvar a muchos de ellos, ocultándolos en la llamada Isla Seca. Se trataba de 22 niños (uno extraviado); los huérfanos más especias del Coral, por ello mismo habían sido destinados al extermino; a diferencia de Ágata, Azul y mil niños más que fueron enviados a La Roca.

Bajo un estrictísimo anonimato Ágata tenía la enmienda de sacar a los niños de la Isla Seca y acercarlos con los grupos que camuflados operaban en otras esferas del Coral.

Una vez que todos los niños estuvieron junto a ella abordaron sin demora la barca que había dejado anclada. En virtud del peligro que corrían las criaturas, una vez fuera de la Isla Seca, luego de haber recibido toda la información concerniente a aquellos huérfanos, no podía demorarse, así que tomó la resolución de marcharse sin esperar a su par de compañeros.

"Tenemos que pasar desapercibidos, pequeños", dijo con una nota seria en su voz, con la esperanza de qué a los niños no les ganaran las ansias de saberse estar siendo rescatados.

LAS GRUTAS ACUÁTICAS

Con el antebrazo, Ágata se secó las grandes gotas de sudor que le escurrían de su frente. El calor en aquella área era un infierno sofocante. Le espantaba la idea de no poder completar la misión, y que la capturaran y la enviaran nuevamente a La Roca. Y, por otro lado, le entristecía infinitamente no tener ninguna noticia todavía de su querido amigo, Azul.

"¡Espero que no se lo haya comido un tiburón, o la tierra si logró salir del océano!", pensó, afligida, al no tener noticias de Azul por un periodo de tiempo ya muy prolongado.

Ágata y los niños mantuvieron un silencio casi fúnebre durante el trayecto, luego se adentraron por unas cavernas subterráneas acuáticas. En aquel punto subterráneo había una colonia fincada por gente de extraño comportamiento, quienes los miraban fijamente mientras la barca navegaba por aquellos interminables canales acuáticos.

"¡Ancláremos la barca aquí!", dijo Ágata, dando la instrucción a la pequeña tripulación. Los niños obedeciendo las órdenes. –Buscar algún hostal en la colonia para descansar fue el plan a seguir.

"He estado trabajando en esto desde hace treinta y tres años", respondió la encargada del hostal, cuando Ágata le preguntó curiosa qué cosa estaba haciendo con un telar que tenía en sus manos, que parecía tratarse de un mapa.

Ágata, observó meticulosamente a su alrededor notando que el sitio estaba extremadamente limpio y ordenado. Todo construido con piedra y se componía de diferentes niveles. Y se servían de los canales acuáticos para transitar en sus pequeñas barcas.

"Aquí descansaremos hoy, y no se preocupen, niños, todo indica que ellos nos ven igual, es decir, no saben quiénes somos nosotros, por lo tanto, esteremos seguros aquí", dijo Ágata, dando un suspiro de alivio al discernir con claridad el código que informaba la situación de esa colonia fincada con gente que también tenía sus propias penas y pesares.

Se trataba de un pueblo que practicaba la venta de personas como una cosa muy natural. Esa escena le recordó a los pollos que la señora Yoya escogía por ella misma, antes de comprarlos, cuando llegaban a La Roca los comerciantes procedentes de las otras islas a venderlos.

La encargada del hostal era una agente encubierta del monje Sam. El telar indicaba en clave el código de la ubicación del lugar dónde debía llevar a los 22 niños (uno extraviado).

Por otro lado, le entusiasmaba la idea de que, sus compañeros, Mar y Luldro, le llevarían pronto nuevas sobre el paradero de Azul. Con esa idea su mente se llenó de pensamientos que la bombardearon sin descanso, hasta que agotada le puso un límite a su dialogo interno.

Rectificó su postura luego de esos momentos de reflexión, pero no pudo evitar que le moliera la mente la carga de tanta responsabilidad; había recibido la clave en el telar, y sabía que no tardaría mucho aquella compleja comunidad en descubrir su identidad.

"¡Vayan a preparar la barca, niños!, hay que salir de aquí en la primera oportunidad", dio la orden discretamente a una parte de la tripulación, aprovechando el momento del alboroto que se armó a la hora que el repicar de una campana indicaba a los integrantes de la colonia la hora de irse a descansar.

Cuando Ágata pensó que era el momento indicado para emprender la retirada, tomó el remo de la barca en sus manos con determinación, y les hizo una señal a los niños, indicándoles salir del hostal en silencio. Se encaminó entonces apresurada por un pasillo con todos los niños a su lado para cruzar el canal que debían de cruzar para salir de la colonia. Siguieron en silencio por esas aguas subterráneas con dirección al punto donde dejaron anclada la barca. De pronto, escucharon ruidos provenientes de la ruta destinada. "¡Oh no!, ¡Parece qué es una emboscada!", gimió, decepcionada. Los niños, mudos de espanto, se paralizaron como una estatua ante aquello inesperado. "¡Rápido, entremos a esa otra cueva!", exclamó Ágata con fuerza al notar el obvio aturdimiento de los pequeños.

Entraron en la cueva mencionada, pero desafortunadamente en un descuido se le cayó el remo a Ágata de las manos, cayendo éste al agua de un subterráneo de recia corriente. Uno de los niños se lanzó al agua sin perder el tiempo, pero, lamentablemente, salió con la carita triste y con las manos vacías.

"¡Perdimos el remo!; se hundió, no sé qué paso. ¡Lo siento muchísimo!", dijo súper triste por lo ocurrido el pequeño.

En un pestañeo la gente de aquella comunidad ya rodeaba a Ágata y al grupo de niños con el rostro cubierto con máscaras. En seguida, se tornó el ambiente agrió y comenzó una discusión fuerte; esa gente, alterada, alegaba en tono elevado, y el eco de las palabras escandalosas que se decían mutuamente retumbaba en las paredes de aquellos canales acuáticos.

"Creo que nos quieren detener aquí, y pelean por quién tendrá más derecho sobre nosotros", dijo entonces Ágata, percibiendo la posible evidencia del caso.

"¡Ay, no! Nos quedaremos aquí para siempre," susurró una vocecilla quebrada de un niño, conteniendo el llanto.

"¡No, de ninguna manera!", dijo Ágata firme. "¡No nos quedaremos aquí por ningún motivo!", añadió con énfasis, recordando el significado del cautiverio. "Nosotros debemos seguir nuestro viaje. No nos quedaremos aquí, ¿entendido, niños?", remarcó firme a la pequeña tripulación espantada que la escuchaba atenta. "¡Qué no se nos olvide nunca, niños! Nosotros podemos crear la forma para viajar a otros mundos. Qué no se nos olvide nuestra herencia, el regalo de lo que somos portadores". ¡Qué nunca se nos olvide esto!", dijo Ágata con fuerza, recordándose así misma el deber heredado de sus antepasados como hija legitima del Coral.

Los niños asistieron con la cabeza en señal de entendimiento, pero detrás de las máscaras que portaban, estaban tan pálidos como los muertos, y temblaban de miedo como cualquier otro niño.

"¿Cómo rayos saldremos de aquí?", se preguntó Ágata pensativa, mirando el punto por dónde se hundió el remo, y no pudo evitar sentirse preocupada por el oscuro posible escenario.

Desgraciadamente, no fue posible el escape en aquel momento, pero afortunadamente los mantuvieron a todos juntos. Tomaron de buena gana ese gesto, aunque no se confiaron; estarían esperando un mejor momento. Ágata les dio instrucción a los pequeños para estar a la expectativa todo el tiempo. La comunidad que los alojó los próximos días estuvo muy amena con ellos, con la intención de agradarles para que desistieran en su intento de escape y se quedaran a vivir con ellos.

La agente del telar desapareció; Ágata no la volvió a ver, y supuso que su trabajo en aquel punto había concluido.

En los días que permanecieron en aquella extraña comunidad fincada en cuevas subterráneas y canales acuáticos, Ágata sintió curiosidad por esa gente, quienes mantenían un sistema muy primitivo en la estructura de su colonia; manejaban el intercambio y el tema de la venta de personas como algo muy natural.

Afortunadamente los niños no fueron vendidos como esclavos. No les gustó la idea de tener niños enmascarados a su servicio, y Ágata estaba muy flaca para sus gustos.

Luego de un reflexivo análisis, concluyó que no eran malas personas, que llevaban simplemente un sistema de vida diferente. Ellos también tenían sus creencias y sus propios pesares. Uno de esos días, de acuerdo con sus usos y costumbres le ofrecieron a Ágata tomar del té amargo y fumar tabaco, pero ella, quien sabía de medicina ancestral por la influencia recibida de su madre, se llevó la mano a su garganta, y dijo: "Tengo inflamados los ganglios. ¡Con el té será suficiente!".

Agradeció el gesto con sinceridad. Y le recodó a su pequeña tripulación poco más tarde que tenían que emprender el viaje pronto. Ágata había tenido acceso a un código la noche anterior.

Capítulo 19 Azul

¡Oh, señor! Te pido tu amor, el amor de aquellos que te aman, y el amor de todos los actos que se aproximan a tu amor”.
– Mahoma.

El padre de Azul, el señor Johnny Gordon, fue el mejor amigo del padre de Ágata. Pipino Cande Bell –padre de Ágata– y el grupo de compañeros se reunían en secreto en una cámara subterránea que estaba oculta en un ala de la villa. Y Ágata y Azul solían jugar en los bosques espesos de ébano que circundaban la villa, cuyo nombre era Santa María de los Carbones.

El señor Johnny Gordon, un adorable hombre que conocía tanto de geopolítica como de flores silvestres y aves, además de ser el mejor amigo de Pipino Cande Bell, también era el jardinero oficial de la Casa de la Moneda.

Cuando desaparecieron a sus padres y llevaron a los mil niños a La Roca, el solitario Azul fue asignado a vivir en la Isla Cuatro, al igual que Ágata; pero luego fue trasladado a la Isla Tres. El pequeño Azul estuvo trabajando al igual que Ágata en la recolección del coral duro, recién llegaron; pero luego, dada la habilidad que mostró el jovencito tener en el agua, consideraron sus tutores que era más útil ponerlo a trabajar en la pesca. Y fue entonces que se le ocurrió a su falso padre la brillante idea de montar la pescadería, donde a partir de ese momento Azul sería un esclavo literalmente bajo los órdenes del señor Martín Martirio, su tutor, a quien apodaban los niños el señor MMalo, con doble mm por ser tan malo.

Azul estuvo bajo las órdenes del señor Martirio hasta que llegó aquel día que logró escapar; cuando abrió el canal de conexión que lo condujo a la isla donde se mantuvo oculto en las grutas, trabajando en soledad tratando de descifrar los códigos para salir de allí.

LA ARAÑA AZUL

Azul se concentró en su objetivo; dejó el saberse en soledad a un lado durante cuatro años, pero nunca dejó de pensar en la dulce Ágata, y soñaba despierto con el día de verla nuevamente. Se preguntaba todo el tiempo: "¿Qué le diré?". A menudo se preguntaba lo mismo, y practicaba en voz alta el dialogo que seguramente ella abordaría una vez verle nuevamente. Se sonrojaba él mismo con sus propias palabras, solo pensar en tenerla de frente, y recordaba siempre con nostalgia las palabras de su amiga cuando estuvieron juntos en cautiverio: "Azul Gordon, has estado tratando de comer bien. ¿Has tomado agua dulce suficiente?".

Aquella calurosa noche, recordar a su dulce amiga provocó que sus lágrimas saladas rodaran a sus labios y un ferviente deseo de verla se apoderó de todo él.

Dentro de las formaciones calcáreas, las gotas de agua salpicaban la roca con su distintivo tic tic en cada golpe. Azul de repente se dio cuenta que una diminuta nave volaba cerca de él y volvió de sus nostálgicos pensamientos. Los rayos de luna alumbraban la cámara lo suficiente para que él la notara claramente. En primera instancia, el evento lo tomó por sorpresa y se quedó por un momento perplejo, como hipnotizado ante aquello tan peculiar. Pronto un rayo de luz se asomó en su cabeza, e impulsado por la razón, con un movimiento semejante a un zarpazo felino la capturó con sus manos. Repentinamente, del interior de la pequeña nave brincó una rarísima araña de color azul índigo, y le mordió con fuerza el dedo índice a Azul, pero el chico era valiente y soportó el dolor con la bravura propia de un digno hijo del Coral. Intuyó que se trataba de los mismos códigos en los que había estado trabajando. La araña trató de escapar, mordiéndole el dedo nuevamente al pobre Azul, luego brincó, pero Azul sin vacilar hizo un movimiento preciso y la aplastó con su pie. Posterior a ello, un grupo de soldados se dio paso al activarse en la araña azul índigo el código de enlace, en el momento que Azul hizo contacto con sus registros, antes de pisarla y machacarla literalmente.

De súbito, un comando de soldados arribó al punto de ubicación de Azul. Ese virtuoso jovencito era un gran científico nato, sin lugar a duda; logró abrir un código complejísimo de enlace. Sus cálculos fueron perfectos. Usó los códigos de las arañas azules como medio de enlace y, logró abrir un canal a los soldados –soldados, trabajadores al progreso de los pueblos, se presentaron como tal–. Azul, exaltado con la idea de poder volver a ver a su querida amiga de infancia, Ágata Bell, ante aquello tan inesperado, sentía que se le salía el corazón por la emoción.

El bueno de Azul había logrado con éxito entender el código

oculto que había en las arañas, pero lamentablemente abrió una ventana compleja sin saberlo. Poco después, Azul y aquella milicia de soldados arribaron a La Roca.

El comandante al mando ordenó ponerles una pulsera de tecnología avanzada a todos los Huérfanos del Coral para sacarlos de esa prisión, y para evitar el riesgo de extraviarlos, y perder contacto con ellos. Así quedó registrado aquel hecho en el informe interno de dicha milicia.

Ágata ya no estaba allí cuando arribaron Azul y la milicia – porque la señora Yoya, su falsa madre, la había echado a los tiburones meses antes. Pero afortunadamente logró descifrar los códigos de escape; el monje Sam pudo intervenir, y así fue como logró escapar junto con el par de huérfanos que enviaron para su rescate los compañeros de afuera, cuando la ubicaron.

El comando tomó el control de La Roca y sus once islas. Y todos los falsos padres, cuál cacería de ratones, abandonaron despavoridos el lugar. Desafortunadamente, Azul fue retenido como científico por la milicia. Por la buenas o por las malas, le dieron esa opción. A todos los huérfanos prisioneros en las once islas les fueron colocados brazaletes en el tobillo izquierdo, y cuya sofisticada tecnología dejó al pobre Azul pensando durante meses –Los códigos de los brazaletes eran solamente controlados por la milicia. "De dónde rayos podría haber llegado ese avance al Coral", se preguntó durante mucho tiempo.

Todo indicaba que Azul descubrió en la tela de las arañas códigos especial, capaces de abrir puertas y conexiones.

En las mismas grutas calcáreas donde estuvo Azul en soledad, la milicia trazó el plan para ahorrarse futuros dolores de cabeza. Allí se trabajó en una cámara que estaría diseñada para acceder a ella desde distintos ángulos del Coral.

Y así fue como aquel maravilloso mundo calcáreo que, se componía de galerías, arroyos, ríos subterráneos y animales rarísimos, fue asegurado y tomado por la milicia, quien lo convirtió en un sofisticado laboratorio en pocos meses.

LA SOLEDAD DE AZUL

Antes de la llegada de la milicia, Azul estuvo resguardándose en una de esas grutas durante cuatro años. Estuvo alimentándose en soledad del saber heredado a los hijos del Coral. Allí, en esas grutas, se adentró tanto en los recuerdos que llegaban como ráfagas a su mente que, por momentos, el joven parecía ido, como si estuviera conectado con el pensamiento en otro lugar. No comprendía aún lo que estaba ocurriendo en su cabeza, con tanta información que recibía a todas horas del día, y durante las noches bajo el velo del sueño.

Cuando azul estuvo solo en aquel conjunto de grutas, trazó una ruta segura para entrar y salir, evitando al máximo los peligros innecesarios. Recordaba las palabras de la valiente Ágata y ello le daba fuerzas para no flaquear en la misión que, como digno hijo del Coral debía cumplir. Se sentía muy solo, y algunas veces daba rienda suelta al llanto acumulado.

Ese sentimiento, cargado de inocencia, estremecía hasta los mismísimos murciélagos que solidarios con el jovencito se alejaban chillando como almas en pena.

Cuando se le pasaba el filo punzante de aquel sentimiento, ya cansado y sin fuerzas, le daba por dormir durante días enteros. Pero lo más admirable de ese valiente jovencito era que buscaba siempre la manera de mantener la calma.

Y así fue como optó por aprender el comportamiento de los murciélagos, las ranas y las salamandras que abundaban en aquel sitio.

A partir de aquella positiva resolución, sus angustias mentales notoriamente fueron apaciguándose; y poco a poco logró deleitarse con sus estudios, descubrimientos y observaciones. Así fue como los días siguientes le parecieron menos dolorosos y, algunas veces, hasta divertidos.

Durante esos años trató al máximo de que no lo descubrieran. Fue súper silencioso en todos sus movimientos. Aun estando ya harto de comer solo peces y ranas de los arroyos que se formaban en aquellas grutas de formaciones calcáreas, evitaba salir y acercarse al mar. Pero eso sí, estaba al pie del cañón, siempre con un ojo puesto en el horizonte para prevenir cualquier sorpresa.

La idea de comer salamandras o murciélagos no le gustó nada, así que optó solamente por contemplarlos y estudiarlos.

No se atrevía a salir mucho al exterior de las grutas por temor a ser descubierto y estropear la misión que, con los años, lograría entender mejor. Concentró toda su fuerza y vigor en seguir al pie del cañón los códigos de información que le fueron revelados poco a poco durante aquel periodo.

Después de cuatro años, Azul logró descifrar la clave y conectarse con un complejo código existente en las extrañas arañas azules del Coral.

El complejo mecanismo que azul usó mediante la enigmática tela de la mencionada araña abrió el canal que permitió el paso a una milicia de soldados, cuyo origen era tan oscuro como enigmático.

“¿Será esta milicia procedente de las afueras del Coral?”, se cuestionó Azul una y otra vez.

Capítulo 20 Siete Generaciones

"Tengo mi propia versión de optimismo. Si no puedo cruzar una puerta, cruzaré otra o haré otra puerta. Algo maravilloso vendrá, no importa lo oscuro que esté el presente".
– Rabindranath Tagore.

Después de ubicar a los compañeros, quienes más adelante se encargarían de la protección de los niños –los pequeños que permanecieron ocultos en la Isla Seca–, una calurosa madrugada, Ágata y aquellos niños llegaron sedientos al punto geométrico donde se habían dado cita los compañeros recién contactados.

Eso fue posible gracias al código en el mapa del telar que le entregó la mujer del hostal, quien, afortunadamente, resultó ser una agente encubierta del grupo del monje Sam.

En la atmósfera del sitio se respiraba cierto aire melancólico. Supuso ella que ese sentimiento envolviéndola toda se debía al propio lugar.

Se trataba de un lugar oculto en las laderas de los bosques de ébano, cerca de las villas donde vivió con sus padres antes de que desaparecieran y a ella se la llevaran como prisionera a La Roca. Habían pasado desde entonces diez años.

Y, por otro lado, el vital asunto a tratar sobre el paradero de Azul la tenía hecha un manojo de incertidumbre. Aunado a todo ello, estaba la información crucial que debía buscar sobre los códigos del Coral, oculta en lo túneles de las villas de Santa María de los Carbones.

Saludó a todos los que se dieron cita cuando arribó junto con los niños de la máscara. Estaban todos en un patio, alrededor de un ahuehuete que tenía una banca de piedra circundándolo.

Todos los compañeros presentes eran tan jóvenes como ella. De buena gana hacían bromas con el carácter propio que todos los adolescentes frescos y lleno de vida tienen. Se les veía contentos a todos, a pesar de las circunstancias tan desfavorables de sus vidas.

Interesada en saber más sobre aquellos compañeros huérfanos que no conocía, preguntó por su edad, y supo entonces que algunos eran más pequeñas, apenas sabían leer y escribir.

Le agradó tantísimo el entusiasmo que el grupo manifestó al ser partícipe de tan noble causa, la misma que había sido la causa de sus padres y de muchos otros a lo largo del tiempo. Aquel sentimiento de alegría le inflamó el corazón y no dudó en mostrarles abiertamente su simpatía.

El rescate de los Huérfanos del Coral no era cosa vana para el sublime pensamiento de Ágata.

Mas tarde, luego de la magnífica reunión, pero con los ánimos todavía aguijoneándole el alma por la tristeza de recordar a sus padres ausentes, se retiró, porque tenía la enmienda de ir a buscar a un viejo que habitaba en una cabaña, cerca de un arroyo que corría del lado sur de las villas.

Una vez en la cabaña sostuvo una interesante conversación con el viejo y, comentó sobre la importancia de la 'perspectiva' que cada ser humano tiene de las cosas.

El hombre, cuyo nombre era Marino, satisfactoriamente entendió la información que Ágata le comunicó en clave, siguiendo al pie la instrucción que el monje Sam le dio para él.

Marino abrió la boca e inhaló una gran bocanada de aire una vez que digirió con éxito la clave que Ágata le dio. Y, como si un hechizo se hubiese roto, habló por fin y dijo que había recibido información relacionada con Azul antes de que este partiera a la isla que ocuparon los integrantes de la Ciudad del Capúl, un islote rico y famoso por el arte y la cultura que allí se desarrollaron en tiempos arcaicos.

“Supe que Azul está sufriendo de vértigo extremo”, dijo Marino.

“No creo que así sea, porque le hubiesen negado abordar la barca”, replicó Ágata.

“¡El mismo me lo confirmó!”, reafirmó Marino, y apretó los labios, temblorosos. “Me dijo que se dio cuenta de ello ya estando dentro del navío, junto a la compleja milicia, pero no lo sabía antes, es decir, él no tenía conocimiento que sufría de vértigo en las barcas de la milicia”, contó Marino.

Ágata notó que la boca de Marino estaba sangrando y, supuso que Marino estaba evitando hablar de más; de hecho, estaba hablando en clave, dado que no tuvo más opción, luego de recibir el código que lo obligó a hablar con ella –por eso se mordió los labios.

“¿Por qué Marino no puede hablar?”, se preguntó, curiosa.

Todo indicaba que Marino era un espía del grupo de Sam, pero también era un pollo cobarde y el miedo no le permitía participar al cien; sin embargo, la clave que recibió en el código hizo eco entre el pasado y el presente y la carga de conciencia lo obligó a responder.

Ante las penas que atormentaban a aquel hombre, luego que le dio informes del paradero de Azul, Ágata consideró propio no presionarlo más.

Y, por otro lado, a esas alturas ya le espantaba un poco menos el saber que todo era posible en aquella infernal esfera que mantenía a los Huérfanos del Coral apartados de los mundos.

Después de tantos años de angustia, Ágata al fin tenía información fidedigna. Supo que Azul, luego de arribar a La Roca, había entrado por voluntad propia a una milicia; pero, para su desventura, lo habían reclutado sin su consentimiento y, valiéndose de artimañas, lo retuvieron.

Por otro lado, todo indicaba que aquella milicia era desconocida para los reinos del Coral; al parecer, se trataba de un grupo externo de científicos militares.

"¿Tendrán estos personajes conocimiento sobre el problema que selló al Coral? ¿Con qué intenciones realmente reclutaron a los niños?", se preguntó Ágata.

Todos aquellos jóvenes y niños guardaban información compleja y súper confidencial. De ellos hablaban los códigos ocultos en la antigua Ciudad de Itzá.

Ágata pasó los próximos tres meses oculta, entrenándose y organizándose con los grupos que ya se habían encontrado y reconocido. Se enfocaron en fincar un plan lo suficientemente fuerte para su sobrevivencia. Y rescatar a cuanto huérfano fuera posible; y continuar con la instrucción a la que fueron llamados, ello sería la misión primaria.

La madrugada de aquel otoño, luego que acabo parte de su entrenamiento con sus compañeros, Ágata acompañada de otros huérfanos llegó exaltada a Santa María de los Carbones.

Entraron directo por el portal principal. El par de huérfanos compañeros, camuflajeados para no ser vistos, tomaron el lado izquierdo y ella subió sin vacilar por los burdos escalones de laja roja; allí se topó con un guardia que le cerró el paso, antes de que ella pudiera acceder al interior de la villa principal.

Ágata disculpó la actitud de aquel personaje, aunque, le aguijoneó la cabeza ese hecho, ya que esas villas habían sido de su familia, antes de haber sido despojados de todos sus bienes por los Siete Reinos que regían el Coral.

"Hay bastantes bancos de laja en el área para construir algo tan bonito como esto, ¿no lo crees?", dijo el hombre que le tapó el paso, quien tenía un semblante amable, pero visiblemente apenado.

"¡Sí!, lo sé, hay bastante piedra en el área", replicó Ágata con tono punzante. ¿Son estas villas suyas, señor?", preguntó con una nota de indignación clarísima.

Al hombre se le descompuso la cara y bajó el cabeza apenado, no dijo más. El despojo de aquellas villas había sido un hecho y, aunque el hombre no sabía en realidad quién era Ágata, el hecho de saberse cómplice en antaño de tan atroz despojo le acechaba por las noches: al hombre no lo dejó dormir en paz el torcedor de conciencias desde entonces.

Ágata se retiró, irritada. Ella no descendería su postura jamás a discutir aquellos temas; tenía la cabeza ocupada en esferas más altas y no descendería a niveles tan profanos. Aquel hombre, parecía haber intuido su sentir y permaneció apenado con la cabeza sepultada en las manos por largo rato.

Ágata notó todas las modificaciones que le habían hecho a la villa de sus padres. Le sorprendió muchísimo el exceso de lujo en su modificación. La construcción tenía la misma base, es decir, era la misma estructura de antaño, piedra roja con arcos en su fachada. Pero habían construido para arriba, convirtiéndola como un rascacielos de piedra roja con arcos.

Luego del percance con aquel guardia, meditabunda, tomó el lado izquierdo de la villa. Se descalzó y puso su pie desnudo en la milpa vigorosa que crecía en ese lado del terreno; pensó en la razón que tenía su padre –el honorable escultor, Pipino Bell–, cuando hablaba con orgullo de lo fértil que eran sus tierras.

Ágata sintió en aquel momento nostálgico que el piso se movió, y no puedo evitar el abrazo de la tristeza que la embargo al recordar a sus padres ausentes. Se secó las lágrimas que brotaron de sus chispeantes ojos y se abochornó ante su propio escenario; y decidió caminar por los alrededores de la villa para relajarse y evitar que la vieran sus compañeros tan desbaratada.

Como tortuga en su caparazón, iba sumida en los años del pasado; se notaba como ausente; pálida y pensativa vagaba en el tiempo ido. De pronto, escuchó voces de los otros huérfanos provenientes del kiosco de la villa que la regresaron de su estado de ausencia.

Exaltados, comentaban sus compañeros que se escuchaba algo allí, en ese lado del kiosco. Ágata pensó que seguramente en esa área de la villa habían colocado micrófonos, a manera que nada de lo que ocurriera en la villa pasara desapercibido. Pensó en el hombre de la conciencia oscura como posible autor.

Y le preocupó que su presencia hubiera quedado registrada, pero tenía el deber de entrar a la villa y buscar en los pasadizos secretos información vital.

Siguieron entonces actuando como simples mirones, como estrategia, camuflados por los alrededores de la villa. Luego de un profundo análisis, Ágata recordó la noria abandonada que estaba cerca de lo habían sido en un tiempo corrales de ganado. Se trataba de un pozo de agua seca que conducía al interior de un pasillo subterráneo que se conectaba con los túneles secretos de la villa.

Le estremeció la idea de que aquel sitio, el favorito de su padre, y que él mismo convirtió en biblioteca y laboratorio, hubiera sido descubierto cuando modificaron la construcción de la villa. La idea le aguijoneó la cabeza.

Afortunadamente, lograron colarse como lagartijas por el agujero sin mayores percances, a excepción de unos cuantos rasguños debido a las ramas con espinas que habían crecido en el interior de la noria seca.

LA CARTA

> Ningún lugar como en casa:
>
> Este es uno de mis lugares secretos favoritos que visitó a menudo. Mi amor lo descubrió, y desde entonces nadie ha estado aquí, a excepción de nosotros. No hay camino, el camino lo tenemos que hacer al andar. Aquí he pasado mucho tiempo escribiendo acerca de la información que hay en las laderas de los bosques espesos de ébano. Y he meditado en soledad dicha información. También

hemos encontrado vestigios de la presencia de la gente que estuvo antes que nosotros aquí. Se trata de un cañón de origen geológico ígneo –gabo, roca ígnea plutónica–, con una increíble vista rodeado de robles, sicómoros y siempreviva (dudleya pulverulenta). Aquí se abre una ventana –un portal– entre dos grandes rocas de granito, a la hora que se pone el alba. Has de saber que, el sicómoro es una higuera de corteza blanca y suabe, y por ser madera ligera e incorruptible, es un árbol sagrado que se utilizó para hacer los sarcófagos en el antiguo Luxor del arcaico planeta Tierra11. Se dice que hay dos sicómoros en la entrada de los cielos que dan cobijo y fruto a los muertos. "He abrazado al sicómoro y el sicómoro me ha protegido; las puertas de la Duat me han sido abiertas" (LM).

Me despido con cálido amor de ti, y espero verte algún día, querida Artemisa.

Vuestra siempre fiel amiga,

Amaranta Consuelo de la Cruz.

"¿Por qué habrá escrito esta extraña carta un ancestro de la familia? ¿Otra vez Artemisa? ¿Quién es esa Artemisa a quien está dirigida esta carta?", se preguntó Ágata, curiosa.

Después de una breve pausa siguió buscando y, allí mismo, en el mismo túnel secreto de la villa, para su sorpresa, encontró una mini capsula oculta entre los escombros, y en su contenido un papiro escrito con tinta púrpura que decía: "Misión Artemisa 7 lleva su nombre honrando a las siete generaciones de los hijos legítimos del Coral. Misión Artemisa 7 recomienda usar sensores para medir la vibración, aceleración y radiación de los cuerpos celestes antes de entrar a la atmósfera de las esferas".

Luego de leer y releer hasta la última palabra del papiro amarillento que encontró dentro de la mini cápsula, Ágata tenía el presentimiento que la misión de los Huérfanos del Coral estaba vinculada con la "Misión Artemisa 7". Sabía que debía apegarse a ella también en la búsqueda de su compañero y amigo, Azul.

Como si se tratara de una coincidencia, Ágata encontró, en el túnel oculto de la villa de sus padres, la carta de uno de sus ancestros, cuyo nombre era Amaranta Consuelo de la Cruz. Dándole vuelta a toda la información hasta ese momento obtenida, resolvió adelantarse e ir al norte de los Montes de Ébano para buscar más información en sus laderas sobre el paradero de su querido amigo Azul.

Decidida a no dar marcha a tras a lo que sus padres dejaron inconcluso dio seguimiento a la Misión Artemisa 7, qué, según su autonomía, misma que tomaba con carácter serio, tenía como objetivo encontrar a Azul y continuar con la misión que dejaron inconclusa los ausentes. Y, sin más, con el corazón en el puño, la dulce Ágata emprendió su marcha hacia el lado norte de las laderas de los espesos bosques de ébano.

AMARANTA CONSUELO

Amaranta Consuelo de la Cruz fue una brillante botánica; fue la madre de Susi, quien fuera abuela de Ágata; de ella se sabía que había llevado a su hija Susi desde temprana edad con los nativos de las laderas de los bosques de ébano. Amaranta

Consuelo solía expresar a menudo su admiración y respeto para con los escultores del ébano: decía que estaba en deuda con ellos.

Capítulo 21 Benny

"Entre los individuos, como entre las naciones, el respeto al derecho ajeno es la paz".
– Benito Pablo Juárez García

El pulso de Ágata se aceleró al escuchar la llegada de unos jóvenes al almacén abandonado que recién había encontrado, y que tomó como refugio en su camino al norte de las laderas. Protegerse del posible enemigo fue lo primero que pasó por su mente, y se mantuvo en alerta máxima ante aquello tan inesperado. No correr riesgos innecesarios como regla número uno era la vital instrucción.

Después de la presentación de ambas partes, y de haber entablado un simple dialogo, pero suficiente para entender sus claves, cesó la tensión al identificarse mutuamente. Bebieron todos del jugo de uva del almacén, y prendieron incienso de salvia y menta para apaciguaron sus nervios; Ágata se sintió mucho mejor, y amable les invitó a probar de los tarros de miel que encontró, allí mismo en el almacén. Los jóvenes lucían un semblante entusiasta, y ella percibió casi por intuición la buena estima que le tenían, a pesar de que no la conocían, y lo agradeció en silencio.

Sacó luego del almacén un frasco con miel que untó en unas hogazas de pan y le dio a todos una. "La miel levanta el espíritu, y la salvia es como el aire bueno que purifica y restaura, solo nos hace falta el cordero para completar la cena", dijo, y esbozó una simpática sonrisa.

En virtud con el acuerdo que se tuvo con anterioridad en el campamento que recién dejó, y donde los huérfanos con máscara se quedaron bajo el cuidado de los otros compañeros, esperando el vital momento en que se encontraran los códigos para partir del Coral, el carismático Benny llegó con varios jóvenes adolescentes al punto donde estaba ella oculta, investigando en el norte de las laderas de los bosques de ébano el posible paradero de Azul. La misión del carismático Benny era garantizar que Ágata pudiera pasar desapercibida y poder cumplir con la Misión Artemisa 7, y de esa manera cumplir con el mandato al que estaba llamada, representando a los suyos, a los ausentes, como única descendiente de la familia Bell en el planeta Coral. Recaerían sobre sus hombros todos los códigos de sus generaciones pasadas; le serían transmitidos éstos, junto con toda la información de su linaje. Y lo mismo ocurriría en su momento con todos los huérfanos del Coral.

Corrían rumores bajo la sombra que, ese linaje de los niños con el cristal en la cabeza o en las manos –no evidente– cambiaría lo establecido en el planeta Coral, y esos rumores tenían un origen perdido en el tiempo. Los principales del Coral, influenciados por la ambición y el poder, los condenaron, y propagaron cosas malsanas sobre ellos. La sociedad, ciega por la ignorancia, y también por la comodidad que les brindaban los reinos del Coral, tomaron a bien desaparecer la evidencia de aquel linaje y, de esa manera cerrar esa posible notable amenaza para sus interés y miedos.

Consumidos por la ignorancia que aprisiona la mente en un

mundo que no se abre a las ideas y a las posibilidades, y guiados como rebaños por la astucia los siete malvados reinos, aquella mezquina sociedad condenó a los a los Huérfanos del Coral sin el menor de los escrúpulos. Sin embargo, como las estepas gélidas del invierno, aquella mala voluntad permaneció estéril, lejana de ellos, así como el pensamiento que condena y aprisiona la libertad del hombre, porque los padres de los huérfanos, aun con todo ello se reunían en secreto para protegerse de esas mentes malsanas. Tenían que ser unidos para protegerse la espalda, y herméticos con sus temas desarrollados en sus reuniones, dado lo vital y complejo que eran éstos, porque desarrollaban ciencia, y hablar de ciencia significaba hablar de cosas oscuras.

BENNY

Mas tarde, Ágata se reencontró con Benny y los otros compañeros en un espacio semejante a un establo, a cielo abierto. Los cuatro jovencitos, dotados de alegría y frescura estuvieron charlando y haciendo bromas. "Tienes una piel preciosa, Ágata, mira que hermosas se ven tus tres pecas en forma de triángulo bajo la luz directa", dijo el carismático Benny, quien fungía como el líder de ese grupo de cuatro.

Continuaron bromeando, olvidándose de sus penas y sus pesares por un rato que se prolongó hasta altas horas de la noche.

"¡Y pensar que hay quienes nos han querido hacen creer que fuimos hechos de simple barro!", dijo Benny con notable énfasis.

"¡Qué poco valor han pretendido darnos con esa idea!",

reviró Ágata con una nota de indignación en el timbre de su voz.

Los compañeros asistieron con la cabeza cuando Ágata repitió lo que el joven líder había dicho sarcásticamente con respecto al barro.

Aunque, Ágata evitaba sentarse muy cerca de Benny – cabeza del grupo –, había una conexión casi mágica con él, no había necesidad de palabras. Bastaba cierta complicidad inocente que había entre ellos para saberlo. Los demás jóvenes lo sabían también, en especial el mayor de ellos, cuya mirada suspicaz así lo anunciaba.

Pasaron del estado de bromas al tema que los mantenía prisioneros en el Coral. El rostro se les descompuso a todos en cuanto abordaron la vital situación. Se adentraron en el tema de la misión inconclusa que dejaron sus padres y, se quebraron la cabeza durante horas sin encontrar una resolución rápida a sus males. Frustrados, se quedaron mudos luego de tanto hablar. Con la mirada histérica y pensativa pasaron el resto de las horas.

El silencio se rompió con un comentario tonto que hizo uno de los compañeros con respecto a lo qué se debía de hacer referente a la misión.

"¿Tienes tú un navío como los Dragón Calvo de alto poder?", preguntó el líder Benny a su compañero revirando su comentario.

"¡No, no lo tengo!", respondió el joven con tono descompuesto.

"Te recuerdo que solamente un navío de esos podrá salvarnos y ahorrarnos muchos problemas, y hasta ahorita no hemos encontrado a nadie que sepa dónde puede estar oculto uno de ellos; lo único que sabemos hasta hoy es que hay tres de ellos", dijo Benny no de muy buena gana.

"¡Oh, sí!, cierto", replicó el joven, ligeramente aturdido por su comentario, ya que se sabía que solamente aquellos transportes eran capaces de cruzar los complejos océanos del Coral para encontrar la tierra donde yacía la nave principal.

Benny era el capitán del grupo, y había jerarquías que respetar, según lo establecido en su linaje.

"Tenemos que trazar un plan", dijo Ágata, "porque tenemos que dejar la clave de nuestra ubicación a los nuestros, es decir, a los que vienen atrás de nosotros. Según los códigos a los que tuve acceso, algunos de ellos nos buscaran aquí, en estos bosques, si siguen los códigos que se activaran en su memoria", sugirió la joven con tono humilde.

Ágata mantenía viva la esperanza de recibir noticias pronto de su querido amigo, Azul, y ese sentimiento la ayudó a apaciguar sus angustias. Estuvo las próximas semanas con los jóvenes huérfanos trabajando en el norte de las laderas de los bosques espesos de ébano explorando los posibles puntos donde pudiera estar la ventana que mencionó en la carta su ancestro, Amaranta Consuelo.

Aquel tiempo bastó para que el pequeño grupo comandado por Benny fincara una amistad sólida y leal. Por otro lado, resolvieron por voto unánime mantener a Ágata bajo estricto anonimato, hasta recibir más información sobre la Misión Artemisa 7.

Las barcas como el Dragón Calvo eran súper indispensables, jugaban un papel importante para navegar en los bastos océanos del Coral, entre los portales camuflados que había en aquel enigmático planeta.

Una clara mañana de abril, ya nuevamente en el campamento oculto, ubicado en el lado sur de las laderas de los densos bosques de ébano, Ágata, melancólica, rememoró todo lo ocurrido en los últimos años de su vida.

Le molió aquel día el cerebro saberse aún sin éxito. Tomó en aquel momento una resolución impulsada por ese sentimiento que le caló el vientre. Decidió entonces arriesgarse, y regresar a la villa de sus padres para buscar otra pista que le pudiera dar más luz sobre el paradero de su querido amigo, Azul; Benny y compañeros la secundaron en su decisión.

No tardaron mucho en su propósito; una vez que llegaron buscaron un punto donde pudieran observar la villa desde un mejor ángulo sin ser vistos. Ágata encontró a bien introducirse en un cuarto lleno de herramientas de trabajo de construcción, y cuya única ventana tenía la vista directo a la villa principal. Mientras Benny y los otros echarían un vistazo por los alrededores.

Benny tenía muchísimo conocimiento en lo que concernía a los códigos del Coral. El jovencito había tenido acceso a códigos vitales desde tempana edad, y sabía muy bien manejar toda esa información que como hijo legítimo del Coral había caído sobre su cabeza.

Mirando por la ventana, Ágata controlaba sus emociones con dificultad, la idea de estar tan cerca de algo tan grande le caló hasta lo más profundo de sí misma, "Qué sorpresas más encontraré sobre la familia y mis padres ausentes", murmuró para sí misma.

Escuchó de pronto un ruido y aterrizó sus pensamientos, se

trataba de los pasos de una persona que sigilosamente se aproximaba al cuarto de herramientas donde ella estaba. Con el susto reflejado en su rostro, se preparó para lo que estaba por venir cuando vio la perilla de la puerta girar. Detrás de la puerta apareció un hombre vestido de color café de los pies a la cabeza; le dio la mano con el código de identificación y clavó sus ojos en ella con una enorme sonrisa enmarcando su rostro regordete. Ágata lo reconoció y le regresó el alma al cuerpo. Se trataba del contacto de Benny, por lo tanto, era seguro hablar con él. Ambos se dirigieron entonces a los túneles ocultos de Santa María de los Carbones.

"Fue una tarde horrenda, aquella, cuando los vientos del norte azotaron las villas de la Sede del Coral. Aquel fenómeno inusual en esa temporada del año causó gran preocupación, como si estuviera anunciando algo terrible por venir. Posterior a ello, los miembros del Gran Consejo se reunieron a puerta cerrada por varios días", narró el hombre con los ojos húmedos a Ágata parte de lo que había ocurrido aquel día, cuando los pequeños huérfanos del Coral fueron enviados con falsas familias a distintos puntos del Coral.

Ágata, Azul y otros mil huérfanos, fueron enviados a La Roca; la terrible prisión que se componía de un conjunto de once islas, ubicada en un lugar conocido como el Triángulo del Coral. Afortunadamente, los 22 niños especiales que mandaron a exterminar los Siete Reinos fueron salvados por Sam y su gente, quienes los ocultaron en la Isla Seca. También hubo otros grupos que lograron escapar a tiempo del atroz plan que acabo con sus padres. Habían pasado diez años desde aquella tragedia que les arrebató a sus padres y los dejó huérfanos.

Capítulo 22 La Segunda Reunión

"Sí, el arte es azul, pero aquel azul de arriba que desprende un rayo de amor para encender los corazones y ennoblecer el pensamiento y engendrar las acciones grandes y generosas".
– Rubén Darío

Se reunieron los huérfanos aquella tarde a hablar sobre la información que recibieron del hombre de rostro regordete. Y sobre los códigos que Ágata descubrió en los libros ocultos de su abuelo, el doctor Santiago Silvestre. La cita fue en los túneles, en un lugar oculto, en el lado sur de las laderas. El jovencito, Benny, fungía como anfitrión. Allí reiteraron todos Los Huérfanos del Coral, hasta ese momento reunidos, su lealtad a la libertad del pensamiento individual, a la igualdad, al amor por la ciencia y al progreso del género humano, tal como dictaba su causa, la misma causa que fue la causa de sus padres y sus generaciones pasadas. Los códigos de los jóvenes compañeros que llegaron a la reunión estaban activos, al máximo, como no lo habían estado nunca. Y esa fue una clara señal del plan fincado por Pipino Cande Bell y compañeros, para con sus hijos, en el momento llegado.

Al punto estratégico llegaron jóvenes que Ágata no conocía, hasta entonces, quienes estuvieron también prisioneros al igual que ella y el bueno de Azul. Lamentablemente, a estos últimos jóvenes nos les había ido nada bien en su cautiverio, por lo tanto, eran un tanto rudos en su comportamiento.

A pesar de las circunstancias tan desfavorables que rodeaban su mundo, los Huérfanos del Coral estuvieron contentos ese día. Compartieron un rato ameno en las tabernas de aquellos túneles antes de irse a descansar, porque al otro día les esperaba a todos una jornada de trabajo duro. A esas alturas, estaban todos ya conscientes de lo difícil que sería llevar a buenos términos la misión.

Por otro lado, Ágata no estaba acostumbrada a la rudeza y bromas de aquellos jóvenes y le tomaron por sorpresa sus comentarios rudos. Ellos se formaron en ambientes muy difíciles. Físicamente, parecían ser personajes peligrosos. Tenían el rostro marcado con cicatrices, la clarísima evidencia de haber tenido una infancia difícil.

Ese grupo de huérfanos fueron enviados a un área plana del Coral, donde no había el más mínimo servicio básico, como agua potable o electricidad. En aquellas colonias, polvorientas y secas, el aire estéril era para estremecer el alma de cualquiera. Les pusieron familia y padres de actitud indiferente y violenta. En ese punto se mantenía un enorme almacén, camuflado como área de trabajo, y donde sus supuestos progenitores trabajaban todos los días, muchas veces doblando turnos. Los niños se criaron literalmente en las calles de las colonias, llenas de gente extraña, ruda y de actitud infernal.

Aquella gente, los supuestos padres, desaparecían repentinamente todo el tiempo, pero eran sustituidos por otros. Y así, de ese modo, esas gentes enfermas, con diabólica astucia mantenían alejados del almacén a los niños, porque en realidad aquellas fábricas no eran más que un portal camuflado que comunicaba al Coral libre, donde las masas de gente deambulaban como si nada estuviera ocurriendo en el planeta.

Al día siguiente, llegaron a esa misma ubicación los compañeros que le fueron asignados a Ágata, cuando recién salió de La Roca. Se trataba del mismo par de jóvenes de nobles sentimientos, Luildro y Mar.

Los próximos días, como máquinas sin descanso, los huérfanos estuvieron estudiando los códigos y los túneles del Coral hasta que el cansancio los agotaba. Uno de esos agotadores días, Ágata se fue a descansar; se acostó en la angosta cama de la pequeña alcoba que ocupaba y, antes de perderse en el sueño, vio a un hombre asomarse por una ventana de enlace que se abrió repentinamente. “¿No tienes miedo de estar aquí?”, preguntó el hombre con tono misterioso.

“No, no tengo miedo”, replicó ella, tajante. “¿Por qué he de tenerlo? Todos los Huérfanos del Coral nos protegemos entre nosotros. Tenemos una promesa de carácter inquebrantable; nosotros hemos jurado cuidarnos la espalda siempre. Y eso es más que suficiente”, recalcó firme, al mismo tiempo que veía desaparecer el enlace de la ventana. “¿Quién será ese misterioso hombre?”, se preguntó.

A la mañana siguiente, antes de que se pusiera el alba, Ágata se despertó inusualmente contenta. Había tenido un buen sueño como si de un buen presagio se tratase. Sintiéndose aquella mañana llena de vida y con una energía descomunal, levantó ambos brazos para estirase como un oso y, de un brinco, salió de la cama.

Sin probar bocado, con el estómago vacío dejó atrás los túneles y se regresó a buscar más información al norte de las laderas de los bosques densos de ébano. Luildro y Mar, sus compañeros asignados, se vistieron adormilados y la alcanzaron luego; llegaron con la lengua de fuera literalmente después de semejante carrera que tuvieron que emprender.

Capítulo 23 Las Serpientes y los Domos

"El tiempo es la imagen en movimiento de la eternidad".
– Platón

Luego de una ardua búsqueda en las laderas de los bosques espesos de ébano Ágata encontró el sitio descrito en la carta de su ancestro, Amaranta Consuelo. Su perseverancia la llevó a las pistas adecuadas y logró descifrar satisfactoriamente los códigos secretos que encontró en los libros de su abuelo, el doctor Santiago Silvestre. El par de compañeros le dieron alcance a tiempo y pronto se encaminaron los tres al lugar donde se ubicaba tan venerada ventana. Haciendo uso de los códigos a los que tuvo acceso, con éxito pasaron los tres por dicho portal sin haber sufrido un solo rasguño.

Una vez que atravesaron la ventana, arribaron a una maravillosa catedral levantada en una remota colina, y cuya estructura se componía de un marco octagonal y veintidós domos; ensamblada y sin haber usado un solo clavo.

"Cuidado, Luildro, hay serpientes por todos lados", lanzó Ágata un grito eufórico, cuando notó que se encontraban en un nido de serpientes.

La catedral estaba infestada de serpientes. Con el horror reflejado en sus rostros, el par de compañeros gimieron nerviosos. Pero antes de que el pánico se apoderara por completo de las mentes de los jóvenes, Ágata tomó con determinación un machete que colgaba en una pared del recinto y les mostró al par de jóvenes, Mar y Luildro, cómo matar serpientes. Su querido amigo, Azul, la había instruido en esos temas desde pequeños. Casi sin tocarlas, rápido, como un rayo, fulminadas debían caer esas criaturas venenosas, según el método de Azul.

Lograron con éxito evadir la latente amenaza. Y Ágata hizo énfasis en la precaución que debían mantener siempre con esos peligrosos réptiles, cuya especie era una de las más venenosas existentes en el Coral.

"Acampáremos allí", demandó exhausta a sus jóvenes compañeros, señalando un saludable roble ubicado en el patio trasero de la catedral; los jóvenes decidieron explorar el punto antes de acampar, porque para sorpresas con las serpientes tuvieron suficiente.

Antes de caer la noche, de forma misteriosa, se aproximó una anciana a ellos y les comunicó con detalle lo que sabía del paradero de Azul; traía consigo pescado seco para compartir. Ágata le dio el ósculo de la paz y un abrazo sincero; le agradeció el gesto tan humano que tuvo al llevarles comida. "Largo tiempo ha transcurrido desde la última vez que vi a alguien cruzar por aquí", susurró la anciana con queda voz. "Supongo que es vital la razón, entonces. Lo menos que puedo hacer por ustedes es apaciguar un poco su apetito mientras me cuentan qué los trajo aquí", añadió la anciana y soltó un suspiro de alivio.

Luego de escucharlos sin interrupción, la anciana la puso al tanto de lo que sabía sobre su querido amigo, Azul, y le dio las claves y códigos con las indicaciones a seguir.

Había pasado tanto tiempo desde que Azul escapara de La Roca que, el pulso de Ágata se aceleró de emoción tan solo de pensar en volver a verlo.

Con la información del paradero de Azul que obtuvo de la anciana, una misteriosa buena mujer que pidió que le llamaran Conchita, Ágata y su par de compañeros se fueron en busca del edificio de mármol negro referido. La anciana le hizo hincapié en subir al piso treinta y buscar la habitación treinta. Le indicó estar atenta cuando escuchara relinchar a un caballo.

Capítulo 24 La Milicia

"Nada es más libre que la imaginación humana".
– David Hume

Azul fue reclutado por la Milicia Científica –una fanática orden militar de origen desconocido–. Aquella milicia, decidió enviarlo junto con otros como él al punto más septentrional del planeta Coral, con la intención de entrenarlos allá; no les dieron ninguna otra explicación.

Azul pasó un largo tiempo reclutado en aquel polo, sintiéndose muy solo, sintiendo el frío de la usencia de Ágata. Se sentía tan lejano de la posibilidad de volver a verla que, meditabundo y triste, se enfocaba al cien por ciento en su entrenamiento para no desplomarse. La milicia mantenía a todos los miembros ocupados; hacían ejercicio físico por horas, esa disciplina, por lo menos contribuyó a que Azul tuviera una mejor calidad de sueño, ya que Azul era un potencial científico nato y lo mantenían literalmente en calidad de preso, bajo la lupa. Incluso, aun luego de que el sol desapareciera, llegado el invierno, no cesó el entrenamiento y el punto fue iluminado con lámparas eléctricas alimentadas por generadores.

Después de dieciocho meses de arduo entrenamiento en aquel polo, Azul fue enviado a investigar unos lagos submarinos salados a otro punto del planeta Coral. Se trataba de unas rarísimas piscinas de salmuera, llenas de vida microbiana, en las aguas profundas del golfo de Elí, al norte del mar Rojo del planeta Coral.

La milicia tenía la enmienda de buscar en aquellos lagos salados secretos que pudieran arrojar luz sobre la forma en cómo se formaron los Océanos del Coral, luego que aquella milicia descubriera a 1.777 metros debajo de la superficie del mar una extraña nave y, en su interior, una cápsula que contenía un triángulo de oro con las coordenadas de dicho punto grabadas en este.

Todo indicaba que aquellas piscinas ubicadas cerca de la costa y extremadamente saladas y sin oxígeno conservaban información sobre lo que ocurrió miles de años atrás en los Océanos del Coral.

En el mes once de un cálido otoño, después de los complejos experimentos que había estado realizando con los extraños organismos encontrados en las profundidades de esas aguas, Azul salió del laboratorio con la sensación de hartazgo que solo el cautiverio podía provocar. Meditabundo, caminaba como ausente por los alrededores del vasto complejo, hasta que el cielo rojo del occidente, con su melancólica atmósfera, le hizo volver su mirada ausente. "¿Se acordará de mí? Han pasado tantos años ya. Habrá crecido también, espero que no esté más alta que yo", pensó el bueno de Azul. Se ruborizó al pensar en ella y dejó escapar de su pecho un suspiro.

Habían pasado tantos años desde que Azul fue reclutado por la milicia y enviado en contra de su voluntad al septentrión del Coral, que, a esas alturas, la idea de volver a ver a su dulce amiga, Ágata, le hacía latir el corazón con emoción. La recordaba alegre, con su mirada chispeante, a pesar de las circunstancias a las que todos los huérfanos se vieron sometidos.

Lamentablemente, luego de un triste tercer intento de escape fallido, Azul comenzó a dudar. “No la volveré a ver jamás, ¡oh!, querida Ágata. ¿Dónde estás?”, renegó en silencio cuando lo atraparon y lo forzaron a regresar.

Como si le hubieran extraído del cuerpo toda el alma, pálido como un muerto, Azul pasó reclutado con aquella milicia día con día en espera de que algo ocurriera; en ese periodo, el pobre parecía ya un Azul más viejo de lo que era, tenía un semblante amargo y se le había borrado de su atractivo rostro por completo la sonrisa.

El tiempo transcurrió lentísimo, como una agonía que se prolonga más allá de un límite. Por otro lado, sin ánimo, sombrío y triste, Azul logró con éxito hacer notables avances en sus investigaciones como lo demandaba la milicia. Y de alguna manera eso contribuyó a que esa gente lo dejara de atosigar.

“¿Cuál será es el objetivo real de esta milicia?”, se preguntaba Azul a menudo.

Capítulo 25 El Rescate de Azul.

"Bien sé que soy mortal, una criatura de un día. Pero si mi mente observa los serpenteantes caminos de las estrellas, entonces mis pies descalzos ya no pisan la tierra, sino que al lado de Zeus mismo me lleno con ambrosía, el divino manjar".
– Claudio Ptolomeo.

Después de años, Ágata al fin encontró el paradero de Azul. Supo que le habían puesto una pulsera en el tobillo izquierdo y, por ello no podía escapar de ninguna manera. Aquel infernal aparato lanzaba algo semejante a un rayo que amenazaba con un estallido de explosión si él no retrocedía en cualquier intento de escape. Azul estuvo al borde de la muerte todo el tiempo porque nunca cesó en su intento de escape.

Afortunadamente, para el bueno de Azul, había una forma de escapar de aquella milicia. Según la información que recibió Ágata de la anciana, Conchita, había un portal camuflado como ventana en uno de los edificios de las instalaciones de esa milicia, donde había sido enviado Azul, luego que concluyó la investigación que la milicia lo obligó a realizar en aguas saldas, al norte del mar Rojo del Coral.

En aquellas instalaciones, alguien cercano al grupo del

monje Sam se desempeñaba en calidad de espía. Por otro lado, con la información que obtuvo sobre la Misión Artemisa 7 y los escritos de su abuelo, el doctor Santiago Silvestre, en la villa de Santa María de los Carbones, Ágata ya tenía más noción acerca de esas complejas ventanas.

El plan que trazó con la anciana fue contactar con la agente Mina, quien la llevaría a la casa de Luna –una monja que se desempañaba como espía dentro de la misteriosa milicia–. Según la anciana, por medio del portal oculto que existía en aquel lugar Azul debía pasar, de esa manera se garantizaría borrar sus huellas, porque de otra forma lo cazarían como si de un animal se tratase, y lo volverían a reclutar bajo términos que solamente ellos entendían.

La información que le proporcionó la anciana Conchita sobre el edificio de mármol negro era la última pista valiosa que Ágata tenía sobre el paradero de su querido amigo Azul, hasta ese momento.

Ese mismo día, sin más, se adentró junto con su par de compañeros en aquel basto terreno por el que debían transitar en su anhelada buscada.

“¡No dejes que te atrapen!, nosotros los distraeremos”, Luildro lanzó un grito eufórico a Ágata, previniéndola, porque dos máquinas enemigas circulaban del lado opuesto del camino de aquella anchísima avenida por donde ellos iban. Se trataba de agentes de la aduana de esa esfera, quienes, una vez cercanos, les lanzaron una fulminante mirada.

En ese otro lado del Coral no había reinos. Se decía que quien regía en aquel punto era el Innombrable. Los reinos no tenían jurisdicción allí, aunque sí tenían el poder de enviar a cuánta gente quisieran. Todo ese enredo tenía un halo misterioso y complejo, relacionado con la propia estructura del planeta.

Ágata y su par de compañeros no llevaban ninguna identificación consigo. Si los detenían como sospechosos, con todo ese lío, la Misión Artemisa 7 correría peligro. Perderían la oportunidad de ubicar a Azul y, lo peor de todo, los Huérfanos del Coral quedarían en riesgo si se descubría su identidad.

Al percibir las claras intenciones de los agentes en seguirlos corrieron los tres con dirección a unas callecillas de piedra. Los agentes giraron sus naves en U abruptamente para darles alcance, pero los jóvenes compañeros distrajeron a sus perseguidores mientras Ágata se escabullía entre aquellas calles de piedra.

Luego de tremenda carrera, afortunadamente, le perdieran el rastro sus perseguidores y Ágata logró ubicar el lugar referido de la anciana, donde recibiría asistencia para penetrar al edificio de mármol negro. Se dirigió con cordialidad directamente al par de agentes de tez amarilla que se encontraban allí. Pero uno de los agentes la ignoró y con rudeza se levantó de la mesa dejándola con la palabra en la boca. El otro agente que se quedó, por el contrario, mostró una simpatía abiertamente coqueta hacia ella. El coqueto agente atento escuchó la referencia en código que Ágata le dio de parte de la anciana. Acordaron que la ayudaría en su búsqueda con la condición de que guardara silencio con carácter de tumba sobre la ayuda recibida. Esos grupos no estaban en posición de involucrarse en temas de espionaje, y Ágata así lo comprendió.

Después de que le dio la palabra secreta como lo

demandaba la instrucción, el agente de prominentes ojos rasgados llevó a Ágata a un salón, cuya decoración en su interior, se componía de diminutas flores de cerezo pintadas en las paredes, que recordaban los meses de abril en algunos puntos del Coral viejo.

En virtud de la clave recibida, allí mismo una mujer le arregló el cabello de forma muy sofisticada. También le proporcionaron un vestido de seda con girasoles bordados con hilo de oro. Ágata, atenta, veía a través del espejo cómo ese complicado peinado iba tomando forma, mientras la mujer y el agente trabajaban en el elaborado y sofisticado disfraz en el más absoluto de los silencios. Ella sabía de acuerdo con los códigos a los que tuvo acceso con anterioridad que, aquel par de agentes estaban hablando en clave, ya que dicho sofisticado peinado se trataba de un mapa de palabras, mismo que sería la clave para logar su acceso a la siguiente esfera.

Una vez terminado con aquello tan sofisticado en su cabeza, Ágata se dirigió al punto conocido como "Mar de Plata", en los límites de continente donde se ubicaba.

Allí se concentraba un grupo de jóvenes, algunos estaban dentro del agua y otros trepados en una escalinata adornada con flores. Como impulsada por la curiosidad, pensó en subir la escalinata –cuya forma era semejante a una barda burda de piedra–, pero recordó que traía puesto el vestido negro de seda, con girasoles amarillos bordados a mano; dedujo que estaría expuesta al desnudo para los de abajo y optó por no subir.

Calmada su curiosidad, se dirigió al otro lado de la escalinata. Allí la gente se divertía en el agua. El enigmático sitio era una extensión del mar, semejante a cavidades rocosas

–piscinas naturales que se reabastecían directamente con agua del océano.

LA CLAVE EN EL VESTIDO

Se trataba de un sitio muy lindo; calculó su profundidad, y le apeteció la idea de descalzarse y meter los pies en el agua. El vestido era parte de la clave en la búsqueda de Azul, la identificarían por la clave en el bordado del vestido y el sofisticado peinado en su cabeza. Tuvo la oportunidad de charlar con algunos jóvenes que se encontraban en esas bellas piscinas y, uno de ellos, insinuó abiertamente su interés por ella mostrándose tan galante como un colibrí en primavera. Sabiéndose ella una persona dotada de exquisita prudencia, ante el abierto coqueteo del joven colibrí, dijo: "Me hubiera gustado conocerte antes, ahora debo irme a atender una cita de vital importancia".

Sin esperar ninguna respuesta, se fue tan rápido como un rayo, luego que de reojo vio que se había activado una pequeña pantalla que, tenía el mismo joven colibrí en las manos. Se trataba de la señal que esperaba, cuya luz azul indicaba el paso libre por el elevador que debía tomar para subir al piso treinta. Entonces, se enfocó en su objetivo.

Tenía la instrucción de subir al piso treinta de aquel lujoso edificio de mármol negro y buscar la habitación del mismo número. Y así lo hizo, subió por un sofisticado elevador junto a otras personas hasta el piso treinta como era lo indicado; todo allí se percibía enorme y súper lujoso; de hecho, era el último piso, cuya mitad era terraza y el cielo se percibía literalmente sobre la cabeza.

"Debo buscar la habitación número treinta", dijo, emocionada, y se dirigió a su objetivo. "¡¿Qué demonios?!", exclamó, frustrada, al notar que los números se saltaban. Las puertas de las habitaciones marcaban el 27, 28, 29, 31, 32 y 33, pero el 30 no estaba.

Los armoniosos jardines de impecable aspecto que dividan cada habitación apaciguaron sus nervios y afortunadamente logró controlar su agitada respiración. "¡Volveré a revisar, uno por uno!, porque aquí debe de estar ese número", dijo. Y volvió a checar una y otra vez, puerta por puerta entre los jardines, hasta que fue vista por los mismos agentes que los interceptaron a ella y su par de compañeros recién llegaron.

Espantada por lo que vio venir a su mundo pegó un tremendo brinco y cayó en la fuente del siguiente jardín. Y para su grata sorpresa, allí estaba el número treinta, el número tan anhelado que buscaba.

La fuente donde fue a caer estaba llena de anfibios. "¡Las ranas! Los anfibios favoritos de Azul, creo que estoy cerca de ti, querido Azul, pero mi vestido de seda se ha estropeado", dijo de buena gana ante tan favorable escena; el portal allí mismo se abrió.

Mareada y pálida, luego de tremenda sacudida, Ágata divisó a un caballo en la lejanía, éste relinchó y levantó las patas delanteras; se trataba de la señal indicada en la búsqueda de Azul, luego que la ventana en la fuente de los anfibios se abrió. El caballo era cabalgado de manera apacible por un gallardo caballero que iba mostrando el camino por donde transitar, y cuya visibilidad entre la espesa niebla y la maleza de un campo abierto no era muy clara. Se trataba de sus compañeros, quienes de manera discreta la guiaban en aquel místico paraje donde fue a dar.

En un pestañeo, Ágata lo perdió de vista. "No vaya tan rápido, señor, ya no lo veo", con tono descompuesto gritó.

"Ven, Ágata, es por aquí", gritó de pronto el hombre.

Lo escuchó y logró verlos a ambos, al jinete y al caballo, pero en un segundo los perdió de vista nuevamente. Continúo escuchando la voz del hombre por un rato, pero no lo vio más. Intuyó qué estaba el camino próximo y no dio pauta al fantasma del desánimo.

No tardó mucho en percatarse de que se encontraba en el patio trasero de una casona; entró sin vacilar; se fue directo hacia la puerta que vio en el interior con la intención de salir por allí; atravesó con prisa un sombrío salón, cuyo mobiliario se componía tan solo de un viejo sillón en un rincón, y un anciano con mirada petrificada y el cuerpo erguido sentado allí.

El anciano, quien reflejaba en su rostro arrugado todos los años del mundo, la ignoró cuando atravesó el salón y abrió la puerta, pero antes de que abandonara la casona el anciano abrió la boca y dijo: "¿Ya te vas tan rápido sin saludarme?".

El anciano era el guardián que custodiaba esa puerta –aquella gente, los enigmáticos guardianes, trabajaban de una forma tan misteriosa y compleja que Ágata no lograba aún comprender–. Luego del encuentro que había tenido tantas veces con esos aparecidos, Ágata comenzaba a dudar si eran reales, o si se trataba de hologramas sofisticados, ya que eran tan silenciosos como los muertos, y le recordaban la aparición de su pentabuelo, Pipino Cande Bell, cuando estuvo prisionera en La Roca.

Una vez afuera de aquella misteriosa casa, y antes de que la abordara la agente Mina, Ágata analizó todo con mirada de halcón; la enorme casona de donde salió se ubicaba en una esquina, y cuya construcción se conformaba de llamativas cúpulas de cobre de llamativo color verde y armoniosa arquitectura.

EL PROGRESO EVIDENTE DE ÁGATA

Con el paso de los años, Ágata percibió cómo su voluntad, su mente y su espíritu se fueron retirando poco a poco de aquella malvada gente. Hasta que un día, que ni ella misma supo cuándo fue, se vio sola junto a su sombre, su inseparable amiga; extrañamente, a partir de aquel momento sintió que no estaba del todo sola. Pero, aun así, cuando la visitaba de golpe el fantasma del desánimo, la idea, el hecho de saberse prisionera en manos de aquella gente la seguía perturbando. Sabiéndose una persona ajena a aquello que hubiese provocado los sentimientos malsanos de sus horribles guardianes, aquella tristeza le calaba en la soledad cuando recordaba aquellos días de tortura en los calabozos.

"Ah, eres más humana de lo que tú crees, Ágata Bell", le susurraban sus amigas, las arañas azules que la visitaban en aquellos días oscuros y la animaban a salir pronto de su estado profundo de reflexión. Ellas le recordaban el campo y las flores que, con la caricia del viento, exhalan el suave perfume que guía a las abejas en su jornada de trabajo... y también a su familia ausente.

Con el tiempo, Ágata comenzó a tener un mejor entendimiento con respecto al comportamiento enfermo que tuvieron los guardianes de La Roca. Y, aunque aquellos crueles y malvados personajes no se merecían ningún gesto de nobleza, su corazón no albergó ningún mal hacia ellos.

Por otra parte, dado su carácter, pronto alejó de su mente la idea de que aquella familia impostora pudiera algún día sentir afecto por ella.

EL DOBLE GIRO DE AZUL

"Ágata, te quiero dar un regalo,", dijo Mina con el suave tono de voz que caracterizaba a esa agente. "Me atreví a ver en tu guardarropa y vi que tienes una gran variedad de vestidos de bello corte", hizo una breve pausa, "pensé por ello mismo que te gustarían los míos, porque son del mismo estilo que los tuyos. Y, quiero regalarte entonces todos mis vestidos, ¡míralos!, se te verán lindos", agregó.

"¡Sí, me encantan los vestidos de seda!", replicó Ágata, como lo demandaba el código secreto para esa misión, y observó complacida su reflejo en el espejo mientras Mina le ponía uno de los vestidos por encima del que ya traía puesto.

Ágata pensó una vez que se quedó sola que, seguramente, Mina –el contacto para el rescate de Azul –, quien la recibió del otro lado del edificio de mármol negro donde fue a dar luego de seguir al jinete, estaría bien enterada de lo que ocurrió en las villas con sus padres. Vagamente recordaba el rostro de Mina, estaba segura de haberla visto en algún lado en su niñez.

Mas tarde, según la instrucción que recibió de la anciana Conchita, trató de entender mejor los complejos códigos de la ventana por donde se llevaría a cabo el acto de rescate.

Revisó que todo estuviera en orden. Se trataba de un sitio

ubicado en un piso alto. Por allí debía cruzar Azul, con la intención de que, al hacer contacto con ese canal se desactivarían los códigos de las cadenas que lo mantenían preso en la milicia. Según el plan, Azul tenía que dar tres giros completos para cruzar por aquel portal camuflado como ventana.

Apareció enseguida Azul, según lo previsto, listo para ser rescatado por el portal y evitar su estancia permanente en aquel sitio donde fue reclutado por la milicia.

Había estado el pobre en la celda de los castigados, guardado durante unos días, luego de su último mal logrado intento de escape, y lo habían mandado al hospital debido a una riña que sostuvo con otro prisionero.

Azul tenía quebrada la pierna izquierda y llegó en una silla de ruedas al sitio donde Ágata ansiosa y con el corazón en la mano aguardaba por él. La agente Luna, nerviosa ante tal delicado evento, lo trasladó en la silla, tratando de caminar de la manera más serena posible.

Los dos jovencitos se fundieron en un abrazo en cuanto sus miradas se encontraron, no hubo palabras. Tanto tiempo esperando, cuanto se habían extrañado; sus corazones latían al ritmo de una hermosa melodía que expresaba sus sentimientos y emociones más profundas.

Luego de tan esperado encuentro, Azul dio dos giros completos a velocidad de rayo por el portal camuflado. Pero en el último de los giros, el pobre estaba muy asustado por lo que allí vio y lanzó un grito de pánico: "¡Ya no, por favor, ya no!".

Ágata se preocupó muchísimo porque Azul no pudo dar el tercer giro, y se sintió responsable de él.

Por otro lado, dado que el aspecto de Azul era bastante preocupante, la sensación de peligro le asaltó cuando un par soldados, compañeros de Luna, irrumpieron en el lugar buscando a Mina y encontraron a Azul en calidad de bulto, llevándoselo de inmediato.

El viento soplaba con intensidad, Ágata decidida a enfrentar la situación de Azul cruzó la calle para entrar al edificio donde se ubicaba la oficina médica de la milicia. Allí Azul estaba siendo revisado.

“¡Qué tal!, buen día. Me llamo Ágata, soy la sobrina de Luna”, dijo, y extendió con delicadeza su mano al par de soldados que cuestionaban a Azul en calidad de ido.

Los soldados la miraron por encima del hombro con frialdad, dejándola con la mano extendida. Preocupada de que la fueran a descubrir, a Ágata le volvió el temor al pensamiento y su rostro palideció.

“¿Y dónde está la sargento Luna?”, preguntó tajante uno de los soldados frunciendo el ceño.

“Mi tía Luna está con su madre, que, se ha enfermado repentinamente con el virus que está azotando a la isla donde habita; a eso vine yo aquí, para avisarle”, respondió Ágata lo más natural que pudo.

“Nos dejas a solas con él, por favor”, demandaron con autoridad, refiriéndose a Azul.

Ágata obedeció sin chistar. Salió caminando con paso menudo y cruzó la calle nuevamente, luego entró al complejo donde estaba ubicada la casa de Luna. Una vez allí revisó con detalle que todo estuviera en orden, porque se trataba de la casa de Luna, y dado que Luna era una de las monjas espías infiltrada en aquella milicia, debía cuidar de su incógnita a muerte. Allí mismo, en la casa de Luna estaba ubicado el portal camuflado como ventana.

Por razones desconocidas, Ágata y los huérfanos tenían limitada la información acerca de los agentes que operaban en calidad de agentes secretos.

Por otro lado, Ágata había logrado con éxito enviar los códigos que abrieron la ventana en la fuente de los anfibios del edificio de mármol negro a Mar y Luildro, quienes habían estado esperando la señal, ocultos, en una de las muchas alcantarillas que había en las callecillas de piedra.

Ya estaban el par de jovencitos adentro de la casa cuando ella entró; los escuchó que hablaban sobre un tema relacionado a un fideicomiso, pero no alcanzó a escuchar más. "Mar y yo te queremos dar estas llaves", dijo Luildro, y le entregó dos llaves a Ágata.

"¿Y por qué tiene ustedes estas dos llaves de este lugar?", preguntó, inquieta, no estaba para sorpresas.

"No sé con certeza, alguien me las dio cuando recién entramos por la fuente de los anfibios", replicó él joven con tono inocente.

"Yo pienso que tenemos que hablar con la agente Luna, y pronto. Azul está siendo interrogado dado el desajuste que sufrió en el intento de abrir el portal. Sugiero no hacer mucho ruido con nuestra presencia hasta que la localicemos", dijo Ágata con tono preocupado ante lo acontecido inesperado.

Meditando los hechos, Ágata con discreción buscó a Mina para informarle la desaparición de Luna. "Está muy rara la desaparición de Luna luego de lo que pasó con Azul en el intento fallido de escape", le informó.

Lamentablemente, falló el portal y Ágata no pudo sacar a Azul de aquel fuerte como lo tenían planeado. Y para más males en puerta, como el pobre Azul dio solamente dos giros –tenían que ser tres para que tuviera éxito el transporte–, no le fue nada bien al inocente hombre, el semblante de espanto permanente en su rostro delataba a las claras un mal momento vivido.

Azul fue enviado al hospital de la milicia donde permaneció unos días bajo observación, luego del intento de escape fallido que confundió su mente y lo dejó como ido. Por otra parte, Ágata y sus compañeros permanecieron camuflados entre los civiles de la pequeña población.

La agente infiltrada en la milicia una tarde informó a Mar y Luildro que a Azul le removerían el brazalete del tobillo para hacerle unos estudios especiales. Tenían que actuar rápido en el rescate de Azul, porque si todo se descubría serían enviados al paredón para ser ejecutados por espías.

El plan trazado fue colarse disfrazados de enfermeros al hospital. El hospital de la milicia se hallaba en un área cercana a la playa. Era un edificio frio y cuadrado con exceso de luz blanca adentro.

Ágata y sus dos compañeros se colaron al salón donde se estaba llevando a cabo una charla con respecto al descubrimiento de lo encontrado en el mar Rojo del Coral. Estaba bastante concurrida el área. Ágata busco con mirada inquieta entre esa multitud de batas blancas a la monja Mina. Le volvió el alma cuando la vio aproximarse a ella. "Por ahí", señaló la monja Mina con discreción un pasillo.

Ágata no perdió un segundo y pronto estuvo frente al bueno

de Azul, quien yacía en una camilla, en calidad de bulto. "Té sacaremos de aquí, querido Azul", le dijo con voz quebrada a su amigo ausente.

El corazón de Ágata latía con tanta fuerza en aquel instante que creyó que iba a estallarle en cualquier momento. Afortunadamente, lograron burlar al personal del hospital, llevándose al ido de mente de Azul.

En cuestión de algunos minutos, los tres jovencitos junto con Azul se alejaron del fuerte con dirección al patio central, donde, según el informante, se ubicaba una salida segura al campo abierto.

No había luna, para su buena suerte, y pasaron la primera vigilancia sin percances; resolvieron que se camuflarían entre las sombras de la oscurísima noche hasta llegar al lugar donde ubicarían el puente; una escalera colgante que se activaría con el código correspondiente, ya que se trataba de un portal camuflado.

De pronto escucharon ruidos provenientes del fuerte, y a Ágata le volvieron con más fuerza sus angustias. No soltó el brazo a Azul mientras corrían con dificultad entre la oscuridad, en dirección al campo.

En la primera oportunidad que se les presentó, como modo de escape, brincaron a un barranco, dejando arriba el camino. Allí se ocultaron para tener una mejor visión del sendero que habían abandonado. La oscuridad era tan densa que apenas podían distinguir sus propios rostros.

De pronto, Ágata se vio asaltada por un temor inusitado cuando un hombre apareció entre la oscuridad y la abrazó, al mismo tiempo que besaba sus labios de forma abrupta. El aliento de aquel hombre no era precisamente a rosas.

El repentino atrevimiento y el repugnante olor hicieron que Ágata echara la cabeza hacia atrás. Afortunadamente, no perdió la compostura ante aquello tan abrupto y le dijo al hombre, con tono apaciguado para ganar tiempo: "No tienes por qué forzar un beso".

Seguido de ello, clavó su mirada en los ojos del hombre y, con gentileza, le tomó ambas manos. El hombre, desconcertado, retiro lentamente las suyas y se las llevó a la cabeza. En ese instante, a Ágata le llamaron la atención las llamativas manos del hombre, adornadas con anillos de oro en todos los dedos.

En aquel momento volvió a escucharse ruido proveniente del camino que habían dejado. Azul seguía inmóvil, casi en calidad de estatua y, Ágata, temerosa, contuvo el aliento mientras empujaba la espalda contra el muro natural de tierra para evitar que quienes venían por el camino pudieran verla.

Casi en seguida se vieron las tenues luces de los carros de la milicia que pasaban sigilosamente; Ágata los siguió de reojo, conteniendo la respiración. Cuando uno de esos carros se detuvo, justo arriba del camino donde ellos estaban ocultos, Ágata pudo tener una mejor visión al interior de la parte de atrás del vehículo.

"¡Ay!, no puede ser, creo que es la milicia", exclamó espantada al ver el rostro de toro bravo de aquellos hombres que parecían moles.

De pronto, sintió un movimiento muy ligero, seguido de una extracción casi desapercibida por lo gentil que fue. Al primero que extrajeron del barranco fue al hombre del aliento de comida fermentada, quien dejó en las manos de Ágata una fruta amarilla, semejante a un membrillo.

Ágata vio con ojos de sorpresa la fruta en sus manos antes de ser extraída del barranco, junto con Azul y el par de compañeros.

"Rápido, jóvenes, por aquí es", dijo una voz ronca de mujer.

Ágata giró noventa grados la cabeza y vio a la mujer que le habló, quien estaba maniobrando unas máquinas en algo semejante a un laboratorio improvisado, cercano a unas vías subterráneas, en los túneles donde fueron transportados. La mujer, de prominentes ojos rasgados, tenía documentos en las manos. "Qué bueno que logramos contactar con ustedes a tiempo, casi los cachan. Afortunadamente, con el beso que le dio el agente Blass a Ágata logró camuflarla y pasaron desapercibidos", dijo la mujer.

"Porque si no lo habían notada, jovencitos, su cabeza estaba brillando en la oscuridad", intervino el enigmático agente Blas con una nota de preocupación en su voz.

Se trataba de la red de contactos del monje Sam, quienes, por medio de la monja Mina, infiltrada en la milicia, tenían la enmienda de asistir a los huérfanos llegado ese momento.

Mas tarde, luego de meditar en los códigos, Ágata encontró el puente de conexión a un punto seguro. La agente de prominentes ojos rasgados que logró transportarlos hasta el subterráneo les hizo hincapié en abandonar el vagón de tren en el túnel nueve, mismo que hicieron luego de abordarlo. También les dio los pases que les permitirían el acceso a un puente de escape.

LA NAVE ROJA

Luego de unos días, Azul mejoró notablemente. Ya más calmado su espíritu los jóvenes lograron recuperarse un poco de tantas penas. Disfrutaron intensamente de su mutua compañía, tratando de alguna manera de recuperar los años idos. Pero un día, no muy lejano, la miel se tornó jugo de limón y, atónitos, vieron llegar una máquina primitiva roja a la Isla, donde estaban incognitos y a cargo de un huérfano rescatado, un pequeño niño llamado Luz.

Esperaban instrucción en aquel refugio de alta tecnología para no ser detectados.

"¿Quiénes serán esas personas, y a qué habrán venido?", preguntó Ágata a Azul, inquieta, ante aquella amenazante escena.

"¡No tengo la menor idea!", respondió Azul, meneando la cabeza de un lado a otro.

Ágata sintió la adrenalina propia de la escena al ver que esa máquina estaba ya en la cima, cerca de donde ellos se refugiaban en una cabaña. La máquina giró para dar vuelta, pero al ser este un punto muy angosto quedó prácticamente al ras de la orilla y cayeron fragmentos de tierra.

Aquello les hizo volver el rostro hacia arriba y ver el escenario desde ese ángulo; haciendo uso de la razón corrieron al otro extremo para refugiarse.

"Azul, no me gustaría estar justo en el punto donde esa máquina pueda caer y aplastarnos como si fuéramos el más pequeño de los insectos", dijo Ágata, agitada.

Concluyeron después de un reflexivo momento averiguar más, y con valor se dirigieron hacia la cumbre donde estaba la pequeña cabaña. Una vez allí, sin presentaciones fueron rodeados por aquel grupo.

"Lo siento, pero no recuerdo haber visto a esos hombres, al igual que la otra persona por quién están ustedes preguntando", respondió Ágata con prudencia; estaban preguntando por el monje Sam, y por Marino y su hermano, el viejo que seguía habitando cerca de las villas.

"Yo hablo coral antiguo, y sé leer jeroglíficos, puedo ayudarte con la traducción en coral moderno", intervino una de las jóvenes del grupo y les dio una clave.

Luego de haber escuchado aquella clave, Ágata se sintió más cómoda para poder hablar sobre el tema abiertamente, eran contactos seguros.

"No es necesario, yo puedo comunicarme en coral antiguo también, tal vez menos fluido que tú, pero puedo hacerlo", replicó Ágata, al mismo tiempo que entablaba un diálogo en coral antiguo con el joven líder del grupo, un atractivo joven de cabello rojo con un antifaz de pecas en el rostro, quien no dudó en mostrarle su simpatía.

El joven tomó a Ágata del hombro a manera de llevarla abrazada mientras caminaban. La puso al corriente de lo último que estaba ocurriendo y le sugirió moverse pronto de ese sitio para no ser detectados. Le informó que en el Coral antiguo ya se habían activado al máximo las alarmas para cazar a los huérfanos y exterminarlos. Con tono alarmante le comunicó que cada día era más inseguro transitar, aun estando camuflados; y, lamentablemente para sus intereses, en varios sitios de vital importancia para la búsqueda de los códigos que sellaron al Coral del exterior ya era muy difícil transitar con libertad.

“Fuimos a buscar al viejo que habita en la cabaña del lado sur de la villa de Santa María de los Carbones, porque nos enteramos de que él guarda información confidencial que logró obtener de la milicia. Y, por otro lado, sabemos muy bien que, la red de agentes que operan en el anonimato, de quienes hemos estado recibiendo ayuda, y cuyo enlace es el monje Sam, están bajo la lupa de esas mentes malsanas. No tenemos ya mucho tiempo, y si no nos damos prisa en hallar los códigos de ubicación de la nave que nos trasportará fuera del Coral la misión estará perdida, al igual que todos nosotros”, dijo el joven informante.

“Yo no conozco en realidad al hombre que mencionas, pero a quién sí conozco es a Marino, lo reconocí cuando estuve en las villas de Santa María de los Carbones. Le conté la historia de lo que pasó cuando estuve en La Roca. Y algo muy notable que observé cuando estuve charlando con él fue que atendió la puerta de su cabaña como diez veces. Es decir que, en ese rato llamaron a la puerta una y otra vez. Fue muy irritante para mí, porque tengo súper desarrollado el sentido del oído y, dado que escuchaba los toquidos de puerta a cada rato, ya podrás imaginarte mi adrenalina”, replicó Ágata al joven mientras los encaminaba a la salida. Azul los seguía en silencio.

“Pues voy a ver qué más puedo averiguar sobre él, aunque siendo sincera, no me gusta nada la idea de acercarme tanto al fuego, sé lo que es estar en cautiverio, y créeme, sí no enloquecí me falto muy poco, aunque, a decir verdad, de esto último tengo mis dudas”, dijo Ágata de buen humor, sintiéndose aliviada de no estar sola en tan compleja misión.

Este grupo recién contactado se trataba del grupo de los

huérfanos que escaparon cuando ocurrió la desaparición de sus padres; estos jovencitos lograron con éxito camuflarse en distintas áreas del Coral. Por fortuna, descubrieron los accesos de algunos portales conforme sus códigos se fueron activando. Habían logrado ubicar a muchos de los suyos, incluyendo al carismático Benny. Estuvieron trabajando sin descanso desde entonces, rescatando a los menores que ubicaban. Se trazó el plan de colocarles a los pequeños un chip de reconocimiento para poderlos encontrar en cualquier parte del cosmos, si se lograba con éxito desactivar el campo protector del Coral, y el navío destinado a ello los sacara con bien. Los ocultarían en distintos puntos del cosmos para evitar ser exterminados por las mentes que planearon extinguir a esa línea de gente, los malvados personajes que se escudaban alegando que los hijos legítimos del Coral interferían en planes ya fincados desde antaño.

Ágata se sintió aliviada de no estar sola en la misión, y reconfortados sus ánimos, le dio quedamente al joven el código de reconocimiento: "Yo tengo una nave roja con un Dragón Trece en su código".

En aquel momento, Azul, extrañamente, volvió de su estado de ausencia por un breve momento, porque no estaba del todo recuperado, y apoyó el código de Ágata. Luego, se dieron instrucción ambos partes y se desearon buenos vientos en la búsqueda y agrupación de los pequeños huérfanos, y el pronto descubrimiento de los vitales códigos.

Después de aquel vital encuentro la joven pareja salió a dar una caminata, cuesta abajo, para relajarse de tanta tensión.

En aquel sitio había puertas de metal simples, sin ningún

ornamento, colocadas en forma diagonal en todo el camino y entreabiertas, semejantes a las que se usaban para el ganado.

Abajo, en el valle, había refugios montados con casas de campaña. Ágata vagamente recordaba aquel sitio, lo había visto en el Cubo Negro al que tuvo acceso en La Roca.

Tenían la instrucción de alejarse pronto; fue la recomendación de los compañeros. Azul le sugirió a Ágata ponerse unos zapatos que estaban colgados en un cable.

"¡Azul y sus ocurrencias!", gruñó, al ver los zapatos de tacones altos que no le servirían mucho en la carrera.

Debían seguir la ruta con dirección al este y a Ágata la idea de abandonar la cabaña le produjo melancolía; era muy pronto para volver a su realidad; la luna de miel estaba por concluir.

Aquella triste mañana, luego de meditar sobre su realidad, Ágata, con la mirada nostálgica, no despegaba los ojos del pequeño Luz mientras el niño jugaba en la orilla del río.

El día estaba fresco, y el follaje de los árboles que crecían a la orilla del agua daba a la atmósfera un aire agradable. El niño jugaba cerca de donde caía una cascada, en un punto donde el río formaba algo semejante a una herradura.

De pronto, en la distancia apareció una nave con un solo tripulante que pasó muy despacio, a escasos metros por encima del río.

"¿Qué será eso?", se preguntó al contemplar la escena.

El tripulante de la nave con una bocina en alta voz dijo: "Todos tienen derecho a ser rescatados y llevados a un lugar seguro. No importa su estatus. Todos tienen derecho de ser rescatados; hagan una señal e iremos por ustedes. Los reinos protegerán a todos los ciudadanos del Coral, es una promesa".

El misterioso sujeto siguió hablando por el altavoz por un largo rato, y mencionó algunos nombres que Ágata identificó.

"¡No, yo no creo que ese cuanto sea sincero! Después de todo lo que hicieron esas malvadas mentes estaría yo completamente loca para creer semejante mentira", pensó, irritada, al escuchar a aquel hombre hablar con tanta falsedad, sabiendo ella misma el desprecio que esas mentes enfermas sentían por los Huérfanos del Coral.

"¡Está jugando sucio este hombre!", exclamó, enfurecida. La idea de que algún huérfano creyera aquella farsa y saliera de su incógnita la angustió

El hombre, sin éxito en su llamado, bajó de la nave minutos luego para tomar muestras del agua del río con un pequeño instrumento.

Ágata no tuvo el corazón para dejar solo al niño y, tan rápido como un rayo, estuvo pronto junto al pequeño Luz. Con habilidad logró ocultarse entre el follaje, con la esperanza de no haber sido vista. Sin embargo, notó algo extraño: el hombre no veía al niño Luz, como si el pequeño fuese un fantasma.

"¿Por qué no puede ver este hombre al niño?", se preguntó, asustada.

Ágata todavía no tenía idea de la complejidad que los envolvía a todos esos niños, incluyéndola a ella. Afortunadamente, controló su espanto. No estaba en condiciones de tomar riesgos innecesarios según el aprendizaje que recibió.

Llamó al pequeño Luz con una señal discreta y emprendieron la retirada ante la clara indiferencia del hombre de la nave.

Ya de nuevo en el refugio, en lo alto de la colina, Ágata contemplaba en la distancia a un perro que husmeaba cerca del acantilado.

La vista del verde camino arbolado a ambas orillas del río la reconfortó; pero, de pronto, sus temores regresaron al ver pasar otra nave sigilosamente justo frente al refugio.

Todo indicaba que los tripulantes de aquella misteriosa nave habían percibido el movimiento o el calor de quienes se encontraban en el refugio camuflado.

La nave se detuvo frente al refugio. A bordo iban ocho tripulantes que, de manera automática, giraron el rostro en torno a este y clavaron una mirada penetrante, como si sus ojos funcionaran como rayos X.

Ágata, por otra parte, lo vio todo a través del portal que se activó frente a sus ojos; lo percibía como si se tratara de un espejo. Aquello fue posible porque el complejo sistema del que eran portadores los auténticos Huérfanos del Coral comenzaba ya a activarse. A ello se sumaban el acceso que había tenido a los códigos de los papiros ocultos y su contacto con el misterioso Cubo Negro en La Roca. Sin embargo, aún no lograba comprender ni sabía cómo manejar toda aquella información que, de forma repentina, llegaba a su mente.

La nave que se plantó literalmente frente a ellos tenía un aspecto simple. La mitad superior, desde el centro hacía arriba, estaba compuesta por una aleación transparente. Su forma era alargada y angosta, semejante a la de una canoa sencilla.

Los agentes que la tripulaban, de ambos sexos y de mediana edad, portaban overoles plateados idénticos; no usaban cascos ni máscaras.

"¡Luz!, escóndete, pequeño. No dejes que te vean. ¡Nos ha detectado una nave!", exclamó Ágata, angustiada, tragando saliva al saberse descubiertos.

"¿El campo de seguridad se habrá averiado o qué pasó?", se preguntó, histérica, hecha un manojo de nervios por lo inevitable que vio venir.

"Hay una nave con agentes afuera", alertó a Azul.

Apenas luego de una fracción de segundos tocaron a la puerta. Ágata, casi por intuición sabía que eran ellos. "¡Cuidado, Azul!", exclamó.

Azul, amodorrado, con gesto distraído abrió la puerta. "Debe tratarse de un asunto relacionado a algún censo", murmuró.

Ágata recordó al agente con el altavoz en el río, pero reaccionó tarde; Azul ya había abierto la puerta y los agentes entraron al refugio como manada embestida. Los rodearon enseguida a ambos por separado. A Azul los agentes masculinos y a Ágata las mujeres.

Ágata notó espantada que Azul comenzó a comportarse diferente. Todo indicaba que algo le habían dado al pobre para noquearlo y, parecía estar borracho, ido de la mente, mientras era forzado a firmar un bonche de documentos.

A Ágata la detuvieron para que no pudiera interferir. La rodearon las agentes lanzándole una fría mirada de advertencia; furiosa e incapaz de prevenir a Azul, no le quedó más remedio que esperar y observar los hechos.

"¡Azul!, ¿qué te están haciendo, amigo mío? Te están obligando a firmar esos papeles, ¿verdad?", gritó la dulce Ágata a un Azul ido de la mente.

Al ver las condiciones en las que se encontraba su querido

amigo Azul, Ágata supuso que estaba de más hablar con él, y una vez adoptada esa resolución, optó por dirigirse directamente a aquellos agentes.

Tenían rodeado a Azul. En calidad de desmayado, su cuerpo colgaba de los hombros de un de par agentes. Balbuceaba, y tenía los ojos entreabiertos, mientras otro agente fungía de escritorio: sobre su espalada descansaban los papeles que le hacían firmar a Azul, uno a uno.

"¡Están obligando a Azul a firmar esos documentos!", los sentenció con la palabra la dulce Ágata, y les lanzó una mirada de fuego como advertencia.

Los agentes le dirigieron a Ágata una mirada de sorpresa, y sonrieron nerviosos en respuesta. Afortunadamente, a ella no le había hecho efecto la sustancia que les pusieron en cuanto los rodearon; estaba consciente hasta los huesos del escenario.

Con valor hizo a un lado a sus oponentes y se dirigió a Azul, pero de nuevo las agentes le cerraron el paso para que Azul quedara fuera de su alcance. Impotente, las escuchaba hablar entre ellas en una lengua que no comprendía. Irritadísima por tan mala hora, sentenció el proceder de aquella gente, describiendo su comportamiento, su físico y gesticulaciones.

No supo ni cómo, pero en ese preciso momento se activaron sus códigos y envió toda la información a los Planetas Unidos del Cosmos (PUC), y a los códigos de los Huérfanos del Coral. También logró enviar con éxito información al libro de las páginas en blanco: "Tienen los ojos brillosos, pero no son muy reales, me atrevería a decir que no parecen humanos; se mueven raro, apenas y tienen gesticulaciones".

Las agentes, ante el comportamiento extraño de Ágata,

trataron de confundirla y hacerla sentir mal con palabras filosas, pero Ágata recibió en aquel momento un código que activó otro código en su memoria y comenzó a danzar. El código, abriría una puerta peligrosísima si aquellas mujeres no retrocedían, y todo indicaba que ellas lo sabían; entonces, de forma abrupta, como si de una sentencia de muerte se tratase, retrocedieron.

"¿Qué pasos son esos que estás haciendo?", preguntaron con fingido amigable tono de voz. "¿Cómo lo empiezas?", insistieron, mirándola con ojos de asombro.

"Con el pie izquierdo; el paso lo comienzo con el pie izquierdo para mantenerme allá, con los míos, con los que no me olvidan", replicó Ágata, y señaló hacia arriba con el dedo índice bien estirado; luego retomó su danza ante la atónita mirada de aquellas agentes, quienes súbitamente cambiaron de actitud.

La hipocresía que imperaba en aquellas mujeres indignó la inteligencia de Ágata, que las miraba con una chispa de rabia e impotencia en los ojos.

"¿Suponen acaso estas personas que pueden engañarme como se le engaña a un niño con un dulce?", pensó, molestísima.

Tenía la boca seca. De alguna manera, aquel gesto le recordó sus años de cautiverio en La Roca, junto a su falsa madre, la señora Yoya.

Repentinamente, Azul pegó un semejante chillido que obligó a Ágata a aterrizar sus pensamientos que divagaban en los profundos rincones de su memoria. La pulsera en el pie de Azul estaba activa nuevamente, y su sofisticado sistema lo lastimaba con severidad.

Aquella gente que abruptamente había aparecido en el refugio pertenecía a la misma milicia que, lamentablemente, había encontrado a Azul. Para colmo de males, y en tan mala hora, Ágata fue acusada de pertenecer a una secta oscura; por lo tanto, tendría que responder ante un tribunal.

Todo indicaba que había códigos capaces de abrir ventanas peligrosísimas, semejantes a agujeros negros. Ágata aún no tenía idea del poder que les daba ser portadores del cristal.

Tercera Parte

Capítulo 26 El Juicio

"El amor es la causa de la unidad de todas las cosas".
– Aristóteles

Luego del severo castigo al que fue sometida, Ágata despertó asustada aquel mal día en los calabozos. Tenía frío; estaba sudando a cántaros. Las imágenes en su cabeza del terrorífico escenario del sueño recién dejado las percibía aún reales, tan reales como son los vivos al nacer, o los muertos cuando llega su día.

Cualquiera que la hubiera visto en ese estado habría pensado que se estaba derritiendo como un helado de limón en un caluroso día de verano, pues una insólita cantidad de agua escurría de su cuerpo mallugado.

Se llevaron a Ágata aquel invierno. No puso la menor resistencia a sus verdugos. Concluyó que no tenía caso ni siquiera intentarlo; estaba en desventaja ante aquel ejército de cientos.

"¡Qué más da ya!", pensó ante su mísero cuadro.

Presa de una infinita tristeza, sentía la boca amarga. Desmoronada, sintió que se le venía todo el mundo encima y se sintió rota y completamente sola, como nunca se había sentido. Azul había desaparecido nuevamente, pero esta vez era diferente, algo más grave había pasado. Su ausencia esta vez había dejado un inmenso vacío nunca sentido en su corazón.

No supo cuánto tiempo estuvo encerrada en los calabozos adonde la llevaron después de que la milicia la entregó; pero cuando la sacaron de allí, dolorida y mareada, estaba confundida entre el sueño y la realidad.

Afortunadamente, el severo castigo que le había propinado aquella malsana gente no la llevó a la locura, aunque ciertamente poco faltó para que así fuera.

Poco a poco fue recobrando la cordura, y una vez ajustados sus pensamientos, se sacudió el cuerpo y levantó la cara. Miró en torno suyo con ojos escrutinios, y observó que una multitud de personas se concentraban alrededor de algo semejante a una gigantesca plataforma por donde ella estaba siendo conducida. La multitud de gente, desatada y eufórica, le hablaba y le gritaba cosas extrañas cuando iba siendo conducida por allí.

"¡Un momento! ¿Qué es esto? ¿Acaso me van a juzgar? ¿Por qué?", se preguntó con espanto, cuando reaccionó ante ese posible futuro escenario.

Fatigada de tantas preguntas sin una respuesta sensata, y sintiendo la carga de su propio cuerpo pesada como un muerto, las angustias mentales de Ágata se fueron desvaneciendo poco apoco.

Más serena, prestó nuevamente atención a su alrededor. Entonces, observó a un imponente grupo de gente que se concentraba en un espacio separado del grueso de la multitud.

Físicamente, aquella gente era muy diferente entre sí; todo indicaba que representaban a las distintas razas humanas existentes en el Coral. Con clarísimo orgullo portaban los ajuares que identificaban la diversidad de las culturas del planeta. –Toda una gama de bello colorido de flores– diría Pipino Cande Bell.

Aquel imponente grupo de gente observaba con carácter de escrutinio a la aturdida Ágata, como si estuvieran esperando una reacción específica de ella, mientras era escoltada por un grupo de hombres de notable musculatura corpulenta, quienes, con una marcada expresión en sus rostros de búfalo furioso se abrían paso entre la multitud.

Ágata no tenía la menor idea de adónde la estaban llevando ni qué harían con ella. La cabeza le daba vueltas a todo aquello que veía, sin encontrar una respuesta razonable. Estaba en un lugar peligroso, no era de sabios imaginarlo. Sabía que debía actuar con prudencia, razonó sobre ello cuando la misión de los Huérfanos del Coral cruzó por su mente.

Instantes después, la condujo el verdugo a otra plataforma que estaba levantada como a cuatro metros sobre el nivel del piso; la estructura tenía forma cuadrada.

Una vez allí, Ágata dio un brinco y trepó en aquella enorme plataforma, obedeciendo las ordenes de sus verdugos. Había más gente en la estructura, pero a diferencia de ella, aquellas personas ocupaban su posición un escalón arriba.

Impulsada por la razón, temiendo quedar más vulnerable de lo que ya estaba si se descuidaba, no soltó la guardia, mientras todos los de abajo la observaban con ojos de escrutinio.

Al notar demasiada arrogancia entre aquella gente, un sentimiento punzante la embargo; tuvo un mal presentimiento. Sintió de pronto escalofríos y una mar de dudas se le vino encima. Se preguntó tantas cosas al mismo tiempo que poco le faltó para expulsar violentamente por la boca lo que había estado conteniendo en el estómago desde que salió del calabozo.

Poco después, el verdugo dio lectura a un documento de ocho cuartillas de hojas, cuyo escrito otorgaba la amnistía de Ágata y una plaza de trabajo, a cambio de dar información acerca de lo que sabía del planeta Coral, y sobre el complot del que se rumoraba.

En aquel momento, después de escuchar semejante información, un velo se descorrió; cual mar de dudas cayó ante sus pies. Ágata comprendió cosas incomprensibles hasta entonces; recordó clarísimo a sus progenitores, y todo lo que atañía al grupo comandado por su padre, el honorable escultor, Pipino Cande Bell.

Luego de un prolongado silencio, la gente presente se notó decepcionada; esperaban que ella hablara. "¡No hablaré!, primero me rebanaran mi pecoso cuello antes de revelar lo que mis labios han sellados", pensó con firmeza.

Los que se encontraban en el nivel de arriba –escalón arriba– al notar sus nervios le susurraron discretamente en el oído: "¡Ya solamente están esperando tu decisión, no lo hagas más difícil, criatura!".

Sabiéndose ella misma antes que nada una persona dotada de una conciencia leal a los elevados ideales que como hija legitima del Coral era portadora, Ágata se alertó al escuchar el mensaje de esa voz ronca y entusiasta en su oído.

"¡Un momento!; no sé de qué me hablan. Yo soy una simple jovencita, no tengo ningún conocimiento sobre los códigos del planeta y sus funciones. Y, por otro lado, disculpen mi rechazo, pero yo no estoy interesada en liderar ningún proyecto; no es de mi interés ninguna plaza de trabajo, gracias, pero yo no pretendo colocarme en esas esferas", respondió de forma tajante

La cólera en el rostro de los presentes fue más que evidente luego del firme rechazo de Ágata.

Ante los hechos que vio venir, Ágata frunció su escaso entrecejo y clavó su mirada en la vestidura que portaba aquella gente. Trató como pudo que no la paralizara el susto frente a aquella gente de mirada infernal que se la comía viva con los ojos.

Todos portaban trajes de gala de acuerdo con la cultura que representaban; eran varones la mayor parte, pera también había damas.

Repentinamente, como si de un aviso se tratase, del norte sopló un viento helado y la temperatura descendió drásticamente; el silencio en la tensa atmósfera dio fe al veredicto. Todo indicaba que Ágata sería desterrada.

Ante aquello tan inesperado, la pobre tragó saliva y se le encogió el estómago; tuvo el presentimiento que se desplomaría como un saco de piedras en cualquier momento.

Bajo la inquisidora mirada de aquella gente, y sin haberle arrancado una sola palabra, la jovencita, bajó pálida y temblorosa de la plataforma, cuyas dimensiones aproximadas eran de unos veintidós metros cuadrados.

Los guardias con cara de mole se la llevaron enseguida, escoltándola, entre las angostas calles de piedra de aquel emblemático punto del Coral. En el camino, la multitud eufórica que iba detrás de ellos querían tocarla. La actitud de aquella gente la estremeció y le heló la sangre. Estaba sudando frío, percibía algo extraño que no lograba comprender con respecto a esa gente que la seguía. Y esa sensación extraña, acechándola, la asociaba como una descarga fría de un rayo atravesando su espina dorsal.

Aquella inaudita sensación, no le permitía apaciguar los nervios, y percibió ese instante como una eternidad. Las moles que la escoltaban impedían que alguien se le acercara, pero aun así ella sentía muy cerca la demoníaca energía de la gente que la seguía.

La escoltaron hasta una escalera de piedra que tenía musgo adherido en la laja; por allí fue obligada a dirigir sus pasos.

Resignada, Ágata subió por aquellos peldaños de piedra con el corazón encogido y sintiendo un hueco en el estómago de incertidumbre; llevaba en su mente lo que había estado repitiéndose desde que subió a la plataforma, casi por mandato divino, el arcaico proverbio que escuchaba de la boca de su padre: "Haga lo que haga no se ahogará quien ha nacido para la horca".

Intentó señalar el cielo y la tierra con la antena de sus dedos para advertirle a aquella gente que estaba ella consciente de sus derechos, como ser humano y habitante de los pueblos que conformaban el cosmos; pero después de un intento fallido de varias veces, desistió, porque su mano era torpe; no tenía mucha fuerza.

Algo desconocido por ella se lo impedía, porque ya no recordaba que, sus verdugos, antes de bajar de la plataforma, le habían puesto un medicamente para paralizar sus movimientos.

Sin embargo, no flaqueó en su intento la valiente jovencita.

Una vez que subió por aquella escalera y, teniendo literalmente un pie en el último escalón, un apuesto joven, de notable musculatura saludable, que llevaba una manta de colores colocada en su espalada, apareció en escena y se detuvo –él estaba por bajar–; la miró con ojos asombrados cuando ella fijó su inocente mirada en la suya y clamó el viejo proverbio de su padre en voz alta: "Haga lo que haga, no se ahogara quien ha nacido para la horca", al mismo tiempo que por intuición hizo la señal de los Huérfanos del Coral.

Como pudo, casi por misericordia del cosmos, diría su abuela, Lili Bell, Ágata logró levantar la mano y le dio al joven el código con la esperanza de que él fuera uno de los Huérfanos del Coral y entendiera la clave.

El apuesto joven parecía llevar mucha prisa, pero, como hechizado por su presencia, se detuvo de golpe al verla subir. La escalera era angostísima, así que se acomodó, empujando suavemente su espalda a un lado para que ella pudiera pasar libremente: él bajaba mientras ella subía. En ese instante, sus miradas se encontraron; se contemplaron con una intensidad profunda. Casi hipnotizados, permanecieron así, con una mirada cálida y penetrante, que parecía adentrarse en lo más profundo del uno en el otro.

Ágata percibió en aquel instante la respiración del joven... y la propia. Por unos segundos, el ambiente pareció suspendido en el tiempo.

En ese sereno acto, él apuesto joven depositó en la mano de Ágata una excéntrica joya: un antiguo y extraño prendedor de diamantes con forma de un ocho. Ella lo tomó, continuado su camino, aún aturdida y mareada.

La había reconocido el apuesto joven. Se trataba de Arath López, uno de los Huérfanos del Coral más conscientes, quien había sido enviado a aquella enigmática esfera del Coral con el fin de mantenerlo aislado; aunque su situación no era muy clara.

Ágata y Azul habían sido enviados al mismo infierno desde temprana edad y, de no tomar medidas a tiempo, ambos perecerían, al igual que la Misión Artemisa 7. Azul había encontrado la conexión que existía entre la tela de las arañas azules y los códigos de Los Huérfanos del Coral, pero fue capturado nuevamente y no logró descifrar los códigos más importantes. Todo indicaba que no había muchas esperanzas para los huérfanos.

EL DESTIERRO

¡Qué atrocidad!, Ágata fue desterrada y enviada a las esferas más aterradoras del Coral, mientras que el bueno de Azul fue enviado al lado opuesto de ella.

Ya estaba amaneciendo cuando subió ese último escalón de piedra, llevaba en su poder el enigmático broche de diamantes en forma de ocho que el apuesto joven Arath López le dio.

El día empezaba a ponerse en esa esfera del Coral y el panorama era gris y frío. Se trataba de un lugar sombrío, ubicado en lo alto de una colina. El sitio mantenía un cierto aire nostálgico, como un pueblo abandonado en el tiempo con olor a soledad.

La visión de Ágata desde aquel punto era el horizonte en la distancia. Caminaba con la incertidumbre de cuál sería su próximo panorama. Le aguijoneaba la cabeza la idea de no logar concluir junto a sus compañeros la misión que sus padres dejaron incompleta.

Aterrizó de golpe sus pensamientos y se estremeció de los pies a la cabeza cuando sintió cercana la presencia de alguien.

"¿Ya no nos quieres a nosotras? Tal vez también necesites algunas hechiceras. ¡Ándale!, llévanos contigo. También necesitarás de nosotras", exclamó con potente chillido un grupo de mujeres que apareció entre la espesa niebla, cuyo escalofriante aspecto era para espantar a cualquiera.

De los ojos saltones de aquellas mujeres se asomó un destello demoniaco que heló la sangre de Ágata. Y el timbre agudo de sus voces, como una daga punzante la estremeció de pies a cabeza. Se sintió sola y terriblemente vulnerable al percibir la falta de bondad y dulzura en sus corazones.

Cuando las mujeres la rodearon un temor inusitado la invadió. Afortunadamente, una luz como bálsamo purificador iluminó su mente y reaccionó a tiempo. Trató de neutralizar la amenaza, recordando el amor que sentía por la creación, algo que siempre le inflamaba el corazón. Recordó que sus armas no eran las armas vulgares, las que nada más sirven para hacer agujeros –como solía decir su padre–. También recordó sus herramientas de trabajo y, los códigos a los que había tenido acceso desde temprana edad, cuando no sabía leer ni escribir.

En aquel instante rememoró las sublimes palabras de su abuela: "El amor más intenso y bello se oculta detrás del silencio más profundo". Entonces, como si sus ancestros hubieran respondido a sus dudas, un cálido viento sopló repentinamente y su corazón se inflamó nuevamente de amor y paz. Sus miedos desaparecieron y ya no temió más a aquellas mujeres de aspecto aterrador que la hostigaban y acosaban con insistencia, siguiéndola y presionándola para unirse a ellas.

Siguió valiente su camino, ligera y erguida como un buen soldado, con el rostro levantado, adentrándose en las enigmáticas esferas del Coral, compuestas por distintos mundos y percepciones.

Calle arriba, un pequeño grupo de personas de apacible apariencia contemplaba el horizonte desde la colina. Con un clarísimo gesto sereno en el rostro esperaban el amanecer para partir.

Fueron muy cálidos y amables con Ágata cuando la vieron llegar a la colina; no escatimaron palabras de aliento: "Tú también has sido desterrada, como nosotros... pero recuerda siempre, criatura, que tu jardín y tu paraíso están en tu pecho, y vayas donde vayas estarán siempre contigo".

Con la mirada melancólica por todo lo acontecido en su vida, Ágata emprendió desde aquella colina su peregrinaje junto a ese grupo de personas de amable comportamiento.

Envueltos todos en un fúnebre silencio cruzaron un desolado valle, cuya cadena de montañas se extendía hasta perderse en la distancia. Tras muchísimas horas de caminata tomaron la ruta del desierto. Cuando la tarde cayó, atravesaron por un estrecho desfiladero, donde los petroglifos geométricos y figurativos (diseños simbólicos grabados esculpidos en la roca) daban testimonio de actividad humana antigua.

Fascinada ante aquellas figuras humanas que representaban danzas, batallas y rituales, Ágata dejó escapar un gemido de admiración; calculó un centenar de aquellos grabados. Entre ellos había mamuts, bisontes, ciervos, jabalíes, osos, búfalos, cabras, y bueyes; asimismo, círculos, líneas, cuadrados, triángulos y distintas figuras geométricas.

Una vez que atravesaron el estrecho desfiladero arribaron a un inhóspito sitio rodeado por imponentes acantilados con crestas hendidas. Allí las tormentas de arena les impidieron avanzar. Resolvieron entonces que lo mejor sería acampar en una de las tantas geoformas, esculpidas desde tiempos remotos por la lluvia, el aire y la arena del desierto.

Aquella misteriosa esfera del Coral, plagada de cuevas y complejos laberintos, era conocida como el Valle de la Luna. Sus diversas formaciones rocosas, compuestas por capas de clorato, borato, calcio y arcilla, además del alto contenido salino, creaban un paisaje misterioso y único. Todo aquel relieve ocre y formaciones grisáceas ofrecían realmente un espectáculo encantador.

Ágata contempló maravillada toda esa belleza escénica en absoluto silencio, olvidándose por un momento de los mundos y sus problemas, dando rienda suelta a su asombrosa imaginación que ya viajaba por el mundo de las ideas y las posibilidades. Era la primera vez que veía con sus propios ojos la belleza que hay en los desiertos, dado su cautiverio en La Roca.

Aquella primera noche que pasó en el desierto contempló un impresionante cielo nocturno; una bóveda celeste tachonada de estrellas sobre su cabeza fue lo último que vio antes de sumirse en el sueño. Por alguna razón desconocida, esa noche Ágata no sintió frío, a pesar de la caída tan drástica del cambio de temperatura.

Al día siguiente, cuando despertó, la luz del sol ya había golpeado la arena y los granos superiores liberaban un intensísimo calor al aire, la atmósfera del sitio se percibía por lo mismo brillante. Escuchó de pronto voces que la alertaron, devolviéndola a su realidad. Las voces se escuchaban fuerte. Sin mucho que pensar, de un brinco se dirigió al lugar de donde provenían esas voces y, con sorpresa, vio una máquina de metal estacionada y a un grupo de personas con cascos descender de ella.

Capítulo 27 El Innombrable

"El más dulce e inofensivo camino de la vida conduce a través de las avenidas de la ciencia y del saber".
– David Hume

"Nos informaron que venía alguien con dirección a estas extremas, calurosas y frías tierras desérticas a traernos noticias nuevas. Bienvenida al Valle de la Luna; soy Edith Florencia", dijo una elegante mujer de carismática sonrisa que descendió del carro recién llegado, y apresurada estrechó la mano de Ágata. "Nadie pasa más de tres noches aquí, en estas tierras", agregó la carismática mujer. "Has de saberlo en primera instancia; y también has de saber que solamente nosotros, los que estamos dentro de esta otra esfera del Coral, tenemos la capacidad para sacar a lo que vienen a parar aquí. Verás, este inhóspito sitio, por muy extraño que te lo parezca, está diseñado para que animales salvajes salgan en busca de alimento. Y el olor a humano les atrae como si se tratase de un divino manjar, es decir, como ningún otro...", hizo una pausa reflexiva y continuó hablando. "Nosotros tenemos estudiado los días y la hora cuando ocurre esa terrorífica escena. Así que puedo garantizarte que tuvieron suerte. Traes buenas recomendaciones, parece que eres una persona importante, y tan joven que eres, criatura", dijo la mujer ya entrada en años con tono resignado.

Pronto llegaron más carros al sitio, y la gente desterrada que conoció Ágata en la colina se marchó con ellos. No supo quiénes eran esas personas, ni por qué habían sido desterrados; respetó la marcha en silencio que mantuvieron durante su peregrinaje. Y tampoco supo por qué esa gente no mostró el mínimo temor, a pesar de haber sido desterrados y enviados a un área tan hostil, como lo era el Valle de la Luna.

Preguntándose con curiosidad quiénes serían aquellas personas, Ágata los vio a todos alejarse en las máquinas de metal recién llegadas, dejando atrás una nube de polvo que cubrió de color naranja los pocos matorrales que crecían allí, en ese paraje conocido como el Valle de la Luna.

Luego que sostuvo un extenso dialogo con Edith Florencia, Ágata se enteró que en aquel sitio se encontraba el Infierno del Coral. Y que dicha creación fue ordenada por los Siete Reinos con el fin de enviar a los enemigos del sistema. Desde entonces, se dividió el planeta Coral en dos alas, y el Valle de la Luna era la frontera de ambos mundos, donde otras esferas fungían como mundos olvidados. Las masas, ajenas, ignoraban la existencia de esos otros mundos que tenía el Coral.

Todo indicaban que una tecnología compleja y avanzada envolvía al planeta Coral, y cuyo origen, a pesar de todos los códigos a los que ya habían tenido acceso los huérfanos, aún no lograban desenterrar.

"El besará tus labios, y querrá retenerte a su lado; aunque debes saber que muchas veces se aferra, es decir, se quita la máscara y se muestra tal cual es, porque él es amante de ese otro mundo, del que no hablan los muertos", susurró un hombre de misteriosa expresión en su rostro a Ágata con quedas palabras en el oído; dicho hombre ocupaba el asiento trasero del carro donde ella iba de pasajera.

Siguiendo al pie de la letra la instrucción de Edith Florencia, quien se trataba en realidad de una agente encubierta y amiga del monje Sam, Ágata no perdió la compostura, pero se le encogió el estómago y tragó saliva ante semejante grotesca idea. Y, aunque estaba consciente que estaba allí cumpliendo con su deber, no pudo evitar sentir ese trago amargo propio de la situación.

Todo comenzó en el enigmático complejo construido dentro de aquel gran cañón, luego que Ágata fue rescata del Valle de la Luna por la agente encubierta, Edith Florencia, quien supo a tiempo del destierro que se tejió en su contra. Y el plan que se tomó con respecto a su pronto rescate fue introducirla en aquel misterioso complejo.

Entonces, con la incertidumbre de su próximo panorama aguijoneándole la cabeza, y con la tristeza aún reflejada en su rostro por la ausencia de su querido amigo Azul, Ágata decidió husmear el área con el fin de calmar su agitada mente, mientras esperaba a que la recibieran en los salones contiguos, donde Edith Florencia estaba trataba el tema sobre ella. Accidentalmente, sin darse cuenta a tiempo, entró en uno de los húmedos salones que había allí y, tuvo acceso directo a un portal que se abrió en un área de los túneles principales del Coral; allí, de ese lado, sofisticada tecnología mantenía en pie el interior de una enorme bóveda. Ante aquello frente a sus ojos, Ágata de súbito comprendió que se trataba en realidad de un ala de la nave que controlaba y que sostenía en pie al Coral; todo indicaba que se hallaba en el centro de un misterioso descubrimiento.

La misteriosa máquina controladora era de una especie de bomba de presión a la que se le debía alimentar echándole permanentemente un mineral de origen desconocido y que se parecía al carbón. Estaba seriamente averiado el sitio, tenía bastantes filtraciones, y por las grietas escurrían gotas de agua. Había un grupo muy reducido de personas trabajaban en su reparación, pero lo hacían de manera muy discreta, casi sospechosa. Todo indicaba que ocultaban algo. Ágata se percató de ello, y se asustó cuando digirió el delicado tema.

"¿Qué podrá ser esta máquina devoradora, y por qué usan este método aparentemente primitivo? ¿Qué podrá ser en realidad eso tan extraño que le echan? ¿De dónde se filtra esa agua? ¿Por qué lo han ocultado?", se preguntó angustiada ante aquello tan inesperado.

Se trataba de una máquina semejante a la que Alma Yerach descubrió junto al Cubo Negro, en el Cráter Diamante de la Luna de la Tierra 11, y que evidenciaba una reveladora conexión.

En aquella oscura y húmeda estructura, semejante a una bóveda construida en la misma piedra de basalto, se encontraba el bueno de Marujo, atento en su trabajo. Ágata vio al joven muy activo entre la gente que se encontraba reparando aquella enigmática zona, y lo identificó como a uno de sus compañeros; se preguntó por qué estaba trabajando ahí, siendo él un Huérfano del Coral también. La idea de que estuviera como infiltrado la tranquilizó, por la buena estima que le tenía al joven.

Ágata vio horrorizada todo lo que acontecía en dicha área,

ya que accidentalmente también escuchó todo lo que atañía a aquella obra y sus problemas. Escuchó con espanto quiénes eran los responsables principales de tantos males en las esferas del Coral. Conocer aquella información de súbito le congeló la sangre.

Como alma en pena, con las manos tapándose los oídos, salió por el mismo lugar por donde entró de la mencionada cámara; se sintió vulnerable y terriblemente inquieta; consideró sensato no querer escuchar más y se alejó a prisa de esa área.

Espantada ante aquello, deambuló sin rumbo. Aunado a ello, estaba aún mareada y confundida debido a la compleja y repentina transportación; y, aunque trataba, no lograba ajustar su mente, que vagaba entre una sarta de ideas sin encontrar una respuesta sensata que ayudara a apaciguarla. Luego de deambular por un rato, arribó a la galería principal de esos túneles y cámaras de basalto, donde una muchedumbre se concentraba. Todo el sitio estaba oscuro, apenas alumbrado por una tenue luz.

Ágata estaba pálida, preocupadísima, con semejante información aguijoneándole la cabeza; sentía arrugado el estómago y tenía el presentimiento que en cualquier momento se desplomaría. Inhaló, desesperada, buscando algún consuelo en el aire que se llevó a los pulmones. Sin éxito, se llevó sus manos temblosos a la cabeza y presionó circularmente sus sienes, con el fin de calmar la tremenda jaqueca que súbitamente apareció.

De repente, vio entre la multitud de gente a la agente encubierta, Edith Florencia. "Ágata, te he estado buscando por todos los rincones, debí suponer que te perderías, siento mucho haberte dejado sola", dijo, y agregó con tono entusiasta. "¡Oh!, mujer, pero qué elegante eres. Mira, tengo algo para ti; sé que te gustará. Ven conmigo para que te arregle las manos, te haré antes manicure", dijo lo último con una sonrisa de oreja a oreja, mientras la conducía por un pasillo que se dirigía a una oficina.

Una vez ambas en la oficina, la agente Edith guiñó el ojo y, alcanzó una silla y se sentó detrás del escritorio con un evidente gesto relajado en su rostro.

"Espera, necesito ir al baño", dijo Ágata. Tenía la boca seca y, estaba más que inquieta por lo que vio y escuchó en la bóveda de basalto. Caminó con paso moderado hacia el baño; tenía una corazonada.

Se estremeció al hacer uso de la razón cuando la claridad penetró con ímpetu en su cabeza; sabía que estaba en un punto peligroso, cumpliendo con su misión al pie y al orden, como lo demandaba la instrucción. Estaba consciente hasta la médula de que estaba en manos de aquella gente y de que no la dejarían ir fácilmente por el hecho de haber descubierto accidentalmente códigos secretos que aquella gente ocultaba, los cuales no solamente se trataban del planeta Coral, sino que atañían cosas más complejas.

Había cámaras en el lugar del incidente, detectarían al intruso y la cazarían sin piedad, de eso estaba segura. Todo indicaba que la seguridad del planeta Coral estaba en manos de esa gente, cuya personalidad, carente de bondad y de virtud estremecería hasta la mismísima gente de La Roca, donde Ágata estuvo prisionera en manos de la señora Yoya. Y, lo peor de esa pesadilla aún no terminaba, ya que aquellos individuos tenían todo el poder de la ciencia en sus manos.

"Esta es una ciencia degenerada, porque la ciencia sin virtud tarde o temprano se corrompe", pensó Ágata, rememorando las sublimes palabras que había escuchado de sus padres y del grupo.

Abruptamente, aterrizó sus pensamientos cuando notó que un hombre husmeaba tras ella. Sintió frío al percatarse que estaba siendo vigilada. Tomó unas calcetas que encontró encima de un mueble y se las puso casi de manera automática para tapar sus pies desnudos y templar su mente; reflexiva y pensativa salió del cuarto casi seguida.

Con la mirada firme, se sentó frente al escritorio, donde Edith Florencia aguardaba por ella con la misma expresión en su rostro sonriente. Luego de un corto dialogo que se basó literalmente en códigos secretos ambas se dirigieron al galerón principal.

"No te desanimes, Ágata", dijo Edith en el camino. "El monje está buscando la manera para sacarte de este valle sin que seas descubierta", dijo con optimismo. "Lamentó mucho que la única forma que hay para que puedas salir de estos complejos de alta seguridad es a través del Innombrable, porque él es el único que conoce de estos códigos, y solamente formando parte de su compañía, como él llama a todo el grupo que lo acompaña, podrás acceder a esos parajes, donde el monje Sam y tus compañeros podrán localizarte", agregó la agente con tono convencido.

"Atención, todos, miren a esta mujer; miren su elegancia", exclamó con sonora voz la agente Edith Florencia a los presentes una vez en salón principal. Todos asistieron con un movimiento de cabeza.

Con un notable gesto triunfante en su rostro, Edith tomó a Ágata de la mano y, le hizo dar varias vueltas, como si estuviese modelando un vestido. "Le gustaras mucho; tú eres la elegida para el carnaval de este año", dijo entusiasta y se aproximó a abrazarla; en ese instante, la agente le dirigió una mirada de complicidad y, puso en la palma de su mano discretamente una pequeña bolsa de seda con un par de anillos en su interior.

Ágata, quien vestía exquisitamente para la ocasión, apretó el puño de su mano con el contenido, y le devolvió un gesto discreto a la agente Edith, pero guardó silencio; se limitó a erguir su esbelta figura con porte y elegancia. Tenía clarísima la instrucción de guardar silencio a toda costa y se apegó estrictamente a ello. Siguieron las exclamaciones de admiración entre los presentes. Luego de soportar un rato más las adulaciones que tientan a corrompen las almas de los mortales, se marchó con todo el grupo a otro subterráneo, incluyendo a la agente Edith Florencia.

En aquel sitio se concentraba otra multitud. Ágata, aún sin conocer al Innombrable por conocer, sabía que, dicho personaje era el principal de la situación actual del Coral. Se trataba de una persona poderosísima, y, aunque sabiéndose ella misma una persona dotada de valor y fe en sus ideales, le imponía tanto poder en aquellas manos. Sintió temor, y un terrible escalofrío le recorría todo el cuerpo recordándole su vulnerabilidad.

En esa otra área a la que recién arribaron siguieron más y más los halagos; Ágata trató de hacer caso omiso, recurriendo a los ejercicios que solía hacer de inhalaciones y exhalaciones. Para su sorpresa, en una de esas bocanadas de aire vio a un pequeño que corría entre los pasillos. El niño, como guiado por la intuición, se detuvo de pronto; giró la cabeza noventa grados y, desde esa posición, le lanzó una mirada escudriñadora y curiosa a Ágata.

"¿Qué estará haciendo aquí el hijo de la señora Yoya?" exclamó Ágata, espantada al reconocerlo.

No se reponía de semejante sorpresa, cuando para el colmo de un día agotador, notó ahí mismo la presencia de personas de La Roca. Resolvió sin pensarlo mucho hacer caso omiso de la presencia de esa gente, ignorarlas, como método de precaución. Por otro lado, por alguna razón desconocida, en ese momento no recordaba todo acerca de la misión. Recientemente había pasado por las de Caín y era muy pronto para que se repusiera completamente de tantos sustos y tormentos. Pero, mantenía en su mente el deber de proteger la misión.

"Este día está lleno de sorpresas y cosas extrañas", exclamó, cuando notó que en ese mismo sitio se encontraba también su falsa madre, la señora Yoya, quien estaba sentada con la misma arrogante postura que Ágata recordaba tan presente de ella. Pero algo terrible le había ocurrido a aquella infame mujer, porque no hablaba, ni se movía; estaba como un muerto vivo, con los ojos bien abiertos.

Esa mala mujer, Yoya, aun en el estado tan lamentable en que se encontraba veía con mirada inquisidora a Ágata.

Cuando la milicia tomó La Roca y les puso un brazalete a todos los huérfanos para ubicarlos y tener control de ellos en cualquier punto, la señora Yoya y todos los guardianes que lograron escapar de las manos de la milicia fueron castigados severamente por su descuido. Los Siete Reinos del planeta los expulsaron de la sociedad del Coral. Fueron desterrados, y enviados a esa otra esfera del Coral. En ese giro inesperado de sus vidas, fue cuando la señora Yoya se dio cuenta que algo extraño estaba ocurriéndole a su pequeño, estaba deshidratado, estaba muriendo y lo vio brillar, como se decía que ocurriría con esos niños especiales en momentos críticos.

La señora Yoya quedó muda de espanto en aquel momento, en calidad de un muerto vivo.

El hijo de la señora Yoya irónicamente era uno de esos pequeños especiales. Qué castigo tan grande para ella haberse ensañado con una criatura como Ágata, sin saber que uno de sus hijos era portador del cristal: "Una de esas criaturas que nunca debieron haber nacido", clamó todo el tiempo con infernal tono esa malvada mujer llamada Yoya.

Ágata no sentía ningún amor por su supuesta madre, pero su corazón no albergaba ningún sentimiento de odio por ella. Entonces, dado lo anterior, con el semblante fresco en el rostro de una mente sana se acercó a la señora Yoya y, la saludó amable y respetuosa. Tocó el hombro de su falsa madre con una gentil palmada, confiada, sabiendo muy bien que, dada su lamentable condición, la señora Yoya no podía delatarla. Por otro lado, hasta ese preciso instante fue que Ágata se percató de que le habían colocado, sin darse cuenta, dos aparatos: uno en la cabeza y otro en la boca.

De manera automática se llevó la mano a la boca y se sacó el aparato que le impedía hablar. "Manténganse al margen de mi", dijo tajante.

El clarísimo gesto de espanto de la señora Yoya por haberla visto entre la gente del Innombrable fue más que evidente.

Una vez de vuelta a la cámara, donde se encontraba la agente encubierta Edith Florencia junto a la gente del Innombrable, salieron todos al exterior, fuera de esos túneles que resguardaban los controles de seguridad del Coral; ya había caído la noche.

De la misma red de túneles salió otro grupo de personas; se trataba de un grupo ajeno al grupo del Innombrable. En aquella otra agrupación se encontraba un notabilísimo y virtuoso líder del Coral. Ágata lo reconoció como amigo de su padre –el virtuoso escultor desaparecido, Pipino Cande Bell.

En aquel preciso momento, como por obra del cosmos, Ágata reflexionó en el paso del tiempo que había ya transcurrido; en los años que se fueron. Recordó la tragedia de sus padres desaparecidos, y todas las de Caín por las que habían pasado sus miserias humanas desde entonces.

Respiró profundo para que no le ganara la nostalgia y apretó con fuerza el puño de su mano, donde llevaba el par de anillos en la pequeña bolsa de seda que la agente Edith Florencia depositó en la palma de su mano cuando esta planeó introducirla con el Innombrable.

Luego de aquella rápida pausa reflexiva, Ágata aterrizó sus pensamientos y, con cándida mirada, observó sus manos; asombradísima, notó que la pequeña bolsa de seda con el par de anillos dentro, que el monje le había hecho llegar por medio de la agente Edith, se había transformado, es decir, se había camuflado; en su lugar, un bellísimo ramillete de flores con tonos amarrillos yacía en sus manos. Desconcertada ante aquella tecnología tan sofisticada, por un instante se sintió atrapada dentro de una alucinación, y contempló las flores buscando una respuesta sensata; entonces, en ese acto contemplativo, de reojo vio que aquel virtuoso líder había detenido su marcha y, desviado su mirada hacia ella. Unos veintidós metros de distancia había entre ambos.

¿La había visto? ¿Acaso sabía él de ella? ¿La había reconocido como la hija del escultor? Ágata pensó en esa posibilidad con la esperanza puesta en el corazón, y como si algo bueno recordara su arcaica memoria sobre aquel líder, por razones que no conocía aún, sé sintió aliviada de que él la hubiera visto en esa esfera del Coral.

Minutos después, le pidieron a Ágata abordar un carro grande que estaba estacionado en una calle alumbrada con faroles. Allí mismo, la agente Edith le dijo a un grupo de mujeres que se encontraban paradas en el lado de la banqueta, a un lado del carro: "Sugiero hospedar a Ágata con ustedes, en alguna de sus casas; es un huésped distinguido".

Altivas, las mujeres voltearon a verla por encima de las pieles exóticas que les cubrían los hombros, y con despectivo tono dijeron: "Yo no la voy a hospedar en mi casa. No, de ninguna manera voy a llevar mi casa a esta joven; qué disparate semejante sugerencia".

La mirada de hielo que lanzaron aquellas señoras regordetas y de expresión desagradable incomodó a Ágata. Aunado a ello, escuchar sus comentarios punzantes cargados con el mismo típico tinte amargo de su falsa madre le provocó náuseas.

"¡Llévеme a un hostal!", dijo con una nota de indignación al conductor del carro.

En el trayecto al hostal la invadió un sentimiento de nostalgia; pasó por su mente toda la tragedia de su gente. Su soledad y tristezas, y todo lo que vivió en la casa de su falsa madre, incluyendo los sustos que le propinaron todos los miembros de La Roca cuando estuvo en cautiverio. Afortunadamente, aún tenía presente en su mente el primer mandamiento de la misión, cuyo recordatorio la mantuvo alerta: "Mantener el tiempo que se fue en el lugar que le corresponde, y no inmiscuir sentimientos personales", susurró para sí misma convencida.

Recordar su mísero cuadro provocó que Ágata se sumiera nuevamente en una profunda tristeza; en el trayecto se le notaba por momentos como ausente.

Afortunadamente, reaccionó, y regresó de golpe de su estado de ausencia ante el grotesco comentario que escuchó del chofer, antes de que el hombre la alojarla en un edificio rojo que tenía la función de hostal: "Bueno, Ágata, pues como te comenté, el besará tus labios y querrá retenerte a la fuerza".

Según el plan preestablecido, al día siguiente, antes de que se pusiera el sol, Ágata sería introducida con el Innombrable. Aquella noche la pasó en vela. Sin éxito trató de recordar códigos que pudieran estar relacionados a esa esfera del Coral, para escapar de allí sin la necesidad de un encuentro con el Innombrable.

El día siguiente llegó como en un pestañeo, su pálido rostro lucía el aspecto que dejan los estragos de una noche ausente de sueño. De mal humar, se dirigió a abrir la puerta que ya tocaban del otro lado con impaciencia. Se sentía más que extraña en aquella oscurísima hora de la madrugada. Dedujo que posiblemente su estado se debía a los complejos aparatos que le pusieron en la cabeza y en la boca –para adaptarse a la atmosfera–, cuando recién la recogieron en el Valle de la Luna, aunado a que no logró ni por un instante cerrar los ojos durante la noche. –Los complejos aparatos no eran visibles a los ojos.

La esperaba un carro afuera, el cual abordó casi de manera mecánica. Apenas y una milésima de segundo y el trasporte, de súbito, se abrió paso por un portal.

Ágata, sentada en la parte de atrás del carro veía con la mirada perdida a través de la ventana; vagaba en sus adentros y no tenía la menor idea de cómo la encontraría el monje Sam. El trasporte se había detenido en varios puntos sin que ella lo notara, dado su estado de ausencia.

Por momentos se le notaba ausente. Otras veces se notaba como en transe. Con la mirada nostálgica veía por la ventana de aquel transporte que la conducía junto con otros. De pronto, una voz enérgica la sacó de su estado de ausencia. Se trataba de la agente Edith Florencia, quien hablaba con un hombre de corporatura robusta que iba sentado en los asientos de adelante. "¿Ya viste quién viene sentada allá atrás?", preguntó Edith con clarísimo tono al mencionado hombre.

El hombre, giró la cabeza un poco más de noventa grados y abrió semejantes ojos cuando vio a Ágata, quien no se inmutó y siguió con su misma postura; pero, por el rabillo del ojo, lo vio y lo reconoció.

"Pero ¡qué hace esa enorme bolsa de marca cara tan de mal gusto obstruyéndome la vista!", gritó el hombre con timbre histérico.

La mujer que iba sentada a un lado de Ágata había puesto en la pequeña mesa que llevaban los asientos del trasporte una enorme bolsa que obstruía y ocultaba el rostro de Ágata, quien yacía con la mirada nostálgica a través de la ventana debido al complejo transporte, al aparato que le pusieron en la cabeza y en la boca, a todos sus recuerdos, a la atmósfera de esa esfera y a la ausencia de su queridísimo amigo Azul. Por lo antes dicho, Ignoró completamente al hombre que demandaba verla.

Luego de algunas unas horas, lentas como una agonía, el trasporte arribó a un complejo subterráneo construido en la piedra de un cañón. El sitio se componía de varias cámaras. Todo allí permanecía sin luz eléctrica, se alumbraba con fuego en las chimeneas y velas encendidas en distintos rincones, semejante a un santuario. En el salón principal había tres mesas, toscas y largas, de madera pesada. El fuego ardía con vigor en el salón y el agradable calor que emanaba en todas direcciones daba una buena impresión. Los integrantes que ocupaban sus lugares en las mesas compartían el manjar de buena gana.

Se llevaría a cabo la ceremonia que previamente se tenía planeada. Ágatas se sentía todavía aturdida cuando entró al salón principal. Meditabunda, fue directamente a una de las mesas que estaban acomodas horizontalmente, donde vio que había un espacio libre. Quedó sentada casi de frente a la mesa principal, que era la mesa más larga y estaba colocada de manera vertical. Entre el grupo que se encontraba alrededor de esa mesa reconoció a Arath López, el joven que le dio el broche de diamantes en forma de ocho cuando fue desterrada; aunque no lo vio muy claro, porque él se ocultó de ella. Arath no quiso que ella lo viera en ese momento por razones de índole secreto y vital. Pero, aun así, ella lo reconoció entre el grupo. Todos comían del manjar que había en las mesas, convivían y hablaban entre ellos, pero estaban nerviosos, reservados y herméticos, ante la presencia de esa Ágata melancólica y tan triste como un funeral. Al frente del grupo estaba la agente encubierta Edith Florencia.

"Te veo muy relajada, Ágata, a pesar de qué sabes quién es la persona que conocerás pronto; te ves bastante relajada", expresó Edith Florencia, procurando poner su mejor gesto natural para reanimarla.

"Sí, de hecho, lo estoy. Tengo mi conciencia tranquila, y mi espíritu lo está también", respondió Ágata con la sinceridad de un niño el comentario de la agente Edith Florencia.

"Ah, ella no es una modelo cualquiera. Esa es la diferencia que hay entre el vicio y la virtud", se escucharon expresiones.

Aquellas palabras, como por el encanto del viento que sopla del norte y que lleva el aire fresco al desierto, se rompió el prolongado silencio y la tensión que se respiraba en la atmósfera se tornó gentil.

"Ágata pertenece aquí, ella es de las Esferas Unidas del Coral", dijo Edith Florencia a los presentes con notable orgullo en el timbre de su voz.

Ágata reafirmó las palabras de la agente con gentileza: "Sí, yo soy ciudadana de las Esferas Unidas del Coral".

"Oh, entonces tú puedes comunicarlo todo en ambos lados.", expresó una voz entusiasta, pero Ágata vagaba en sus adentros con la abnegación de una legítima hija del Coral y apenas parecía escuchar los halagos que no comprendió. –Si el objetivo del adversario era hacerla partícipe del manjar que corrompe el alma estaba con la jovencita equivocada.

"No te preocupes, Ágata, pronto lo conocerás. Y él no es el

pato feo que todos pintan en las historias, al contrario, es alguien que todo mundo conoce y respeta. Verás, se trata del Innombrable, aunque, ciertamente, él opera en la esfera de abajo, pero vive en la esfera de arriba, en la zona cero", dijo Edith Florencia, haciendo énfasis en la clave de sus palabras con la finalidad de que estas penetraran con carácter profundo en la mente de Ágata.

Luego de aquella brevísima conversación, Ágata con énfasis mención el código de honor, dicho código era el silencio; el gesto relajado que se reflejó en el rostro de los presentes posterior a ello fue evidente.

Se decía que aquellos grupos eran de vital importancia tanto para los mundos del cosmos como en la historia de los huérfanos. Su comportamiento era complejo. Se manejaban discretos y moderados. Pero en realidad nadie sabía a ciencia cierta sobre ellos. Por un lado, comandados por el Innombrable. Y por el otro lado, el líder de cabeza blanca que Ágata reconoció.

Todo indicaba que aquellos complejos grupos estaban relacionados con las minas de los cráteres del satélite de la Tierra 11. "¿Serán acaso los mismos grupos que describe la carta de Alma Yerach?", se cuestionó Ágata al alcanzar un fragmento de luz.

Ágata tomó la copa que le ofrecieron, y el vino rojo no tardó mucho en hacer su efecto sumiéndola en un estado de embrujado relajamiento.

"A ti no te gusta inmiscuirte en ciertos temas, ¿verdad, Ágata?", preguntó la agente Edith Florencia con tono respetuoso.

"Así es, lo has dicho bien. Yo tengo mis propios demonios que atender", respondió Ágata con sinceridad.

Luego de aquellas últimas palabras, como si de un presagio se tratase, de golpe rememoró todo lo acontecido en su vida y, recuperando nuevamente su estado de lucidez, echó su acostumbrado vistazo de halcón a su alrededor, registrándolo todo en bien del orden, del progreso y de los mundos que regían al cosmos y a los Huérfanos del Coral. Afortunadamente, Ágata estaba lúcida y la Misión Artemisa 7, a la que había sido llamada, debía continuar.

LA CEREMONIA

Días después, fue conducida por los pasillos estrechos de un laberinto, luego de su arribo a la taberna de piedra. El sitio tenía varios salones y, en el principal, un fuego ardía con vigor. Ágata ya estaba enterada de que se trataba de un convivio para los nuevos de ingreso, los rescatados del Valle de la Luna. El salón estaba bastante lleno y no había disponibles muchos lugares donde sentarse.

En una de las mesas que estaban colocadas en forma vertical se encontraban personajes que reconoció de manera inmediata; entre ellos Arath López. A Ágata le dio muchísimo gusto volver a verlo, y levantó la mano para saludarlo en la distancia; defraudada, al no recibir ninguna respuesta del joven, prestó más atención a los murmullos de la gente; se escuchó a alguien decir que la ceremonia estaba próxima; en ese momento, de golpe recordó que estaba allí para atender dicha ceremonia; tenía la obligación de tomarla, como parte del acuerdo preestablecido; entonces, se levantó para dirigirse a lo que supuso era el recinto, pero antes de irse habló con un miembro de los presentes, que no reconoció. Conversó por largo rato con él, pero extrañamente olvidó casi inmediato sobre qué.

Se dirigió por un pasillo semioscuro, donde, se encontró con una mujer a quien amable le preguntó: "¿Qué ya es hora de la ceremonia?".

"No, todavía no es la hora", respondió la mujer.

"¿Dónde están todos? ¿Ya adentro?", preguntó, y sin esperar respuesta abrió la puerta que supuso el lugar indicado.

Se trataba de un templo gótico alumbrado con velas. Todos los integrantes yacían en tronos con una espada en la mano; ante aquel misterioso cuadro, Ágata recodó nuevamente que, la ceremonia era para que ella pudiera salir ilesa de aquel enigmático lugar y, según la instrucción, debía escarbar en su memoria para recordar el tema de la ceremonia que tuvo lugar en el Cubo Negro, cuando estuvo prisionera en La Roca.

"Has de recordar la última ceremonia, ¿verdad?", preguntó uno de los presentes.

Ágata, quien estaba de pie, cercana a las puertas de aquel enigmático templo gótico, respondió con confianza en sí misma: "Sí, la recuerdo muy bien".

Comenzó entonces un ritual que no reconoció, de la misma manera ocurrió con la lectura de un acta. Ante aquello, por un momento pensó que se trataba de una broma. "Eso no recuerdo que haya ocurrido en la última ceremonia a la que tuve acceso", dijo, desconcertada.

De pronto, alguien le tomó con delicadeza ambas manos, y el cuadro que contempló fueron sus propias manos. La mano izquierda, adornada con dos anillos, uno en el dedo anular y el otro en el del medio. Se trataba del par de anillos que el monje Sam le había enviado y, que la agente encubierta Edith Florencia previamente le había dado.

Supuso entonces que le quitarían las joyas, como parte de la ceremonia y, señaló con la mirada los dedos que portaban las argollas de tres vueltas, y que reconoció como anillos sagrados.

"Si me vas a quitar uno de los anillos te recuerdo que ambos son sagrados", dijo, recordando la clave que tenía que dar para ese momento.

"Pero sí recuerdas esta ceremonia, ¿verdad?", replicó otro de los personajes: un hombre muy alto que estaba frente a ella, al mismo tiempo que le colocaba la punta de una espada en el pecho con la intención de hacerla retroceder.

Tres días después de la ceremonia, donde Ágata había sido introducida con aquella gente, luego de que accidentalmente tuvo acceso a un portal donde descubrió información confidencial sobre el Coral y temas tan complejos y delicados que estaba obligada, por ella misma, a no develar jamás los secretos a los que allí tuvo acceso, no supo con certeza lo que sucedió entre aquel lapso y el presente que surgió.

Lo último que recordaba de aquel capítulo en su vida era que todo el grupo del Innombrable, incluyéndola a ella, permanecía en el piso, tirado en el suelo como bultos. Yacían acostados en un llano solitario y tétrico, cubierto por una especie de neblina del tipo que no permite ver más allá de unos cuantos metros. No había absolutamente nada allí, a excepción de un autobús que estaba estacionado del otro lado de la acera y una plataforma de metal cercana a ellos.

Repentinamente, se despertaron todos al mismo tiempo y se levantaron bajo los efectos de un complejo letargo, incluyendo a Ágata. Se les veía bastante atarantados, como si estuvieran bajo los efectos de los embrujos de un misterioso hechizo.

"¡Vámonos, rápido, súbanse al camión!", demandó el Innombrable a todo el grupo cuando despertó.

Con un movimiento brusco fue él el primero que se levantó, y apresurado se dirigió con pasos torpes al autobús estacionado. Todos hicieron lo mismo; lo siguieron sin chistar. Caminaban de un modo extraño, con movimientos pesados, lentos y atarantados.

Con dificultad, aquellos bultos lograron subirse al camión. La atmósfera gris por la niebla que descendía hacía ver a las personas borrosas, cual bultos andar. Ágata, quien estaba más lúcida que una lechuza a mitad de la noche, aprovechó el momento para mover su cuerpo mallugado y deslizarse de allí, a manera que no la vieran, para no subir al transporte y poder escapar. Consideró a bien meterse debajo de la plataforma, aunque, no fue una tarea fácil, porque estaba muy angosto el sitio y apenas cabía.

Desde su inesperado escondite, vio clarísimo a todos abordar el transporte. Y, atónita, contempló al autobús desaparecer detrás de un portal en un instante. Tenía la esperanza de estar al alcance de códigos familiares y de que el monje o sus compañeros la encontrarían. Y así fue, la encontraron, pero no precisamente el monje o sus compañeros: Con un arma en la frente le apuntó un soldado en la cabeza desde la oscuridad de su escondite.

EL CEMENTERIO

"Porque todo en la naturaleza habla al que sabe ver... Buscar en el cementerio de la Ciudad Blanca; entre las insignias que yacen ocultas bajo el polvo está el código que abrirá la entada". Terminó de dar lectura a la carta que recibió de manera anónima el monje Sam y, abriendo semejantes ojos, y tan descolorido de espanto como no lo había estado desde la desaparición de los padres de Ágata, el monje dejó escapar un doloroso gemido.

Se escucharon estremecedores ladridos de perros, seguido del crujir de las hojas secas de los laureles, en el cementerio, cerca de donde Ágata estaba siendo literalmente desenterrada. "Te sacáremos de aquí, Ágata Bell, resiste, pequeña", suplicó el monje intentando reanimarla.

La habían dado por muerta. La fueron a sacar del cementerio el monje y los tres compañeros, Benny, Mar y Luildro, en un punto conocido como la Ciudad Blanca.

Tenía un tiro en la cabeza. El soldado que la descubrió, oculta, en la oscuridad de la plataforma, cuando escapó de la vista del Innombrable, le disparó sin miramientos, pero como por gracia divina ese tiro solo la durmió, y la bala salió de su cabeza sin haberle hecho daño.

El monje Sam removió el polvo seco que cubría las insignias buriladas en la lápida. Rápido, obediente a su entendimiento, y con el temple que caracterizaba al grupo de Pipino Cande Bell, el moje se aproximó entonces al único acceso vital ofrecido en ese espacio, y sin pensarlo mucho, ante la amenaza latente de ser descubiertos abrió la ventana lanzando por allí a Ágata y a sus tres compañeros.

La milicia se había llevado a Azul nuevamente, y Ágata fue enviada a un calabozo, y el tribunal que la juzgó tenía la enmienda de lavarse las manos. Desterrarla y desaparecer su rastro fue la solución a sus demandas. Posterior a ello, la enviaron al Valle de la Luna, pero la agente Edith Florencia fue en su encuentro. El monje Sam, afortunadamente la encontró antes de que el último aliento se le escapara del alma, luego de su corta estancia con el Innombrable. Pero, lamentablemente, el monje tuvo que abrir el único acceso que había disponible en aquel enigmático pasaje: literalmente se trataba del mismísimo Infierno del Coral, se decía que quienes pasaban por aquellas puertas no se les veía jamás. Por otro lado, el Innombrable sabía muy bien que Ágata se apegaría a los códigos del silencio.

Capítulo 28 La Danza del Funeral

"Un hombre que no se alimenta de sus sueños envejece pronto".
– William Shakespeare

Mareados por el medio de trasporte, Ágata y sus tres compañeros fueron a dar a un laberinto de metal, luego que atravesaron la ventana que abrió el monje, gracias a los códigos que encontró en las insignias que yacían ocultas bajo el polvo.

Allí, de ese otro lado, los jovencitos fueron interceptados por unos sujetos que llevaban máscaras de lobo. Espantados ante aquella visión tan grotesca los cuatro corrieron impulsados por una fuerza descomunal que les vino de pronto, quién sabe de dónde, logrando escapar de aquel infernal laberinto sin haber recibido un solo rasguño.

Siguieron corriendo con el mismo ímpetu una vez fuera del laberinto, pero el aire seco de aquella atmosfera les había causado picores en las fosas nasales y los obligó a detenerse. Ya más serenos, observaron que se encontraban en una tierra estéril; lo notaron por el alto y evidente contenido de salinidad en el suelo.

En la distancia se divisaban casas y el grupo se aproximó en aquella dirección. Durante el camino se mantuvieron alertas, iban los cuatro con la mente de un cazador de serpientes.

Llegaron pronto a un sitio habitado por personas de piel oscura. Acordó el grupo dividirse en dos, como estrategia. Convinieron en encontrarse después y, dado el estado de Ágata, aún delicado, resolvieron que uno de ellos estaría al pendiente de ella todo el tiempo, y se nombró a Benny como jefe en guardia para dicha tarea.

Una vez dentro de los terrenos de aquella comunidad, Ágata y el compañero designado como jefe en guardia se aproximaron a lo que aparentaba ser un hostal; la idea de pasar la noche en un lugar cálido fue bastante tentadora.

"Tú dormirás allá, en aquella habitación. Y este encantador joven dormirá en mi habitación", dijo con autoridad la dama que los recibió en la recepción, y los condujo a las respectivas habitaciones.

Ágata se preocupó ante la orden directa que aquella mujer dio, porque, aunque fue amable, algo no olía bien, y no precisamente hablando del olor nauseabundo que se respiraba en la vivienda.

"¿Por qué quiere esta mujer que descansemos en distintas habitaciones? ¿Qué pretenderá? ¡Algo no está bien aquí!", pensó, intranquila.

Después de un reflexivo silencio, decidió dar frente al asunto y manifestar su descontento. Sin más, entró de forma abrupta a la recepción, donde aquella mujer se encontraba con su pareja.

"Un momento", dijo Ágata. "¿Acaso estás insinuando algo semejante a un intercambio de parejas?", replicó cuando la dama y su pareja le comunicaron su plan.

"Así mismo es", respondió la mujer con tono natural.

"¡Pretendes que yo duerma con...!", exclamó sin terminar la frase, abriendo semejantes ojos ante lo que le pareció una grotesca idea.

El compañero de Ágata no opinó nada al respecto. Él parecía ser otra persona, algo estaba ocurriéndole.

El joven se tornó bruscamente como en estado de trance bajo el influjo de algo desconocido. Ágata lo observaba con preocupante mirada.

"¿Cómo saldremos de aquí si mi compañero no está en su juicio?", se cuestionó, hecha un manojo de nervios ante aquel desfavorable escenario.

Luego de lo acontecido, salió de la habitación furiosa.

"Tanto encierro le habrá dañado la cabeza", refunfuñó.

Sentía la necesidad de enfriar su mente después de percatarse de que algo ajeno y desconocido había ocurrido con su compañero; para su sorpresa, él estaba de acuerdo con la descabellada idea de aquella mujer.

Afortunadamente, Ágata logró controlar su furia y, dadas las repentinas circunstancias, comenzó a planear una forma de escape. Tenía muy claro que debía dejar los sentimientos personales fuera. La Misión Artemisa 7 estaba incompleta y ella no tenía permitido correr riesgos innecesarios.

Los niños del Coral eran su prioridad desde el momento en que tomó conciencia de la enorme responsabilidad a la que estaba destinada, una misión que había aceptado por amor al progreso. No podía permitirse ya olvidar ese propósito, al que ella había llamado: "Los Huérfanos del Coral".

No había pasado mucho rato cuando Ágata aterrizó sus pensamientos al escuchar a aquella mujer pegando semejantes gritos de alarma y, abandonando la habitación, donde se encontraba también Benny.

"¡Ay! ¡Dolor! ¡Dolor! ¡Dolor! ¡Mi joven esposo ha muerto!", gimoteó, histérica. Luego hizo una pausa y jaló una silla para acomodarse.

"Me siento terrible. Creo que no fui una buena esposa, pero estaba tan sola... Él era un hombre bueno, ¿cómo pudo infartarse?", agregó con una nota de sinceridad.

Luego de aquella confesión, la mujer hundió su rostro arrugado y notablemente descompuesto entre las manos.

Ágata sintió pena por lo ocurrido y, dada la nobleza que le caracterizaba a la hija de Galia y Pipino Cande Bell, se unió a la pena que embargaba el momento, sin importar lo que minutos antes hayan pretendido la mujer, el marido y Benny.

Por otro lado, Ágata observó la escena con más detalle, notando las condiciones de pobreza extrema en las que vivían aquellas personas.

Ella sabía muy bien lo que significaba honrar a los muertos en todo momento, y siempre por igual. Sabía que el Valle de la Muerte no hacía distinciones. Había recibido con anterioridad, de su ancestro Pipino Cande Bell, toda la información concerniente a ello.

Con aquellos nobles principios, siempre permanentes en su mente, entró al salón donde se estaba llevando a cabo el funeral. Se plantó allí como un buen soldado, haciendo escuadra en su postura para honrar al difunto.

Su compañero ya tenía un mejor semblante, pero por lo acontecido estaba tan pálido como los muertos.

Los presentes en el cuadro, entre entusiasmados y atónitos,

contemplaban la postura de la dulce Ágata, quien con elevado comportamiento honraba al difunto con honores, como si éste fuese un rey y no un mendigo.

El elevado honor que les concedió se debió principalmente a que comprendió que eran esclavos abandonados en la miseria. Y, siguiendo los principios de los Huérfanos del Coral, despidió al difunto como si se tratara de un rey; era lo menos que podía hacer ella por aquella gente.

Ubicada en el centro de aquel grupo que conformaba el escenario, Ágata se llevó la mano al corazón con solemnidad y honró al difunto, haciendo la señal que heredó de sus ancestros y, que solamente ellos, los hijos auténticos del Coral conocían de su real significado.

Minutos luego comenzó la marcha. Ágata era un verdadero soldado en esos temas; en aquel momento se activaron en su memoria, de forma repentina, muchos de los códigos, y la información que recibió fue de gran ayuda.

Aquella gente, sintiéndose honrada, la siguieron en la danza. Los códigos que se habían activado le permitieron abrir una ventana con acceso directo a una mesa de manjares, lo que les permitió a todos comer de allí y saciarse.

Afortunadamente, antes de que llegaran los guardias a darles muerte por tal atrevimiento, Ágata logró cerrar la ventana a tiempo.

Calmado el apetito, comenzó la siguiente danza. Ágata dio los primeros pasos y, en aquel momento, se percató de que llevaba puesto uno de los vestidos de la agente Mina, cuya tela de seda, de exquisito tono aperlado, no había notado hasta que un hombre vestido de color blanco comenzó a seguir sus pasos en la danza.

Los otros presentes vestían ropas de distintos colores; solamente Ágata y el caballero que la acompañaba en la danza llevaban el blanco, lo que hacía resaltar con distinción el tono claro de sus vestiduras.

Aquel hombre, bastante atractivo y ya entrado en años, de mirada cándida y gracia en sus movimientos, giraba al compás de la danza, casi en estado de éxtasis, junto a Ágata.

Tres docenas de gente conformaban aquel escenario.

Una vez que la danza terminó, un hombre, tan viejo como nunca Ágata había visto uno en su vida se arrimó al escenario.

El viejo llevaba en la mano un prendedor y lo colocó sin previo aviso en el vestido de Ágata, a la altura del ombligo.

"¿Qué es esto?", preguntó ella con tierna voz.

"¡Es una corona de laureles! Es el emblema de los Planetas Unidos del Cosmos", respondió el viejo.

"¡Esto es para ti, te lo he colocado porque te lo has ganado en el campo de batalla, Ágata Bell!", añadió con solemne tono.

Se trataba de un código de carácter vital y de reconocimiento. Un gesto de carácter elevadísimo que inflamó el corazón de Ágata sintiéndose infinitamente honrada ante aquella distinción.

Mas tarde, conversó con aquella gente sobre lo que se rumoraba de las esferas tomadas en manos del enemigo del progreso desde un tiempo ya casi olvidado.

Se trataba del Camino de los Olvidados, quienes no volvían a ver nunca el lado del Coral moderno, donde la gente habitaba aparentemente feliz, ajena a aquellos otros mundos que conformaban el Coral.

Su compañero, Benny, sentado a su lado y notoriamente ausente y, tan quieto como un muerto, escuchaba la conversación sin gesticular.

Carmina, la recién viuda, cansada de tanto llanto se había se desplomado como un bulto de papas en el sofá.

Ágata comprendió que aquella gente no había tenido acceso a muchas cosas. Había sufrido las limitaciones de las cosas materiales básicas. Y ante aquellas limitaciones sintió compasión por ellos; ella misma sabía el significado de las limitaciones y el cautiverio.

Ofreció entonces con mucho gusto compartir los dulces que llevaba consigo, el monje se los había proporcionado, como una reserva... para cuando el hambre le calara.

"Te daré a probar algo delicioso", le dijo a la viuda Carmina, y sacó de su bolsillo los caramelos de jengibre.

La viuda recibió con agrado el obsequio –aquellos caramelos de jengibre contenían una poderosa vitamina capaz de alimentar y sobrevivir por meses.

Después de un rato, resolvieron salir a caminar ella y su compañero, porque debido al desajuste que había sufrido él necesitaba tomar aire fresco. Apareció en escena un jovencito, flacucho, de aspecto de lo más raro, vestía un traje de arlequín; se toparon de frente con él y a propósito los abordó; insistía en llamar la atención del todavía mareado compañero Benny. Afortunadamente, Ágata notó que algo estaba mal y se puso en alerta máxima.

"Un momento, ¡deja en paz a mi amigo!, no sé cuáles serán tus pretensiones al querer llevártelo, pero no te lo voy a permitir", le advirtió Ágata al joven, porque Benny estaba bajo la influencia del olvido, porque al atravesar por el complejo portal que el monje abrió a él le afectó la memoria y estaba actuando como ausente.

"Es tiempo de la retirada", dijo Ágata a un Benny ausente y abordaron un carro que pasaba por allí.

Ágata no había notado que el jovencito de aspecto extraño había dado la señal a su cómplice, el chofer del carro recién abordado, para que secuestrara a Benny. Entonces, en el momento en que subían al carro –Benny fue el primero–, el chofer arrancó a toda velocidad con la puerta abierta, dejando a Ágata afuera, con un pie en la tierra y el otro en aire literalmente.

"¡Ay, no!, y ahora qué ¿Cómo lo busco? ¿Y dónde?", se preguntó, angustiada, al ver alejarse entre las calles chuecas y sin vegetación al carro con Benny secuestrado, en aquella desolada esfera del Coral.

Se trataba de un lugar hostil, donde se practicaba el tráfico de esclavos como algo muy natural, como si se tratase de fumar un cigarrillo. Trató de memorizar el número del carro secuestrador cuando reaccionó, pero por los nervios se le heló la sangre y se paralizó y, aunque quiso correr tras el no tuvo éxito.

Por otro lado, los adolescentes Mar y Luildro habían tomado el lado sur para hacer un sondeo de la zona, con la esperanza de encontrar más compañeros camuflados en aquellas esferas, y también con la esperanza de encontrar alguna pista que condujera a los portales que se sabía había ocultos allí.

Con semblante de hastió en el rostro, Mar y Luildro estaba de vuelta, sin éxito en su búsqueda. La suerte estaba puesta del lado de Benny y, alcanzaron a ver la escena en la distancia.

Afortunadamente, lograron bajar a Benny del carro donde lo llevaban para ser vendido.

LA CARTA

Estimado Azul:

Me da tantísimo gusto saber que, cuando estuvimos juntos, de alguna manera mi granito de arena ayudara a apaciguar tu ira y a ordenar tus sentimientos. Sé que el amor, limpio, puro y sincero para con nuestra misión nos mantendrá al frente de esta batalla en ausencia de los nuestros. Te comparto que yo estuve sin mucho ánimo los últimos años, con el corazón entristecido por el comportamiento poco humano que hemos pasado con los falsos amigos del progreso. Pero, a pesar de todo el tormento que hemos vivido desde que ocurrió la desaparición de nuestros padres, te confieso que, parecerá cosa de magia, pero haberte visto y haber hablado contigo, querido Azul, me ha dado mucha calma y entendimiento.

Y, por otro lado, también te comparto, con tono afirmativo en mis palabras, que estoy segura de que nacen desde el fondo de mi corazón, que los votos que hice cuando tuve acceso al altar, donde descansa el libro sagrado que guarda la información vital del planeta Coral y de la antigua Cuidad de Itzá, están presentes, y más vivos que nunca. Yo creo que por algo ocurren las cosas; creo que no hay casualidades sin una causa.

Te repitió nuevamente el gusto que me da saberte cerca. Todo lo que gira en torno a ti me es grato; tu presencia, aun no estando presente, y tus muestras solidarias me han ayudado a no sentirme tan sola en este nuestro mundo, el cual he de confesarlo, sin el afán de ser pesimista, que, algunas veces siento que se está desbaratando.

Ignoro cuánto tiempo nos quede para completar la misión a la que fuimos llamados en ausencia de los nuestros, pero algo me dice que ya no es mucho.

Con amor infinito,

Ágata Bell.

Ágata dio un profundo suspiro y guardó la carta que recién había escrito, destinada a su amigo ausente.

Se encontraban los cuatro jóvenes en una taberna de la colonia, luego de lo acontecido en el hostal de la viuda y el rescate del ido de mente de Benny. Sumando a toda aquella pesadilla: el misterio ocurrido con la daga de Benny.

Consideraron entonces a bien calmar su sed de tanto susto y decidieron prolongar su estancia en la austera y poco concurrida taberna.

No supieron a qué hora se quedaron dormidos, pero cuando Ágata abrió los ojos todavía no había salido el sol, y la atmósfera se percibía oscura y fría.

Antes de abandonar el lecho donde yacía su compañero Benny, profundamente dormido junto a ella, Ágata trató de poner en orden su mente, que aún le daba vueltas.

"¿Qué no sabes que no es correcto dormir en la misma habitación de una dama casada?", escuchó de pronto la voz molesta de un hombre.

"¡Ah, lo, lo siento!, no fue mala mi intención", tartamudeó apenado y confundido alguien más "Nos quedamos dormidos, lo siento", repitió con humildad la misma voz.

Ágata, sin entender, seguía escuchando atenta el dialogo de las voces provenientes del cuarto contiguo. De pronto, como un valioso regalo, reaccionó, identificó una de las voces y, recordó que la fiesta a la que habían sido invitados, cuando estuvieron en la taberna calmando su sed de tanto horror, se había alargada hasta ya muy entrada la noche, y sus compañeros dieron rienda suelta a sus cuitas y pesares.

Cansada de tantos sustos y tristezas, también ella se dejó envolver con aquel embrujado canto de sirenas, y el efecto del aguamiel no tardó mucho en hacer sus efectos.

Entonces, cuando despertó con jaqueca, la cabeza nublada y el alegato en la puerta contigua, dedujo que no había mucho que pensar.

"¿Cómo es posible que nos hayamos quedado aquí como bultos de papas? No conocemos nada sobre esta gente. Reconozco mi imprudencia", se recriminó con dureza. "Claro que el anfitrión está molestó; está furioso porque abusamos de su confianza al quedarnos aquí; y el pobre de mi compañero al parecer se quedó en el mismo cuarto con ellos; le va a llover una sarta de preguntas a su mujer", dijo Ágata en su dialogo interno, preocupada, por lo que supuso estaba ocurriendo en el cuarto vecino.

Nerviosa por lo que escuchó, y segurísima de que se trataba

de uno de sus compañeros metido en problemas de alcoba, se incorporó de la cama para levantarse. Se escucharon las pisadas más cercanas del hombre que hablaba enérgicamente y una inmensa incomodad le sobrevino al saberse allí, acostada en aquel cuarto, en su intimidad, a un lado de Benny y tan cerca de aquellos desconocidos.

Se molestó tantísimo al rememorar lo acontecido que, su bello rostro rosado se tornó y alcanzó un tono escarlata. Se sacudió mentalmente semejante coraje que le vino encima y se preparó para dar algún argumento válido que justificara su estancia allí; sentía la boca amargosa.

"¡Me llamo Ágata Bell!", dijo al anfitrión, adelantándose a tomar la palabra.

"Y él es mi compañero y amigo", añadió al presentar a Benny.

El hombre se notó aturdido por unos instantes; se le atoraron las palabras en la garganta, tartamudeó y no supo qué decir.

"¡Ah!, mi esposa y mi familia están aquí para asistirte en lo que necesites", dijo finalmente el hombre con voz temblorosa cuando se repuso, y apresurado se secó con un pañuelo colorado las gotas de sudor que a cántaros le escurrían de la frente; se marchó en seguida con el gesto aún aturdido en el rostro.

Ágata, incomodísima, pensó que era tiempo de la retirada y alertó a Benny y al par de compañeros que habían escuchado todo detrás de la puerta; se sentía enferma, estaba mareada y tenía náuseas.

"Seguramente algo malo tomé, quién me manda por

glotona", exclamó, sintiendo en el estómago el malestar que causa un alimento descompuesto.

Afortunadamente, luego que un destello de luz se asomó en su cabeza, recordó la información que recibió anteriormente en el Cubo Negro, sobre una barca que estaba anclada en un punto conocido como el Bosque Llorón.

El mencionado lugar no estaba muy lejano del sitio donde se ubicaba la taberna, donde se habían refugiado la noche anterior para calmar su sed de tanto sustos y tormentos.

Habían llegado a aquel sitio luego de los códigos a los que tuvieron acceso, gracias a la joya de la corona de laureles que le colocaron en el ombligo, durante el funeral que tuvo efecto en la casa de la viuda Carmina. –De ese tipo de joyas se sabía poco, pero se sabía que, estaban hechas de una aleación compleja y sofisticada, capaz de abrir ventanas al hacer contacto con los códigos de los Huérfanos de Coral.

En ese lugar, donde habían arribado, las barrancas de difícil acceso les hicieron ver su suerte; parecía un pueblo olvidado por el paso del tiempo. Allí debían buscar la clave que les guiaría a un lugar seguro, y esperar a que los otros compañeros los rastrearan.

Notaron que había paredes de piedra, que evidenciaban antiguas construcciones; sin embargo, lo que aún estaba casi intacto eran los sótanos con diversas galerías de comunicación, se trataba de criptas.

Se dividió el grupo con el fin de hacer más rápido la búsqueda. Ágata tomó el lado norte y se aproximó a la primera galería de criptas.

Pronto se encontró de frente a un cuerpo sin vida, pero, a

diferencia de los esqueletos que estaban en la misma cripta, ese cuerpo aún estaba fresco.

Temerosa, volteó al cuerpo sin vida que yacía boca bajo y, alarmada, se llevó la mana a la boca para hogar el gemido que se le escapó. La inconfundible daga de su compañero Benny estaba clavada en el corazón de aquel individuo, "¡ay, no! ¿Qué pasó aquí?", se preguntó, preocupada por la respuesta.

Luego de lo ocurrido, entre la oscuridad se apresuró a salir de la cripta, brincando los montículos de tierra a su paso. Vio las sombras de sus compañeros que se desplazaban en distintas direcciones, pero algo no le cuadraba, "las sombras se mueven más rápido de lo que el hombre es capaz", reflexionó.

"No te sorprendas mucho si descubres al asesino entre los tuyos", dijo una mujer, que apareció de pronto frente a ella y se esfumó en segundos.

"Para aparecidos ahorita no estoy", exclamó Ágata, y temiendo lo peor por venir retornó a la cripta con el fin de averiguar más.

El cadáver tenía el puño de la mano izquierda bien apretado, conteniendo una nota con un código escrito en clave que identificó con facilidad.

Conmovida por la pérdida de uno de los suyos en misión, removió sin vacilar la daga del corazón del muerto y la arrojó con fuerza Titania a un barranco que, estaba del lado izquierdo.

No se había percatado aún de la presencia de Benny que la contemplaba en silencio; estaba parado en un montículo de tierra a unos metros por encima de ella, y tenía una extraña mirada de fuego.

Cuando Ágata se encontró con aquella mirada fulminante

se estremeció, era el mismo Benny físicamente, pero no estaba convencida de que fuera él mismo.

"¿Pasa algo, Ágata?", preguntó Benny con la misma mirada siniestra que Ágata vio en él.

Ágata se llevó las manos a las sienes, se negaba pensar en la idea de que su amigo estuviera ocultando algo. Se negaba a la idea de que fuera un impostor.

"¿Por qué lo asesinaron?", replicó, espantada.

El hombre muerto era el contacto del monje Sam; se había llevado a la tumba la información que tenía para ella.

Su amigo Benny se encontraba bajo un extraño estado de trance. Y la daga en el corazón del muerto era un misterio, pero ella estaba convencida de que su amigo no era un asesino.

Luego de aquel inesperado acontecimiento, los cuatro entraron a la taberna y pidieron algo para calmar la sed. Allí empezó la fiesta.

Alguna composición extraña contenían aquellas bebidas, porque despertaron al día siguiente en la casa del enojado anfitrión, y sin tener la mínima certeza de lo que había ocurrido.

El amanecer estaba próximo, el día comenzaba a clarearse cuando emprendieron su marcha. Ágata se sentía inquieta, no le gustó nada la idea de haberse quedado dormida en aquel sitio. Y no recordar por qué, le inquietaba aún más y, aunado a ello, el enviado del monje Sam muerto con la daga de Benny en el corazón, y el misterio que rodeaba al anfitrión de la casa donde recién habían despertado.

Con todo aquel enredo en mente taladrándole el cerebro,

atravesó con sus tres compañeros por un salón construido con bloques grandes de granito. Parecía un área de recreación, con juegos de mesa y piscinas individuales de mármol; había gente en el interior.

Ágata observó al misterioso hombre de la habitación en un solitario rincón; sostenía en la mano una copa de vino rojo, casi vacía; reflejaba amargura su semblante.

Sin el menor disimulo aquel hombre clavó su amarga mirada en Ágata. Haciendo uso de la razón, ella consideró prudente seguirse de largo y no enfrentarlo, aunque dedujo que no sería un tema fácil, ya que logró ver por el rabillo del ojo que el hombre furioso sacaba humo de la nariz.

Atravesaron el salón y salieron a un punto que daba al exterior, allí treparon una barda de granito, con la intención de brincar del otro lado.

"¡No te dejará ir!", dijo un hombre cuando tenían ya un pie en la cima antes de brincar.

"¡Él sabe qué no puede retenerte aquí!, pero está ciego de ira y quiere retenerte, aun sabiendo que ello le está prohibido", añadió el hombre con tono preocupado.

Casi por mandato divino, en ese instante Ágata recordó quién era aquel amargo hombre, estaba segura de haberlo visto en el Cubo Negro.

"Sé que no me quiere hacer daño; de hecho, sé que no me hará daño. Pero intenta retener aquí; pondrá obstáculos en mi camino para que yo misma desista de irme", dijo Ágata al recordar el código al que había tenido acceso anteriormente.

Dicho código revelaba que aquel hombre, guardián de aquella esfera, trataría de retenerla, pues intuía algo sobre los niños del cristal.

Cuando el velo de la revelación se descorrió, Ágata sospechó que él había sido el autor de toda la maraña relacionada con el muerto y la daga de su amigo Benny,

En aquel instante de reflexión sintió una opresión en el pecho. Sabía cuán vulnerable podía ser al encontrarse en una zona donde la señal para enviar el correspondiente llamado de socorro era inexistente, y a ello se sumaba el estado insólito de su compañero Benny.

Benny era en aquel momento literalmente un bebé, Ágata lo debía cuidar como tal. Benny caía en estado de angustia repentinamente, luego de lo que pasó en la habitación de la viuda Carmina; y por otra parte, el extraño misterio de su daga clavada en el corazón del enviado del monje Sam.

Ágata pensó en la posibilidad de que aquello era el método involuntario de Benny para recuperarse de tanto susto, y resolvió que buscar una respuesta sensata a ello estaba por demás. Concluyó que debía dejar a un lado el miedo de saberse vulnerable y decidió continuar con la misión sin perder la fe en su cometido; saldría de allí junto con su amigo Benny, cargándolo en el lomo si fuera necesario.

"No te abandonaré aquí, Benny; te lo prometo, amigo mío, saldremos con bien de esta", dijo a su pobre amigo, quien parecía no escucharla; estaba ausente, como ido de la mente.

LA PALA

Los obstáculos en los túneles del camino continuaron sin descanso. "Está tratando de retenernos este sujeto; pero, aunque ya no haya camino para seguir, no nos detendremos, abriremos con las uñas una brecha si es necesario, pero saldremos de aquí; no importa el trabajo que nos tome", dijo Ágata con convicción al recordarse a sí misma su posición y la misión a la que había sido llamada.

"Una de las barcas amigas podrá detectarnos si logramos abrir este canal de enlace, según los códigos que tengo", dijo Ágata con tono seguro.

Con el gesto de preocupación evidente en sus rostros cansados, los valientes jovencitos con herramienta en mano comenzaron con la tarea de abrir el camino.

Sorpresivamente, Ágata golpeó en un banco de aguamarina y, Lana Santana, la dama que custodiaba el Bosque Llorón –bosque de sauces–, por donde debían cruzar, según los códigos, apareció en escena: se trataba de un portal camuflado.

"¡¿Así qué tú eres la que sabe de los papiros de la antigua Ciudad del Coral!?", dijo con maliciosa mirada aquella mujer, de aspecto tan tenebrosos que, las puntas de su largo cabello blanco y fino, semejante a la tela de las arañas, arrastraban en el suelo.

"¡No sé de lo qué me hablas!", respondió Ágata con exquisita prudencia.

"¡Sí, sí sabes de lo qué te hablo! Tú sabes a lo qué se refieren esos códigos, los del Sarcófago del Escarabajo Dorado y la Cámara Sagrada", dijo la dama con tono seguro y peculiar tacto, esbozando una sonrisa chimuela y acariciándose sus esqueléticas manos.

A Ágata se le erizó la piel al recordar lo que podría significar que los códigos cayeran en manos carentes de virtud y bondad, y tragó saliva solo de pensarlo.

"¿Te refieres a los médicos?; creo que así se le llama a ese grupo que sabe curar los males ocasionados por el olvido", respondió Ágata en clave, recordando los códigos de su linaje que estaban ya activos en su memoria, y en su máximo esplendor en aquel momento.

"¡Pues si así se les llama a quienes están al cuidado de los niños, entonces esos son!", respondió Santana, la mujer que custodiaba el Bosque Llorón –un espeso bosque de sauces.

Ágata le mostró la insignia en respuesta; se trataba de la misma joya que le había entregado Arath López, el misterioso joven que había visto en la escalera de piedra cuando fue desterrada, y a quien más tarde volvió a ver en las esferas del Innombrable.

Por otro lado, había recibido información con anterioridad de parte de los amigos de Pipino Cande Bell sobre la enigmática mujer, quien, a pesar de su aspecto tenebroso y su carácter poco fiable era segura la conexión con ella.

La dama del Bosque Llorón, con un destello diabólico en sus arrugados ojos, tomó con temblorosas manos el broche de diamantes en forma de ocho que Ágata le entregó.

Con mirada embelesada, la mujer colocó rápidamente el broche en distintas posiciones. Ágata desconocía el mecanismo y la composición de las aleaciones de las que estaba hecha aquella misteriosa joya. Literalmente, la joya contenía el código para abrir una de las tantas puertas que existían en el Coral, a excepción de que esa no era cualquier puerta.

La mujer no perdió el tiempo y, con el mismo peculiar brillo en los ojos, dobló los picos del broche en diferentes posiciones, formando otra figura ante la atónita mirada de Ágata y sus tres compañeros

"¿Qué más tenemos?", preguntó Lana Santana con notable emoción, antes de devolverle el broche de diamantes en forma de ocho en su ya distinta forma.

Ágata sacó de su morral otro broche con piedras preciosas. "¡Tenemos este otro, y es para ti!", replicó

Lana Santana le arrebató rápidamente aquel otro broche y lo metió dentro del bolsillo del delantal que portaba, lanzando una mirada desconfiada a su alrededor.

Antes de partir, Ágata agradeció con sinceridad a la dama por su valiosa ayuda, ya que ella no estaba allí para juzgar a nadie.

A pesar de que la dama parecía jugar en ambos lados del río, Ágata tenía claro que eso no era de su incumbencia. Y, sabiéndose una persona dotaba de nobles principios, reconoció el trabajo de aquella mujer.

"Agradezco con sinceridad la valiosa ayuda que he recibido de ti. Te reconozco como una de las personas que han contribuido en la mejora de los mundos: como diría mi padre, Pipino Cande Bell; y así lo registraré", dijo con humilde sinceridad.

Capítulo 29 La Casa Amash

"La búsqueda de nuestro origen es el dulce jugo de la fruta que mantiene la satisfacción en las mentes de los filósofos".
– Lucas Pacioli

Ágata arribó a un denso bosque de sauces y pinos a bordo de una barca fabricada con una compleja aleación transparente.

El intenso perfume de coníferas que aquel bosque exhalaba, como si de un presagio se tratase, la distrajo por un instante y la llevó a rememor su tierna infancia junto a sus padres.

El aroma del bosque de la villa de Santa María de los Carbones, donde pasó sus primeros años de vida, penetró de golpe y con ímpetu en todos sus sentidos. Pero, nuevamente en ese instante melancólico, le asaltaron sus terrores y se sintió sola y perdida.

Persistió aún en su propósito y descendió de la barca amiga. Desorientada, caminó por un largo rato hasta que logró descifrar el código del punto dónde estaba.

El código indicaba que en aquel punto encontraría la Casa Amash, donde recibiría asistencia, según un acuerdo establecido con anterioridad. Apenas unas cuantas casonas se divisaban en las pequeñas lomas de aquel lugar.

Allí mismo, en el horizonte, un gentío dialogaba en la

entrada de una propiedad de extenso terreno. Ágata ubicó el sitio como el lugar indicado y con paso firme se dirigió loma arriba con dirección a aquella casona. En el camino fue abordada por un hombre de aspecto gentil, quien luego de presentarse amigablemente como unos de los suyos se ofreció a acompañarla a la Casa Amash. Dialogaron exclusivamente en los asuntos concernientes a la misión durante el trayecto.

La entrada de la Casa Amash era custodiada por un gigante y saludable árbol de maple. Ágata contempló con ferviente admiración la magnitud de aquel árbol; dotada de una extraordinaria sensibilidad, se sintió pequeña y frágil a su lado, mientras el viento soplaba y acariciaba su hermoso rostro tostado por el sol.

Presa de una bella emoción, tomó una gran bocanada del aire puro que se respiraba en aquel sitio. Y, antes de que la nostalgia invadiera su espíritu y la distrajera de su misión, se encaminó hacia la entrada junto con su gentil acompañante, un hombre llamado Víctor, quien amablemente se ofreció a acompañarla.

Una vez en la vieja casona Ágata se enfocó en observar con escrutinios ojos. Según el código al que tuvo acceso previamente, en aquella casa existía una ventana oculta, camuflada; y era seguro el paso allí.

Se dirigió sin perder el tiempo hacia la cocina y allí notó la señal esperada. Se trataba de una extraña caja de metal plateado con bastantes conexiones, empotrada en una pared.

Observó el sitio con discreción, tratando de no llamar la atención de quienes estaban llegando a la casona.

La gente que recién había llegado también observaba todo

aquel espacio, cosa por cosa literalmente revisaban.

Pensativa, frente a un escusado quebrado color rosa y paredes de talavera deterioradas, Ágata no pudo evitar pensar en la suerte que estaría sufriendo su entrañable amigo Azul, en manos del enemigo, y le brotaron las lágrimas de las muchas que tenía contenidas. "¿Saldremos con bien Azul y yo de todo este enredo?", se preguntó con infinita tristeza.

Pronto hubo más gente en la estancia, y volviendo abruptamente a aterrizar sus tristes pensamientos, Ágata notó que el par de jóvenes que estaban a cargo de aquella casona, no le dirigían a ella ni la mirada ni la palabra. En todo momento se habían dirigido a Víctor, el agente que gentilmente la acompañó.

Aquel momento la incomodó. Sintió de pronto una descarga de emociones, parte por su nostalgia, y parte por la indiferencia de aquellos jóvenes, quienes estaban más que atentos en el sofisticado equipo de cómputo que tenían en las manos.

Todo indicaba que la gente interesada en aquella casona estaba allí por la misma razón que Ágata. Dedujo entonces ante el posible escenario que, al tener la casa una de las ventanas secretas que había en del Coral, sus dueños venderían caro el paso por sus puertas. Y recordó la incógnita que debía manejar siempre para no poner en riesgo la misión y se apegó a esta fielmente.

No podía de ninguna manera perder la compostura y dejarse llevar por aquel mal momento que le recordaba su estancia en La Roca, a lado de su impostora madre, la señora Yoya, y su falsa familia, quienes con sus palabras mal sanas y la indiferencia que le proclamaron la lastimaron siempre.

“Conozco mi posición, y no me permitiré caer en trampas”, pensó ante la grosería de los presentes. “Algún día seré abono que alimentará esta tierra”, habló en clave; serena, con el aplomo que caracterizaba a la hija de Pipino Cande Bell, dejando asomar la firma de su casa. Le pidió al bueno de Víctor que tradujera lo dicho a los presentes, quienes al escuchar una clave en sus palabras pusieron sus asombrados ojos en ella.

Minutos después, se despidió afuera de la casona Amash de quien supuso sería el custodio de aquella casa, pero no recibió respuesta; el serio hombre ignoró su presencia y solo le dirigió unas secas palabras al agente Víctor.

Irritada por el descortés comportamiento de aquel majadero hombre, y sintiéndose repentinamente presa de un complot en su contra, dijo: “¿Viste? Este hombre ignoró mi comentario; ignoró mi saludo y todo acerca de mí, como si yo no existiera, o de lo contrario es que son ciegos y sordos, porque no ven ni escuchan”.

En virtud de que Víctor era el agente secreto designado para asistirla en la Casa Amash, pero, cuyo mandato le prohibía ahondar en dicho tema, por razones de seguridad, el buen agente trató de calmar la situación, pero no encontró en aquel momento ninguna respuesta sensata que pudiera responder a las dudas de Ágata.

“No es bueno para la Misión Artemisa 7 que hagas conexión directa con esta gente; son agentes encubierto y están muy vigilados. No te sientas incómoda; es mejor que pases desapercibida”, replicó el agente Víctor con fingido tono sereno.

Mas tarde, el mismo día, regresaron Víctor y ella a la casona nuevamente y, para su sorpresa, el descortés joven que le negó el saludo y la palabra anteriormente la recibió con una sonrisa tan grande como la de un cocodrilo después de haberse comido un gran postre –como solía decir a menudo Azul, cuando ambos robaban y se comían a hurtadillas la miel de las colmenas.

"¡Qué demonios con este hombre!", se limitó a pensar la dulce Ágata cuando este le extendió la mano y la llenó de atenciones cuando los vio arribar a la casona.

LA CATEDRAL.

Con el acceso seguro que tuvo en la casona Amash, luego que se hicieron los arreglos pertinentes para que ella continuara con la misión, Ágata entró a la Catedral de Monteely.

Se trataba de un singular edificio de estilo neogótico. Sus remarcables campanarios de unos 140 metros de altura, aproximadamente, se vislumbraban desde la lejanía. Dentro, su notable bóveda color celeste tachonada de estrellas de oro y una cantidad exorbitante de velas encendidas alumbraban las distintas galerías.

Ágata llegó a aquel sitio, como lo demandaba la misión, luego de la información que intercambió con el agente Víctor en la Casa Amash, y cuyo punto secreto era conocido como los Tulipanes Blancos. Se trataba, en realidad, de una antigua estación de tren ya olvidada por el paso del tiempo, que fungía como portal en aquella también olvidada esfera del Coral.

Sobre la Catedral de Monteely se rumoraba que solía estar muy llena a toda hora. Se decía que allí se daban cita misteriosos agentes secretos provenientes desde lejanos orientes, impulsados más por el amor al progreso de los pueblos que por cualquier otra razón. Ágata percibió aquel sano propósito en el mismo momento en que puso el pie dentro de aquella bellísima catedral.

No había luz eléctrica, se alumbraba aquel recinto con cirios encendidos, haciendo del ambiente un claro homenaje de luz y sombras. Ágata llevaba la instrucción de registrar todo a su paso. No hablar con nadie, ni actuar de modo extraño había sido la instrucción precisa.

Posterior a ello, enviaría la información correspondiente en código a todos los Huérfanos del Coral, cuando fuera posible un enlace seguro.

Se enfocó entonces exclusivamente en su objetivo, y pensó de buen ánimo: "Espero que ya me estén rastreando mis compañeros".

Sin prisa, se coló por los salones de la catedral tratando de pasar desapercibida; se dirigió hacia donde estaba el altar principal y se colocó a un costado de una preciosa y pesadísima puerta de madera labrada exquisitamente. Allí debía esperar a que los agentes hicieran contacto con ella.

Poco rato después de que llegó, durante su espera, presenció la ceremonia que se estaba llevando a cabo en la catedral.

Asombrada, miró a siete jóvenes vestidas de novia que entraron; una a una las vio pasar al concurrido salón.

Como algo curioso, llamó su atención que algunas de aquellas jóvenes –casi adolescentes– portaban un velo de color negro, al igual que una de las medias que usaban. Otras de las jóvenes, la mayoría, vestían completamente de blanco.

"¿Qué será esto?", se preguntó Ágata al contemplar el escenario en el altar.

Las siete jovencitas, ya arriba del escenario, estaban de pie junto al altar, frente a la gente.

"¿Son novias o quinceañeras estas jóvenes?, no me queda claro", se preguntó con curiosidad. "¿Y las qué traen puesto el vestido blanco y el velo negro?, supongo que será porque optaron por un estilo más personalizado", replicó ella misma su comentario, y suspiró con nostalgia al recordar a su amigo Azul –a ambos les gustaban esos dos colores, porque los relacionaban a la naturaleza, siempre presente, en la noche y en el día, en el sol y en la luna, en la alegría y en la tristeza.

Las siete jóvenes, quienes en realidad se desempeñaban como coristas en la Catedral de Monteely, una vez en sus tronos, es decir, en sus lugares, el órgano comenzó a tocar.

El público se deleitaba con la exquisitez de aquellas voces, como si hubieran sido los mismísimos ángeles quienes cantaban. De pronto, un movimiento sacó a Ágata de órbita en sus observaciones.

"¡Está temblando!", gimió, sobresaltada, al sentir el movimiento de las placas tectónicas literalmente bajo sus pies.

Levantó la mirada ante el sonoro crujido de techo y de los candelabros que colgaban majestuosamente de lo alto y que se movían como péndulos. "Pero ¿qué le pasará a esta gente que no se ha dado cuenta todavía que está temblando?", se preguntó, inquieta, ante la indiferencia de aquella multitud.

Aquella gente no había hecho el menor de los casos, como sabiéndose dentro de una bóveda indestructible.

"Será mejor salir de aquí, es lo más sano que puedo hacer", pensó Ágata haciendo uso de la razón.

Sin pensarlo mucho se abrió paso entre una multitud

indiferente y salió por la puerta principal. Afuera, notó una atmósfera gris que evidenciaba una tormenta por caer; impulsada por la intuición, levantó la mirada para cerciorarse de no estar cercana a edificios que pudieran caer sobre ella, pero lo único que vio fueron cables.

Allí no había ninguna otra construcción, salvo la Catedral de Monteely, y una interminable hilera de cables que se extendían hasta el horizonte, y en cuyo final se divisaban cientos de enormes torres de electricidad que, como gigantes se alzaban en la lejanía.

Aquel sitio se ubicaba en una calle ancha y semi plana. Atenta a todo lo que ocurría a su alrededor, Ágata siguió con la mirada a las personas que caminaban por el área, la mayoría de ellos iban calle abajo, y otros pocos en sentido opuesto.

Luego de un pequeño dialogo sin importancia que sostuvo con una mujer afuera de la Catedral de Monteely, arribó el agente que con ansia Ágata esperaba; el agente le daría noticias sobre la búsqueda de su querido amigo Azul; y, por otro lado, le indicaría el lugar asignado para continuar con la misión.

Ágata encontró saludable olvidarse por un momento de todas las cosas personales que la atormentaban, y decidida a que así fuera se concentró en los datos que estudiaría sobre la misión. Sin mucha demora hizo el trato con las jovencitas coristas de la catedral. Posterior a ello, por medio del agente que había llegado a encontrarla, un enviado del monje Sam, se hicieron los arreglos correspondientes.

Ágata desconocía en aquel momento que el grupo de las siete jovencitas tenía acceso a un alimento especial y complejo, del que se decía que poseía la capacidad de curar muchos males.

Ágata necesitaba alimentarse y descansar para seguir con la misión, y no dio pauta a la duda. Y, por otro lado, llevaría a cabo la tarea de liberar de su prisión a una enigmática líder y al grupo que comandaba. Se encontraban en cautiverio, en calidad de prisioneras en su propia propiedad. A cambio de semejante compromiso obtendría de parte de aquella poderosa líder los códigos correspondientes para liberar al bueno de Azul.

Se acordó en el trato que las jóvenes coristas burlarían al terrible guardia para distraerlo, mientras Ágata se acercaría al vórtice de entrada sin ser vista. Se trataba de un campo magnético de naturaleza compleja que circundaba un edificio rodeado de jardines.

Lamentablemente, para llevar a cabo aquella misión, la dulce Ágata debía renunciar a su larga cabellera oscura y ocultar su identidad bajo la camisa de un varón.

“Nunca me ha gustado peinarme como niño, y por alguna razón que desconozco siempre he sentido una rara sensación cuando me cortan el cabello”, dijo, sintiendo una punzada en el estómago al ver caer su larga y brillante cabellera al piso.

Una vez que terminó la irritable sesión salió del cuarto del hombre que apodaban el peluquero matemático.

Pensativa, se dirigió calle abajo, entre los callejones de aquella tierra melancólica. Durante el trayecto pasó cerca de un ventanal y observó su imagen reflejada en el vidrio; aquel reflejo le recordó sus años de adolescencia, cuando estuvo prisionera en La Roca bajo las órdenes de la señora Yoya, su falsa madre.

Aquella malvada mujer se ensañó muchas veces con la pobre

Ágata, cortándole el cabello como a un niño, porque sabía cuánto la irritaba.

Capítulo 30 El Puente de la Muerte

"El libro es fuerza, es valor, es alimento; antorcha del pensamiento y manantial del amor".
–Rubén Darío

Ágata se dispuso a leer el libro que secretamenete le fue enviado:

"En un lugar de la montaña, un par de simpáticos réptiles dialogaban animadamente para apaciguar los ánimos.

– ¡Qué demonios!, oye, Polo, ¿y qué fenómeno será este?

– Se llama 'autonomía caudal', muchacho distraído.

– ¡No me refiero a la perdida de nuestra cola! Ayer estábamos asándonos de calor, y hoy el cielo parece estarse cayendo.

– Ah, es eso. Entonces te refrieres a los fenómenos atmosféricos. Bueno, no sé mucho del tema porque apenas sé leer y escribir, pero el clima ha sufrido cambios importantes a lo largo de la historia de la Tierra, debido a causas naturales, pero también a otros factores..., algo escuché sobre el 'Acuerdo de País'.

– Ah, sí, yo también escuché los rumores. Bueno, visto desde mi perspectiva y dado este fenómeno latente en puerta, si no tienes nada qué hacer afuera, sugiero moler café y quedarnos en casa a estudiar un poco.

– Entendido, maestro. ¿El café sin azúcar como siempre?

– Sí, como siempre, y que el agua alcance su temperatura, sin llegar a hervir, para no echar a perder el grano y amargar el café".

Ágata terminó de leer las líneas del fragmento del libro que misteriosamente había llegado a sus manos mientras esperaba instrucciones. De pronto, escuchó un zumbido semejante al de un enjambre de miles de abejas.

En aquel inesperado instante se produjo un destello de luz brillante que casi la vuelve loca.

"¿Qué demonios es esto?", exclamó.

Se vio a sí misma girando a una velocidad indescriptible dentro de algo semejante a un astro radiante, mientras el zumbido de miles de abejas resonaba en sus tímpanos como un sonoro eco.

Se trataba del misterioso vórtice que atravesó. Las siete jovencitas del coro distrajeron al guardia, tal como lo habían acordado con anterioridad, y lograron camuflar a Ágata hasta la entrada del punto del objetivo.

Luego de aquella experiencia tan compleja, tardó un buen rato en ajustarse mentalmente, y la imagen del monje Sam fue lo primero que le vino a la memoria.

Una vez en aquel misterioso lugar, después de haber cruzado el complejo campo magnético, vio frente a ella a dos lagartijas que tomaban el sol, ajenas a los mundos y sus problemas.

Todavía atarantada por el suceso anterior, Ágata miró al par de réptiles con ojos de sorpresa.

"Qué curiosa casualidad", exclamó, rememorando el

fragmento del libro recién leído.

A pesar de lo atarantada que aún se sentía, logró ponerse de pie y, como guiada por una intuición, se encaminó a velocidad de rayo, atravesando los silenciosos jardines hasta la entrada de un edificio sombrío de tabique rojo.

En virtud de los acuerdos anticipados que el monje Sam hizo, rendida de emoción y cansancio, pero con el coraje y el entusiasmo de un niño, Ágata entró sin temor en aquel extraño complejo; allí fue retenida por un grupo de personas de notoria musculatura corporal, mujeres, todas.

Después de haberles dado el código que el monje Sam les había enviado, con la discreción que ameritaba el momento, y mientras esperaba instrucciones, le echó un vistazo a un pequeño –el único niño allí–, que se notaba profundamente concentrado decorando galletas.

Con ojos llenos de intriga, Ágata miró al niño, que con esmero y de manera muy artística se desenvolvía en su empresa. Repetía su técnica una y otra vez, y estaba tan concentrado en su obra que, parecía una estatua de mármol, ni las pestañas movía. Denotaba una actitud como si se tratara de una persona mayor y no de un niño; era apenas un bebé de aproximadamente dos o tres años.

Aterrizó sus pensamientos cuando escuchó rumores muy quedos en la lejanía. Se hablaba de un par de mujeres que habían llegado al Coral, procedentes de un lugar llamado Anáhuac. Las voces provenían del salón contiguo; había varios salones, pero aquellas surgían del que tenía un par de columnas simples (dóricas) en la entrada y cuya llamativa puerta de cristal era de color bermellón.

Al escuchar el nombre de 'Anáhuac', mencionado en una de las cartas de su ancestro, Ágata se preguntó tantas cosas que, optó mejor en trabajar con su respiración.

"No vaya a darme un infarto de tanto susto, con las apariciones de mi ancestro Pipino Cande Bell tengo", dijo en broma para apaciguar sus nervios.

Por otro lado, no pudo evitar fijar su mirada en lo que estaba frente a ella; se trataba de unas pozas o calderas que le recordaron un punto del planeta Tierra 11 llamado Piedra Amarilla, durante un eclipse de sol que presenció en el Cubo Negro.

Su imaginación se perdía a menudo en un enredo de pensamientos combinados, debido a todas las cosas a las que había tenido acceso en La Roca y, sumando a ello, a la herencia ancestral de información que, como ráfagas, llegaba a la memoria de los huérfanos legítimos del Coral.

Abruptamente, una joven que fungía como guardia se levantó de su puesto y caminó de prisa con dirección al rincón donde se encontraba otro grupo de mujeres. Ágata volvió a interrumpir sus pensamientos de golpe y prestó atención al cuadro frente a ella.

"No me obligues a ir por ti, y arrastrarte como a un bulto de papas hasta aquí. Te advierto que lo haré si no vienes por ti misma. A mí me irá mal si no obedeces la instrucción, y no estoy dispuesta a ser castigada nuevamente. Así que, si me obligas, te prometo que te traeré a rastras", dijo con potente voz la joven que fungía como guardia en aquel complejo lugar.

"¿Qué demonios será esto?", se preguntó Ágata ante aquel extraño cuadro.

Pero guardó silencio haciendo uso de la razón. "No estoy ahorita para cargar con más demonios ajenos", pensó, y estuvo atenta sin intervenir en nada, recordando la instrucción enviada del monje Sam.

Después de un rato, no muy prolongado, apareció en escena la líder de aquel recinto, cuya belleza magistral, elegancia y juventud no pasaba desapercibida, al igual que las otras jóvenes que se encontraban allí.

Imitando el paso sereno de los gatos, la líder se aproximó a Ágata y le extendió la palma de la mano esbozando una sonrisa discreta, al mismo tiempo que guiñó un ojo, y le preguntó con cálida voz si estaba lista para la sesión de fotos y video que le tomaría como modelo.

Para Ágata no estaba muy clara su situación con la líder, porque Sam no le dio ningún detalle del caso, le advirtió que era mejor para ella mantenerse al margen de todo. Le había hecho hincapié con carácter vital en obedecer todo lo que la líder le instruyera, era la única garantía que había para sacar a Azul de su tormentoso estado.

Luego de haberse anunciado la sesión de fotos, como si aquello representara una clave, se escuchó un tremendo alboroto en el salón.

Instantes después de lo ocurrido, Ágata fue llamada por la líder y la llevaron al punto donde se llevaría a cabo lo anunciado. El sitio era un galerón con techos muy altos, y los llamativos tonos otoñales, súper brillantes en su atmósfera, semejaban el ambiente de un estudio de ciencia ficción.

Obediente a la instrucción, Ágata en calidad de modelo se colocó como la líder le indicó que lo hiciera para dar comienzo al evento.

En aquel acto, le salpicaron el rostro con agua cristalina y, como aquello ocurrió de manera repentina, recibió el balde de agua con un clarísimo gesto de inocente sorpresa. Así fue captado su rostro; con aquel gesto que iluminó el escenario terminó la sesión fotográfica.

La líder estaba satisfecha con Ágata y, aunque no mostraba abiertamente su simpatía por ella, era evidente la buena estima que le tenía.

Pasaron los días, y Ágata no tenía aún la menor idea de cuánto tiempo más debía permanecer en aquel lugar; de hecho, ya no tenía conciencia del tiempo que había transcurrido. Aquello lo tomó como una señal extraña que empezó a aguijonearle seriamente la cabeza, al no encontrar una respuesta sensata sobre lo qué le estaba ocurriendo.

Por otro lado, aunque no se sentía prisionera, sí la vigilaban; no había recibido la información completa y debía ser paciente y esperar para salir y darle frente al enemigo.

En los días que permaneció en aquel sitio, intrigada, notó que entraban y salían mujeres de los distintos salones que tenían puertas octagonales; sin embargo, del edificio al exterior, es decir, a la calle, nadie salía ni entraba.

Se preguntó por el complejo método de acceso por el que había llegado, pero no sabía aún cómo saldría de allí.

Con el transcurso de los días, Ágata comenzó a sentirse más familiarizada con aquel misterioso grupo de mujeres. Y un día, se sintió de pronto acometida por un sueño indomable del que no pudo escapar.

Al otro día, cuando despertó, el notable vigor en su rostro

delataba la batalla victoriosa que sostuvo con sus fantasmas durante ese periodo de sueño. Por otra parte, notó que ya no la vigilaban, y tuvo la sensación de que contaba con la venia y la protección de la líder principal de aquel misterioso grupo de bellas mujeres.

Y, como un buen augurio, recuperada durante las horas de sueño, de pronto se sintió con una fuerza que no había sentido nunca. Como si se hubiera encendido una cavidad en su interior, durante aquellas horas alcanzó un claro entendimiento de su identidad y su lugar de pertenencia.

La pusieron entonces al tanto de las cosas permitidas a saber. Aquello vivificó su fe en sus ideales y la esperanza en un nuevo amanecer. Y asumió que, en virtud de lo bueno, tenía que quedar registrada en la historia del cosmos la barbarie ocurrida en el Coral. Tenía la obligación de terminar la Misión Artemisa 7.

Estaba lista para salir de aquella cámara como lo demandaba la instrucción, y nadie, ni siquiera el sanguinario guardián que custodiaba la única salida se lo impediría.

Por otro lado, había hecho buena amistad con la líder durante ese tiempo y hasta comía del manjar libremente –se trataba de bocadillos dulces, y a simple vista delicios.

No tardaron mucho los rumores que envolvían a Ágata y los otros huérfanos. Partiría a resolver la vital misión pendiente, porque, dada la lealtad que había guiado su vida desde el primer instante en que tomó conciencia y vio la luz de su verdad, debía cumplirla al pie de la letra.

Aquellas damas, convencidas del carácter de Ágata, asumieron con certeza que a Ágata nada la detendría hasta completar su cometido. "Ella es una modelo de los Huérfanos del Coral; de esa manera son los auténticos. De esa manera operan, siempre valientes; leales a los principios que sostienen su obra", dijo con admirado tono la líder.

Después de comer nuevamente del dulce especial, cuyas propiedades le dieron a Ágata semejantes fuerzas hercúleas para seguir de pie, salió de la cámara del recinto, escalones abajo. Decidida, con mucha precaución, atenta en todo momento fue bajando uno a uno aquellos ásperos escalones de laja roja que conducían a un sótano.

A esas alturas de la misión, su rostro y todo en ella ya revelaban un temperamento perfectamente equilibrado.

Descendió sin percances hasta el sótano, cuya temperatura recordaba a los congeladores de las morgues. Allí sintió temor al percibir su propia soledad y se le heló la sangre de espanto. Pero estaba decidida. "Para atrás ni un paso", se dijo con firmeza. Y se enfrentó a aquel sombrío escenario con valor y determinación. Allí libró la batalla con el guardia..., al que tuvo que arrancarle la cabeza literalmente; de otro modo, habría sido ella su almuerzo.

Liberada de aquellas ataduras que le impedían el paso, pronto se vio a campo abierto; llevaba la cabeza recién cortada del guardia en las manos. Sabía de antemano el deber que tenía con aquella cosa tan grotesca en su poder; debía llevar esa cabeza a un punto específico para usar los códigos del enemigo y se enfocó exclusivamente en ello.

Siguiendo las coordenadas que le habían sido dadas para aquel momento, Ágata corrió a velocidad de jaguar con la cabeza del guardia dentro de algo semejante a un saco hecho de palma.

Luego de semejante carrera, con la boca seca y el corazón a punto de estallarle, llegó a un sitio donde el protagonista era un puente larguísimo que cruzaba un río con aguas de extraño colorido –colores otoñales súper brillantes–. Todo allí parecía un lugar semejante a un estudio con efectos especiales de ciencia ficción.

Ágata estaba consciente de que aquella cabeza hablaría y la delataría si ella no la depositaba en el lugar indicado. Por otro lado, el código de esa cabeza abriría el portal donde había sido reclutado su querido amigo Azul y, según el convenio, también desactivaría los códigos del campo magnético que mantenía al complejo de la líder Tamara y a su grupo en cautiverio.

"¡Ah, no! ¡Justo ahora, cuando ya había llegado a Tierra Santa!", exclamó la cabeza del hombre que Ágata llevaba en las manos.

Afortunadamente, no retrocedió a pesar del espanto que la voz de aquella cabeza le causó; continuó sin vacilar con el objetivo que llevaba en mente. Debía cruzar ese puente y, con fuerza titánica, arrojar la cabeza antes de llegar al otro extremo del río, cuyas aguas se hallaban bajo un haz de rayos luminosos.

El puente estaba elevado a poco más de un metro sobre el nivel del río. Antes de cruzarlo, Ágata escuchó a la cabeza hablar nuevamente: "¡Este es el Puente de la Muerte! ¿A poco lo vas a cruzar?".

Ágata no dio importancia al escalofriante susurro que escuchó. La valiente jovencita no permitió que sus temores la asaltaran de nuevo y siguió firme en su carrera.

Sin vacilar, dio el primer paso sobre el puente. Dotada con

fuerzas hercúleas, desconocidas hasta entonces para ella, caminó con paso seguro hacia el otro extremo.

Una vez a escasos centímetros de alcanzarlo, se detuvo de golpe y giró su cuerpo ciento ochenta grados, lanzando al mismo tiempo la cabeza al río con toda su fuerza. La cabeza cayó al agua y, de inmediato, el río la vomitó literalmente.

Estupefacta y muda de admiración, Ágata vio cómo el río lanzó la cabeza con potente fuerza hacia el aire, semejante al estallido de un poderoso géiser.

La cabeza salió del río disparada con una fuerza potentísima, al mismo tiempo que la atmósfera y aquellas aguas se iluminaba con distintos tonos de luz otoñal. Seguido de aquel misterioso fenómeno, Ágata sintió una fuerza descomunal que la impulsó, como si fuera un imán, literalmente de regreso al punto de origen de aquel puente.

Tan pálida como un muerto luego de lo acontecido, Ágata regresó al punto de la galería.

Después de haber llevado a cabo tan inusual tarea, tenía un millón de dudas taladrándole el cerebro, pero no tenía autorizado preguntar de más, dado lo delicado del tema. Decidió parar su dialogo interno y no hondar más en suposiciones, debía enfocarse exclusivamente en la misión. Había cumplido con el acuerdo, se había desecho de la cabeza del guardia como le fue indicado.

Y en virtud de lo acordado, la compleja cabeza parlante abriría el portal donde Azul estaba.

La líder obtendría el acceso a los códigos de la cabeza del enemigo, y uno de aquellos códigos era el pase de salida del cautiverio de su querido amigo Azul.

La galería del antes impenetrable edificio de tabique rojo estaba abierta cuando Ágata llegó. Sumida aún en sus pensamientos deambuló dentro de aquel espacio por un rato. Aquel lugar siempre fue muy calmado, así que, no le pareció extraño que hubiera tanto silencio.

De pronto, con ojos de asombro, vio que las paredes tenían grietas que no había visto antes. Buscó un mejor ángulo para su análisis; gimió, exsaltada, al percatarse de que en realidad se trataba de pequeñas criptas en la pared.

"¿Por qué estarían estas mujeres en cautiverio? ¿Para quién trabaja esta gente?", se preguntó, curiosa.

Posterior a su observación, con incertidumbre, se postró en una silla que alcanzó casi de manera automática; cerró los ojos y se llevó una gran bocanada de aire a los pulmones con la intención de calmar su inquieta mente y lograr hacer un análisis más profundo de lo que allí estaba presenciando.

Al poco rato, arribaron agentes al sitio y Ágata se vio obligada a interrumpir su tarea. Los agentes recién llegados investigaban a la líder y al grupo de la galería; todo indicaba que estaban involucradas con una comunidad científica independiente, cuyo origen era desconocido en las esferas del Coral.

Aquel enigmático grupo de mujeres había obtenido poderosísima información confidencial que utilizaba para acceder a códigos secretos; por lo tanto, eran consideradas enemigas del sistema establecido.

Ágata tenía instrucciones precisas de no inmiscuirse y actuar con diplomacia y discreción.

La líder, Tamara Montenegro, junto con su grupo de jóvenes se encontraba en cautiverio, prisionera en sus propias instalaciones por causas misteriosas.

Ágata tuvo que respetar el acuerdo previo que el monje Sam había hecho con ellas. El punto donde se encontraban había permanecido sellado por años; por eso, Ágata nunca vio a nadie entrar o salir de aquel edificio.

Por otra parte, el vórtice que Ágata atravesó para llegar hasta ellas, además de haberla dejado exhausta, también la debilitó. Por ello estuvo tan vulnerable como una criatura recién nacida durante las primeras semanas de su arribo.

La líder y su grupo habían cuidado de ella hasta que recuperó la fuerza necesaria para enfrentar la misión.

Ágata no obtuvo mucha información con respecto a la dinámica de aquella líder y su grupo; solo sabía que mantenían conexión con la comunidad científica que operaba de manera independiente en el Coral.

De cualquier manera, Ágata tenía la encomienda de liberar a la líder Tamara y a su grupo, y la única forma de lograrlo era descender al sótano y darle muerte al enemigo: su cabeza abriría códigos vitales.

Afortunadamente, uno de aquellos agentes que se habían presentado en la galería era uno de los leales infiltrados del monje Sam y, con discreción, le mostró un periódico con la información concerniente al caso.

"Justamente por esto entré a investigar, ¿qué tal? ¡Soy Artemisa!", dijo Ágata, entendiendo el código del infiltrado del monje y señalando la misma nota del periódico.

Aquel mismo caluroso día, antes de que la tarde cayera,

luego de haber logrado descifrar el mensaje que estaba oculto en código y que encontró en las criptas de las paredes de la galería, se reunió con la líder y su grupo de jovencitas.

El sitio donde recién arribó, luego de su descubrimiento, se ubicaba en unas cavernas de granito, dentro de una cámara circular donde una luz alumbraba como un astro radiante.

Antes de llegar al punto descrito Ágata tuvo que atravesar una parte de aquellas cavernas en oscuridad, apenas alumbradas por una tenue luz que se filtraba por algunas grietas.

Cerca de una enorme escalera de laja en forma de caracol, que ascendía, y por donde se colaba una luz blanca desde el interior, Ágata se detuvo. No se tenía ninguna otra visión desde aquel ángulo, pues, al tratarse de una escalera curva, solo se percibía un ligero reflejo de luz en la sombra de la piedra.

Allí la abordaron dos menores que aparecieron de pronto entre la oscuridad.

Aquella aparición, semejante a un holograma, le provocó frío, seguido de un sobresalto que la sacudió al percibirse a sí misma en medio de tanto silencio, dentro de aquel espacio tenebroso y helado.

Recuperó la compostura luego de un momento tormentoso que le pareció eterno. Resolvió, como solía hacerlo, que para aparecidos tenía suficiente con el fantasma de su pentabuelo, Pipino Cande Bell.

Los niños se esfumaron de la misma manera tan abrupta como habían aparecido.

Tras aquel pensamiento reflexivo que alimentó su serenidad, Ágata se aproximó a los tenebrosos escalones.

Con confianza ascendió la escalera curva y se dirigió a la primera galería que vio. En aquel preciso momento, la cámara se iluminó, cambiando la tonalidad anterior por sutiles matices verdes.

Posterior a ello, la líder Tamara Montenegro apareció en escena y caminó serenamente hacia lo que parecía un mecanismo de controles situado en una esquina del salón. Con el mismo gesto sereno en su bellísimo rostro de porcelana, tomó uno de aquellos controles y manipuló la luz, trasformando la atmósfera en tonos otoñales.

En ese momento, como si aquella luz hubiera encendido una lámpara dentro de su cabeza, Ágata comprendió, sin muchas explicaciones, que debía registrar las estaciones del año en aquel complejo paraje antes de partir.

Según los códigos ocultos en la cabeza del enemigo, para que se activara el mecanismo correspondiente del punto donde debía recoger información fidedigna sobre su querido amigo Azul, era menester registrar en su memoria las estaciones para abrir los códigos de las esferas que debía transitar.

Mas tarde, se marcharon todos tomando como referencia la ruta de un lago, tal como lo demandaba la instrucción.

Capítulo 31 El Agente Akiro

"Cada vez que lo consideres necesario enciende un sueño y déjalo arder en ti".
–Wiliam Shakespeare

Con la llave en mano –el broche de diamantes en forma de ocho–, Ágata logró activar el código que protegía de toda indiscreción aquel sitio.

Se dirigió entonces por un largo pasillo que la condujo a una salida donde había una luz potente que alumbraba en todo su esplendor. En el costado izquierdo había un corredor con mostradores y ventanillas de cristal. Casi por intuición, se detuvo antes de cruzar por aquel extraño pasaje y pidió autorización haciendo una señal con la mano al único agente que vio.

El agente, que estaba en uno de los cubículos detrás de los cristales, la miró directamente a los ojos y movió la cabeza en señal de aprobación.

Entendiendo la señal, Ágata caminó con paso firme por aquel corredor, luego de que el hombre la autorizara. El agente tenía un teléfono en la mano y hablaba con alguien.

Ágata percibió una sensación extraña en la planta de los pies en el momento en que cruzaba por aquel pasillo y, súbitamente, llegaron como ráfagas a su memoria sus viejos zapatos favoritos, los que solía usar de niña cuando vivía con sus padres, antes de la tragedia que la dejó huérfana.

"¿Por qué siento que no piso el suelo con estos zapatos que traigo puestos? ¡Están súper ligeros! ¡Ah, siento que floto!", exclamó en un estado de sobreexcitación indescriptible.

Miró luego con discreción el interior de aquellas ventanillas de cristal, en parte por curiosidad y en parte para apaciguar su temple al sentir la mirada escudriñadora directa en ella del único agente presente.

"Me informaron que tomaste la Misión Artemisa 7 de manera personal, es decir, por decisión propia. Me dará gusto que los maestros sean de gran ayuda para ti", dijo el agente con voz enronquecida y llena de emoción, justo unos metros antes de que Ágata pasara frente a su ventanilla.

"Eso espero yo también", murmuró Ágata en lengua extranjera.

"¿Qué hoy no me vas a saludar? ¡Ya has pasado dos veces por aquí!", añadió el agente con exquisito timbre calmado.

Ágata recordó un código en aquel instante y detuvo su paso en el alumbrado pasillo. "¿Y cuándo fue la primera? No me acuerdo", pensó en voz alta.

Volvió entonces el rostro noventa grados y sostuvo por un instante la mirada serena del agente que la contemplaba. De pronto, el hombre pareció turbarse, como si hubiera visto algo inesperado, y súbitamente su semblante tomó un tono más pálido y sus ojos brillaron con extraordinario fulgor.

Como si de un rayo de esperanza se tratase, aquel gesto que Ágata vio asomarse en la mirada del agente, la impulsó a ofrecerle, con sincero sentimiento, la palma de su mano. El agente la estrechó con un gesto profundo de respeto y salió apresurado de su cubículo con ambos brazos extendidos.

Casi por intuición, Ágata le dio un gran abrazo y, en ese acto, ambos –el agente y ella– se reconocieron con el sello legítimo del linaje de los Huérfanos del Coral.

"Antes que nada, te recomiendo el más absoluto secreto. ¿Entiendes a lo qué me refiero? Hay muchos intereses de por medio en el cosmos que sugieren que no salgas de aquí; si ellos supieran que ya has tenido nuevamente acceso a estos códigos no vacilarían en enviar un ejército entero tras de ti. Por lo tanto, Ágata Bell, guarda el más impenetrable sigilo acerca de lo que sabes.", dijo con tono serio el agente de nombre Akiro y, tras un profundo suspiro, la despidió deseándole buenos vientos en la misión.

Por otra parte, todo indicaba que las jóvenes que cantaban en el coro de la Catedral de Monteely tenían un brazalete hecho de aleaciones complejas y sofisticadas, con el código de acceso a la catedral, donde habían contactado con Ágata.

"¿Qué secretos y vínculos misteriosos envuelven a la líder Tamara y a su grupo de siete coristas con la Catedral de Monteely y con el agente Akiro?", se preguntó Ágata, curiosa, meditando los últimos acontecimientos.

Recordaba con la claridad de un día soleado que, cuando estuvo en el recinto de la líder Tamara y su grupo en cautiverio, luego de haber estado bajo el embrujo de un sueño del que no pudo liberarse, tuvo nuevamente contacto, de forma misteriosa, con el Cubo Negro, que le transmitió información vital y peculiares imágenes de sí misma.

En aquel momento, a Ágata le costó reponerse del susto

luego de ver que, por un pequeño orificio en su brazo derecho –que se cerró de inmediato–, salieron diminutas arañas azules de menos de un milímetro. Del mismo modo, no fue una tarea fácil para ella digerir la información que recibió sobre los códigos del Coral y su relación con la telaraña de aquellas arañas azules.

Mas tarde, luego de su encuentro con el agente Akiro y la exitosa conexión que hizo por medio de aquella misteriosa red de telarañas, Ágata acudió a la cita. El punto destinado fue en una taberna oculta en las afueras de una ciudad olvidada.

Llevaba todo registrado en su memoria de acuerdo con los últimos códigos que había obtenido.

Ya la esperaban los discretos contactos de su padre –el escultor desaparecido, Pipino Cande Bell–. Después de que intercambiaron los códigos de identificación, uno de los compañeros de su padre, apresurado, le entregó un morral de lana de llama y un libro viejo, con escritura arcaica en sus amarillentas páginas y, con absoluta seriedad, le hizo hincapié en que pusiera mucha atención al contenido que se le estaba entregando.

Ágata abrió el libro; además de letras, tenía imágenes en su interior: se trataba de retratos grabados en blanco y negro.

"¡Un momento!", lanzó un grito de sorpresa al ver el rostro de una mujer impreso en una página del libro. "¡Yo conozco a esta mujer! Es la misma que está cantando en el escenario de esta taberna".

Incrédula ante aquella evidencia, Ágata giró la cabeza en torno a la mujer que cantaba en el escenario. "¿Cómo es esto posible? Es evidente que la foto fue tomada en otro tiempo,

¡pero es la misma persona!", dijo.

"Así es, querida Ágata, como lo habrás notado ya; nosotros podemos estar en diferentes lugares a la vez", replicó con tono sereno quien fue compañero de su padre.

Ágata se sobrepuso de su asombro y guardó nuevamente la compostura; los mimos de niña habían quedado en el pasado, y lo tenía muy presente. Ella era responsable de continuar con la Misión Artemisa 7 y enviar la señal de rescate de cuantos huérfanos fuera posible.

"Te daré la clave para que encuentres las pistas de la información que necesitas. Del resto de la misión ya sabes lo que debes hacer estando en tu posición. Recuerda siempre que debes buscar en los números impares", dijo el compañero de su padre, sacándola abruptamente de sus pensamientos que divagaban en su áspero camino andado.

Después de obtener información sumamente valiosa, antes de partir en busca de aquellas claves, se llevó una gran bocanada de aire que expulsó poco a poco mientras meditaba sobre los hechos. Luego se marchó a toda prisa de la taberna con el morral colgado al hombro y el pequeño libro viejo entre las manos.

No tardó mucho en llegar al sitio indicado; se trataba de unas escaleras de laja roja a campo abierto. Contó el número de escalones según las indicaciones recibidas y tomó el impar; así fue bajando poco a poco por aquella escalera hasta que se abrió una cámara oculta frente a un edificio. Encontró apropiado sentarse en una banca de piedra que estaba frente a la entrada de aquel silencioso edificio.

En espera de que algo ocurriera, notó, sin mucho asombro,

que había una cámara camuflada como un búho sobre la entrada. "Tal parece que me están filmando", pensó, y clavó una mirada inquisidora en los ojos del búho que, supuso sería el vigilante silencioso.

En seguida, como si hubieran escuchado del otro lado sus pensamientos, las puertas del edificio se abrieron de par en par dejando al descubierto un enorme patio en su interior. Ágata, sin vacilar, valiente, se encaminó directamente al interior. Llevaba los ojos puestos hasta en la espalda, como táctica de sobrevivencia.

"La naturaleza dotó a las arañas de tener ojos en todos lados", susurró al recordar los ocho ojos que tienen algunas especies de arañas.

Solía recordarlo siempre, había aprendido mucho de esas sabias tejedoras cuando estuvo castigada tantas veces en La Roca; de hecho, las consideraba sus mejores amigas y, de alguna forma lo eran. Había pasado más tiempo con aquellas criaturas en su tierna infancia que con personas.

De pronto, se encontró dentro de un sitio donde el agua azufrada revuelta le causó una sensación nauseabunda que evitó que se lanzara donde un gentío nadaba, ajena a su presencia y a su entorno. Algo raro sucedía con aquella gente: nadie le hablaba, como si ella fuese un fantasma; o, de otra manera, los fantasmas eran ellos. Tragó saliva, desconcertada, luego de meditar profundamente en esa descabellada posibilidad, pero, al fin y al cabo, una posibilidad.

"¡Todos los números juegan!", dijo luego de una profunda reflexión.

Se sacudió la cabeza con gentileza ante aquella descabellada idea y, tomó el camino de regreso al edificio principal para buscar alguna señal que la guiara, pero se percató pronto de que allí no había ninguna otra salida. "¿Y ahora por dónde?", se preguntó, desconcertada, al no saber por dónde seguir.

Aquel lugar era un sitio cerrado, tenía patios, algo de bosque y piscinas de aspecto extrañísimo. Y los habitantes parecían estar locos, o algo parecido a la locura; deambulaban con la mirada ausente.

De pronto, entre aquella gente uno hombre susurró con timbre sereno:

"¡Ven, Ágata! ¡Tú sí puedes entrar aquí!",

"¡Ella no puede entrar aquí! ¿O qué es lo que nos ha traído?", dijo otra voz masculina.

"¡Qué no nos ha traído!", replicó el primero.

"¡Por todos los cielos! ¿Qué nos ha traído esta jovencita? ¡Nos ha traído tanto!", dijo el mismo hombre con euforia.

Ágata, pensó en la red de contactos del monje Sam y, casi por intuición, siguió al amable hombre que con discreción la guiaba. Luego de caminar algunos kilómetros arribaron a un lugar oculto entre rocas, cuya entrada se encontraba camuflada con abundante follaje verde. El hombre tocó la roca con una clave y se abrió una puerta al interior. La entrada de aquel recinto, semioscura, se visualizaba como un túnel.

Posterior a ello, el guía entró en calidad de jaguar, literalmente a gatas, y Ágata lo siguió sin chistar, pero ella se colocó en cuclillas, recordando la instrucción de los papiros amarillentos a los que había tenido previamente acceso.

Ágata, con cada paso que daba se sentía profundamente exaltada, como si supiera que estaba cada vez más cerca de algo grandioso.

Una tenue luz ámbar alumbraba todo aquel sitio. Ágata siguió avanzando en posición de cuclillas y, asombradísima, dejó escapar un suspiro al notar que aquello era una enorme bóveda de piedra. Una vez adentro, un apuesto joven, rápido, fue a su encontró para ofrecerle su mano y decirle que se levantara, que ya no era necesario mantenerse en esa posición.

"¡Levántate, Ágata! Ya estás adentro", reiteró el apuesto joven al que llamaban Joel, quien, estaba de pie, del lado izquierdo junto a algunos otros jóvenes.

Ágata entendió y se levantó sin refutar.

La luz ámbar alumbraba con todo su esplendor el sitio. "¿Qué traes contigo esta vez, Ágata?", preguntó exaltada Evelina Palas, luego de presentarse y saludarla cordialmente.

"¡Traigo joyas de marfil!", respondió Ágata, y su chispeante mirada se fijó en su morral.

"¡Aquí están mis cosas!", exclamó, entusiasta, al echarle un vistazo al viejo morral de su padre con las joyas en su interior.

Como si el recuerdo de su padre le hubiera abrazado el alma, de buena gana, sacó del morral un bonche de joyas y las puso sobre una mesa.

Evelina Palas en seguida tomó una bellísima gargantilla que colocó en su cuello con evidente entusiasmo. "¡Oh, pero si es marfil esto que tienes aquí!", exclamó contemplando la belleza de la joya.

"Es un regalo muy especial que recibí hace mucho tiempo", repuso Ágata, recordando el momento en que le fue otorgada aquella bellísima pieza de marfil.

"Fue un regalo que le hizo mi abuelo a mi padre; al abuelo

se lo dio su mejor amigo, el ilustre explorador Misaky...", dijo sin terminar la frase, porque de pronto le llegaron a su mente las imágenes y los códigos sectretos de aquellos personajes a quienes había pertenecido la joya.

"¡Un momento, no tengo porque dar explicaciones!", rectificó su postura, y recordó lo celosa que debía ser siempre con respecto a la información obtenida de su maestro secreto, como solía ella llamar a los códigos que había comenzado a recordar y, que, como ráfagas, llegaban a su mente; aquellos códigos, de un modo misterioso, estaban relacionados con los códigos encontrados en los papiros amarillentos.

Después de aquel vital recordatorio, por seguridad, tomó con seriedad su intuición y guardó silencio al recordar el valor de este.

No tenía ella autorizado revelar nada que pusiera en peligro la misión a la que había sido llamada.

"Está precioso; y el diseño que se compone de dos partes, uno arriba y el otro abajo, es realmente único", dijo Evelina Palas con tono alegre, al mismo tiempo que acariciaba la gargantilla, cuyo diseño era semejante a una boca de marfil de dos piezas.

"¡Me gusta, me gusta mucho!", repitió con queda voz, casi para sí misma.

Mientras sostenía un espejo entre las manos, los ojos chispeantes de Evelina se abrían como si estuviera encantada por el reflejo de la joya. Ágata, sin alcanzar a comprender por qué Evelina Palas quería tener su joya, y ante tanta luz en el ambiente, se sintió incomoda en aquel momento.

Por otra parte, aquella gente de comportamiento misterioso

le informó a Ágata que la nave del Coral se ubicaba cerca y que Azul ya se encontraba allí, junto con la milicia que lo había reclutado.

"¿Quién será este misterioso grupo? ¿Qué vínculos tendrá con Artemisa 7?", se preguntó Ágata, intrigada.

Capítulo 32 La Isla Trece

"A la muerte se le toma de frente con valor y después se le invita una copa".
– Edgar Allan Poe

La noche del 22 de agosto Ágata apenas pudo dormir, luego de la idea en la que estuvo sumergida. Petrificada, permaneció detrás del empolvado escritorio hasta que el sol le dio directo en el rostro, y sus ojos irritados se entrecerraron con el primer rayo flamígero que se reflejó en la ventana. Se desplomó en la cama, casi en calidad de desmayada, cuando entró a la alcoba; y con dificultad pudo quitarse los zapatos antes de que el cansancio le ganara la partida.

Después de que la cabeza del enemigo hubo abierto los códigos que le permitieron penetrar en aquellos túneles, donde obtuvo información para encontrar a su amigo, Azul, lo más sensato era descansar y recuperar fuerzas antes de reiniciar la búsqueda de su entrañable compañero.

EL REENCUENTRO

"¡Azul! ¡Despierta, Azul!, tienes que salir de aquí. Vamos, Azul, despierta", demandó Ágata, exaltada.

Azul, alarmado, se llevó las manos abruptamente al rostro y se frotó sus brillantes ojos celestes, pensando, el pobre, que era presa nuevamente de una ilusión.

"Soy yo, Ágata Bell, dijo ella entonces, para ayudarlo a apaciguar sus dudas.

El bueno de Azul, luego de percatarse de que realmente se trataba de su entrañable amiga, no cabía en su asombro y la abrazó con tal devoción que ambos abrazos se fundieron en uno solo, reflejando la intensidad de los sentimientos guardados en el corazón de los jóvenes.

Sin tiempo ni espacio permanecieron entrelazados, hasta que las ruidosas pisadas cercanas a la puerta los devolvió de golpe a la realidad.

"¿Quién podrá ser a esta hora?", exclamó Azul, asustado.

Se escuchaban cientos de pisadas en el crujir de las hojas secas del adelantado otoño cuando tocaron la puerta de manera urgente.

"No sé quién podrá ser a esta hora, debe de tratarse de una emergencia; escóndete, Ágata", dijo Azul con voz queda.

Era muy temprano para que la milicia comenzara con el entrenamiento regular que tenía efecto todas las mañanas, antes de que se asomaran los primeros rayos de sol.

Ágata se sintió inquieta; no estaba convencida de estar cercana a alguna ventana de escape, y como si de una intuición se tratara, haciendo caso omiso a la recomendación del bueno de Azul, pegó un brinco de la cama y fue directamente a la puerta.

"Pero ¿qué es esto? ¿Quiénes son ustedes y por qué tocan de esta manera tan grosera?", demandó, sintiendo una punzada en el estómago; presintió que algo muy malo podía suceder si alguien la descubría.

Aunque, por otro lado, con la cara de niño que aún

mantenía, siguiendo el plan de permanecer oculta bajo la camisa de un varón, dedujo que la milicia se haría preguntas que a Azul no le gustaría escuchar.

Aquellos hombres, que se esparcieron como manada embestida dentro de la habitación de Azul y en todo el campamento, ignorando la atónita mirada de los recién reencontrados buenos amigos, llevaban consigo portafolios desbordados de documentos y un sofisticado equipo tecnológico.

La intención de aquel grupo era clara: iban dirigida a la toma del sitio. Se trataba de un grupo bastante grande que Azul no identificó como parte de la milicia que lo había reclutado.

Ágata y Azul aprovecharon la revuelta del escenario y salieron de allí.

“No sé quiénes son estas gentes; nunca los había visto. Pero, por el equipo que traen y las investigaciones a las que he sido sometido por órdenes de la milicia que me ha tenido prisionero durante años, sé que están aquí por algo realmente grande, y no precisamente bueno para todos”, dijo Azul, preocupado.

“Te lo prometo, querida Ágata: de ninguna manera voy a ceder los códigos de la nave del Coral a intereses mezquinos que nos dejen fuera a nosotros, como lo hicieron con nuestros antepasados”, agregó Azul, con la investidura que tienen los grandes líderes.

Ágata asistió con la cabeza, sintiéndose orgullosa del evidente progreso de su recién encontrado amigo.

“Y aunque me muelan a palos, no accederé a los códigos, ni firmaré, ni pondré mi sello en los documentos para la carta que les dará autoridad sobre la nave”, advirtió Azul con firmeza, y añadió: "Ágata Bell, hay muchas cosas que debo decirte, carísima amiga mía..."

Azul guardó silencio, tratando de buscar las palabras adecuadas para que Ágata no lo considerado un chiflado por tanto encierro.

"Verás, Ágata", prosiguió, "durante estos años que he estado en cautiverio, bajo las órdenes de la milicia, en mis investigaciones descubrí que la tela de las arañas azules tiene un código secreto que nos atañe a todos los huérfanos".

"¡Ay, Azul! Pensé que yo era la única rara del grupo; me has quitado un peso de encima. Ya luego me cuentas, amigo mío. Ahora debemos concentrarnos en los códigos a los que accedí para desactivar la pulsera de tu tobillo.

Ya luego te cuento cómo fue, pero te adelanto que, literalmente, le tuve que cortar la cabeza al enemigo. Aunque te confieso que solo pensar en eso tan grotesco me sigue dando escalofríos, y quién sabe si algún día me reponga de ese susto", dijo Ágata, rememorando lo acontecido.

En pocos minutos, el campamento de la milicia fue tomado; dividieron los espacios en salones y pasillos hechos con tela de lino. Todos los que habían llegado a la toma eran adultos dotados de fuerza y vigor; no había en aquel grupo ni ancianos ni niños.

No se asomaba aún el primer rayo de sol cuando Azul y Ágata se escabulleron entre el gentío que recién había llegado a tomar las instalaciones. Lograron llegar a una salida sin ningún percance y corrieron para alejarse, con el fin de encontrar ayuda confiable en algún otro sitio cercano a la nave.

Aquella gente recién llegada estaba tan concentrada en lo

suyo que, literalmente, los ignoraron. Por otro lado, la misteriosa milicia que había reclutado a Azul durante años, fue sorprendida en sus horas de sueño y, cuando se dieron cuenta de lo ocurrido, ya no tenían el mando del lugar.

Mientras Ágata y Azul se alejaban del sitio que, recién había sido tomado, un intenso dolor en el costado izquierdo los obligó a detener su carrera. Se encontraban cercanos a un edificio de grandes dimensiones. Allí había un estacionamiento casi oculto con forma de medialuna y, en uno de sus laterales, se levantaba una pared de unos once metros de altura.

"Descansáremos un rato para recuperarnos y pensar con más claridad cuando se nos apacigüen los nervios, querido Azul. Tenemos que pensar muy bien qué vamos a hacer al respecto", dijo Ágata, recobrando la compostura, y señaló entre la oscuridad el estacionamiento abandonado.

Azul se recostó en cuanto entraron al estacionamiento; puso la cabeza sobre un montículo de piedras y se tendió como un bulto. No tenía un buen semblante; Ágata aún no sabía por qué y, con gentileza, se recostó junto a él. Pensó en la posibilidad de que, debido a la carrera repentina que habían pegado, a su amigo se le hubiera ido el aliento, y consideró prudente esperar a que se recuperara para hablarle. Pero la realidad era otra, más preocupante: Azul estaba como en trance.

"¿Tendrá algo que ver la pulsera que le removí a Azul del tobillo con su estado?", se preguntó, alarmada.

Apareció en escena de pronto un hombre de gentil sonrisa que le ofreció su mano y, antes de que ella reaccionara, ante aquello tan repentino, Azul levantó su pie descalzo, metido en un calcetín negro. Ágata miró la escena con curiosidad, "Azul y sus ocurrencias", pensó, y volvió en seguida la mirada al hombre, al mismo tiempo que le extendía la palma de la mano con los dedos abiertos, al percatarse del código que este le dio. El hombre, inmediato a ello tomó su mano y la jaló, es decir la levantó con fuerza de esa manera.

"¡Ágata, dale el código de identidad a Azul!", dijo el hombre, sin vacilar, y añadió con tono melancólico. "Aunque en realidad esté yo aquí como un compañero de los hijos del Coral, no soy verdadero, pero estoy aquí tomando este lugar, por ahora".

Ágata no soltó la mano del hombre. Comprendiendo el código que este le había dado, le devolvió la respuesta en clave: "Soy hija del maestro escultor y conozco un árbol que crece en lo alto de las laderas".

Luego de aquellas últimas y sublimes palabras, giró la cabeza buscando a Azul en todas direcciones, pero él había sido conducido a un lugar más seguro bajo estrictísimos códigos secretos, tras la intervención repentina del agente secreto que arribó haciendo conexión por uno de los misteriosos puentes que fungían como portales.

Después de aquel inesperado evento, Ágata se dirigió, ya sola, por las calles melancólicas de un otoño adelantado.

Como si la naturaleza le estuviera enviando un mensaje, el viento soplaba y el crujir de las hojas secas bajo sus pies la estremecía hasta los huesos, mientras se repetía a sí misma, en cada paso que daba: "Conserva la calma, conserva la calma".

Debía buscar un lugar para mantenerse segura en espera de la intervención de sus compañeros, quienes ya habían recibido la señal del sitio donde se encontraba la nave que los sacaría a todos del Coral.

Todo lo acontecido tan abrupto le daba vueltas en la cabeza; tenía el presentimiento que algo grande estaba por suceder.

Poco rato después, uno de sus compañeros, meditabundo, caminaba por la misma calle.

"¡Luildro! ¡Qué alegría verte con bien, carísimo amigo mío! Tal parecer que estamos en el lugar indicado para concluir con la Misión Artemisa 7. Pero debo informarte que, lamentablemente, ha llegado un gentío desconocido al sitio principal. Lo han invadido y traen consigo documentos; intentarán que Azul los firme cuando descubran que solamente él puede acceder a esos códigos, ya que fueron sus investigaciones las que arrojaron datos de índole vital, mismos que, como una descarga de rayo, le fueron transmitidos. Afortunadamente, ya ha sido resguardado bajo código cerrado, pero está frágil y delicado luego de que le quité la pulsera que le habían puesto en el pie. Te informo también que Azul tuvo acceso a los códigos secretos de una misteriosa cámara que está oculta dentro de la nave, por medio de sus descubrimientos, como te dije. Y, por otro lado, tenemos informes fidedignos de que la nave partirá pronto. Azul teme que las intenciones de esta gente no sean buenas, y teme lo peor por llegar. Me habló de una misión secreta llamada "Armagedón".

El joven Luildro movió la cabeza; de su rostro se asomó un gesto de temor al escuchar las palabras de Ágata, pero guardó silencio. El joven compañero tenía sus razones para hacerlo; ya se habían activado sus códigos, y todos ellos se apegaban fielmente a los códigos de seguridad.

Ágata insistió en que algo muy malo estaba por ocurrir en el Coral. Luildro guiñó un ojo, y le dio una gentil palmada en la espalda en señal de respuesta; le sugirió que no fuera tan dura consigo misma, que ella, al igual que todos los Huérfanos del Coral estaban dando lo mejor de sí; que debían ser fuertes, como sus padres lo hubieran querido.

Ágata no pudo retener las lágrimas al escuchar sobre sus padres desaparecidos, y su mundo se tornó gris en un instante.

Antes de irse, Luildro le dio acceso al punto donde él se dirigía a cumplir con la parte que atañía su misión. Ágata abrió semejantes ojos cuando tuvo acceso a los códigos secretos que recibió de su compañero. En aquella escena, que se desarrollaba dentro del Cubo Negro, el personaje principal era el mismo joven Luildro, quien corría entre colinas de moles de granito fragmentado. Literalmente, una esfera del Coral se estaba cayendo a pedazos; y, por otro lado, un holograma del mismo joven aparecía en un sofisticado laboratorio, concentrado, coordinando el movimiento de aquellas moles. Se trataba de una tecnología complejísima.

La misión del joven era controlar aquella catástrofe al máximo, hasta que Ágata y los otros compañeros, junto con los pequeños huérfanos más buscados, lograran llegar a la nave del Coral. Todo indicaba un plan coordinado en aquellas esferas llegado un momento específico.

Afligida por todo lo revelado, Ágata se despidió de Luildro y se apresuró al sitio del que fue informada para recoger a otros pequeños.

Una vez en el lugar donde debía recoger a los pequeños, como una infernal sorpresa, de entre la espesa neblina repentinamente arribaron jinetes montados a caballo y armados con extraños aparatos. Había niños entre ellos que parecían bultos. Las inocentes criaturas no eran mayores de los nueve años.

Ante la mirada de asombro de Ágata, aquellos infernales jinetes, literalmente, lanzaron a los niños al piso, junto a otros pequeños, que se encontraban allí en las mismas condiciones – con trapos viejos cubriendo su desnudez. En aquel instante preciso, Ágata recibió la señal de alerta y se lanzó como un rayo entre la oscuridad sobre uno de aquellos misteriosos jinetes, logrando arrebatarle una de las extrañas armas que portaba.

Ya con el arma en las manos, brincó y giró en un movimiento espiralado por encima del caballo y jinete, cayendo cerca de algunos niños. Sin mucho que pensar, rodó con el arma abrazada hasta una esquina donde uno de aquellos pequeños se resguardaba de sus malvados verdugos. El pequeño, a diferencia de los otros, tenía una capucha que le cubría parte del rostro y vestía unas telas envueltas alrededor del cuerpo que lo hacían parecer como un costal de papas.

Casi por intuición, Ágata le dio el arma al pequeño bulto de papas para que la cubriera, mientras ella se deslizaba entre las nubes de polvo, con el fin de buscar la manera de enfrentar al enemigo. El pequeño niño, sin saberlo, activó el arma y, para la sorpresa de todos, incluida Ágata, desaparecieron en el acto algunos caballos y jinetes. Aquella sofisticada arma era un láser que, literalmente, desintegraba sin dejar rastro a todo aquel que alcanzaba.

El niño no daba crédito a lo que tenía en sus manos y luchaba contra algo inevitable; eufórico, preso en aquel momento de algo que no podía controlar, como arrastrado por una fuerza descomunal, no lograba detener el infernal aparato que parecía manejarse solo.

Todos trataban de escapar del salón, y los gritos de espanto hacían eco revelando el caos del escenario. "¿Quién se atrevió a poner en las manos de este niño semejante arma? ¿No saben quién es él? Es un niño peligroso. Este niño es un endemoniado; tiene acceso a códigos infernales", dijo una voz irritada.

Ágata observó el escenario con el corazón desbocado y un nudo en la garganta. "Así que este niño es el tan proclamado pequeño. Si mis sospechas son ciertas, este niño es el extraviado; es el niño número 22, uno de los que estuvieron ocultos en la Isla Seca", dijo en voz queda, luego de lo que escuchó.

"Según los códigos a los que tuve acceso, este niño tiene conexión con registros importantísimos. ¿Cómo llegaría este niño hasta esta esfera del Coral sin haber sido detectado? Supongo que la respuesta tiene que ver con el bueno del monje Sam", se preguntó y se respondió a sí misma, albergando un sentimiento de esperanza. "Si logra este pequeño captar mi código, se quedará quieto; espero que no nos delaten sus ansias de escapar de aquí", pensó, al mismo tiempo que se acercaba despacio al niño.

Los jinetes ya les apuntaban a todos. "Dame el arma, pequeño, todo está bien", dijo, guiñando un ojo en señal de complicidad.

El niño obedeció, y Ágata aprovechó y demandó a los verdugos: "Recuerden su humanidad y detengan esta masacre, el niño me ha devuelto el arma".

El gesto cobarde que se asomó en el rostro de los malvados

personajes fue útil para amenazarlos con hacer uso del arma; los obligó a que le abrieran los túneles de escape y logró salir con el grupo de huérfanos de aquel infernal sitio, incluyendo al pequeño extraviado, el niño número 22, quien, todo indicaba, era una de las famosas llaves maestras del cosmos, como se les conocía a esos pequeños por el complejo enigma que los envolvía.

Luego de lo ocurrido, con un nudo de incertidumbre en el estómago, salieron por los oscuros túneles de aquella misteriosa esfera; Ágata hizo hincapié en no detenerse ni siquiera para respirar hasta que llegaran al mar que se divisaba en la distancia.

Una vez en tierras más seguras logró enviar la señal de socorro con éxito y, poco después, soltaron la guardia. Fue entonces cuando Ágata se percató de que el pequeño extraviado número 22, envuelto como un saco de papas, se trataba del mismo Luz, el niño que había estado en el refugio con ellos antes de que Azul fuera capturado nuevamente y ella enviada al temible Valle de la Luna.

Convinieron en refugiarse en la playa, cerca del muelle. Los niños se desplomaron en la arena y se perdieron en el sueño casi inmediato al llegar; poco rato después roncaban ajenos a todas sus tristezas.

Ágata pasó la noche en vela, sumergida en los códigos que le permitieran hacer posibles conexiones con más compañeros, para prevenirlos con respecto a la nave y a la toma del campamento, con el fin de que encontraran accesos seguros.

Complacida de ver a los niños roncar, trató de digerir toda la información reciente, mientras que con gentileza masajeaba su quijada, ya que inconscientemente había mantenido los dientes apretados durante el escape, aunado a las muelas del juicio que le estaban haciendo pasar por las de Caín desde hacía semanas. Permaneció el resto de la noche en posición de loto, escarbando en los más profundos territorios de su mente, hasta que la mañana del día siguiente se le vino encima. Sintió sed y se dispuso a buscar agua dulce, pero la distrajo la silueta de una barca que vio en la distancia.

Se encaminó entonces a su encuentro; tenía la sensación de que un remolino la jalaba. “Seguramente estoy deshidratada”, pensó, y decidió esperar bajo los restos que quedaban de una palapa, a la orilla de la playa.

Minutos después, se aproximó a ella un agente de pronunciados ojos rasgados. Ágata lo identificó una vez que intercambiaron la mirada. El agente se paró a un lado de ella; metió la mano en el bolsillo de los pantalones de manta que vestía y sacó un bonche de hebras, semejantes a cadenas de plata que brillaban como diminutos diamantes. En realidad, se trataba de hilos de diamante.

Como encantada por el resplandor de su brillo, Ágata fijó su mirada en los hilos diamantinos que colgaban entre los dedos del agente –se trataba de Akiro. Repentinamente, uno de los hilos diamantinos se deslizó de los dedos del agente, cayendo entre los granos de la arena seca y suelta. Ágata lo siguió con una mirada de cámara lenta, pero la cadena se perdió; se camufló en la arena frente a sus ojos. Preocupada por lo que ello pudiera significar, se agachó y, en cuclillas, removió la arena con la mano; la buscó por un rato, con paciencia, con la esperanza de que no se hubiera perdido.

“La encontré”, dijo de pronto Luz, el niño número 22.

Ágata giró el rostro noventa grados y vio al niño Luz con el hilo diamantino entre sus manos. Impulsada por la razón, extendió la palma de la mano y el niño puso la suya sobre esta, junto con la cadena encontrada.

“¡Ah!”, dejó escapar un gemido cuando el niño despegó la palma de su mano. La cadena se había transformado en algo semejante a la mitad de un ancla.

En aquel momento, como si una cavidad del cerebro de Ágata se hubiera iluminado, recordó que la cadena le había pertenecido al enigmático joven Arath López, el mismo que le había entregado el broche de diamantes en forma de ocho, aquel día, cuando él bajaba por las escaleras de roca y detuvo su paso en el momento en que ella subía, luego del juicio al que fue sometida, cuando fue desterrada por los Siete Reinos y enviada al Valle de la Luna.

Refrescada su mente, con la palma abierta y la mirada de asombro puesta en el ancla, le dijo al agente Akiro, quien observaba la escena con una sonrisa divertida: “La otra mitad de esto la tienes tú, ¿verdad?”.

“Sí”, respondió el agente con tono firme.

“¿Qué vas a hacer al respecto?”, preguntó Ágata con diplomacia.

“Una vez fuera del Coral me hospedaré cerca de vuestro amigo. Él ya me estará esperando. Tengo las coordenadas de su próxima ubicación”, respondió el agente Akiro.

Ágata asintió con un movimiento de cabeza, rememorando su vínculo con el agente Akiro. Se trataba de un fiel soldado, amigo del progreso, siempre leal a los ideales que profesaron sus ancestros. Todo indicaba que Akiro formaba parte de los Planetas Unidos del Cosmos (PUC), pero no se sabía mucho sobre él; su identidad no estaba muy clara. Sin embargo, los códigos que Ágata había heredado de sus ancestros registraban al agente Akiro. Aquella era la tercera ocasión que Akiro se cruzaba en su camino, aunque ella solo recordaba dos. Por otro lado, también lo reconoció porque lo había visto en el Cubo Negro de La Roca.

Luego de aquel encuentro, Ágata se despidió del agente, pero antes acordaron cierta información que Ágata debía guardar con carácter de tumba.

De acuerdo con los registros ocultos en Itzá, la antigua Ciudad del Coral, los códigos más complejos de los huérfanos se activarían cuando Ágata y Azul lograran con éxito cumplir la misión designada para ellos; se trataba de información ultrasecreta, cuyo origen se perdía en el tiempo.

Luego del encuentro con el emblemático agente Akiro, Ágata caviló unos instantes sobre los últimos acontecimientos y, aunque sin su amigo Azul se sentía terriblemente sola, estaba consciente de que todos los huérfanos estaban obligados a cumplir con la parte correspondiente de su misión para que su empresa tuviera éxito. Finalmente, adoptó la postura de ser valiente y regresar al campamento, tal como le instruyó Luidro que lo hiciera; averiguaría más acerca de lo que estaba sucediendo con aquel misterioso grupo. Envió la señal entonces y no tardaron mucho en llegar más compañeros para encargarse del cuidado de los pequeños. Meditó sobre la información concerniente al pequeño Luz, el niño extraviado número 22, y sin más, se armó de valor y dirigió sus pasos de vuelta.

Desde un ángulo no muy lejano en la distancia, Ágata arrugó el entrecejo cuando vio que otro misterioso grupo había arribado a la entrada del campamento recién tomado.

La vestimenta que portaban aquel otro grupo hacía alusión a los tiempos de antaño, cuando los Siete Reinos trabajaban en armonía con los hijos del Coral –los ancestros de los huérfanos. Portaban una capa del color de la nieve, cuya tela satinada llevaba estampada una llamativa cruz escarlata.

El campamento había sido tomado por segunda vez. "¿Qué pretenderá este otro ejército?", se preguntó al ver a aquella extraña gente custodiando el campamento.

Se introdujo a las instalaciones sigilosamente. Pasado un instante, como si de una señal se tratase, el velo cayó de sus ojos y Ágata vio con más claridad lo que estaba ocurriendo. Comprendió que la situación era más que vital. Todo indicaba que dado el corto tiempo ya no era seguro ningún sitio.

Pero las sorpresas apenas comenzaban a asomarse y, no pudo evitar sentir vértigo al percatarse de lo que estaba sucediendo con la muchedumbre presente. Algo maligno descendía desde lo alto en forma de vapor, y aquella monstruosidad, desconocida para Ágata, contaminaba el pensamiento de los presentes. Se trataba de una sustancia semejante a un gas que afectaba la mente y, por ende, el razonamiento; los sentimientos se tornaban amargos y egoístas, dando a todo un sentido oscuro. La balanza en aquel sitio se encontraba peligrosamente inclinada hacia un solo lado.

En aquel crítico momento, el egoísmo carente de empatía había descendido inevitablemente como una niebla maligna sobre la nave del Coral.

Cuando digirió que pronto no habría ya ningún hombre sano a bordo, a Ágata casi se le paró el corazón. "¿Qué mente siniestra habrá trazado este plan?", se preguntó, porque de ninguna manara creía en las casualidades.

Luego de aquella tremenda sacudida que la sacó de orbita, con el corazón amarrado en un hilo de incertidumbre, salió del área y se encaminó a buscar alguna otra entrada de la nave. Por fortuna, luego de un momento reflexivo, no tardó mucho en recuperar su sentido positivo y sus ojos volvieron a brillar con esplendor; y la idea de que no todo estuviera perdido se anidó nuevamente en su corazón.

El campamento tenía varias cámaras y, sin vacilar, se adentró por otra de sus puertas. Una vez allí, se vio rodeada por un grupo de hombres arrogantes que, entre sarcasmos y bromas, le dijeron: "¡Qué me parta un rayo en dos si falto a mi promesa!".

Ágata comprendió que muchos de los presentes conocían algunas claves, pero, dado que habían caído bajo el influjo de aquel extraño veneno que descendía repentinamente de lo alto, ignoraban el verdadero significado de esas sublimes claves; por lo tanto, aquellas no eran más que palabras muertas. Se limitó a señalar arriba y abajo, pues dedujo que, en ese momento, estaba demás instruirlos en los códigos.

"¿Y qué más nos vas a decir?", insistió, con tono sarcástico, el que parecía ser el líder.

"¡Debo salir de aquí!", pensó Ágata con angustia. "Estos sujetos están contaminados como una manzana envenenada; se ha encogido su corazón y, aunque saben de algunos códigos, al igual que todos los legítimos hijos del Coral, está claro que desconocen su significado, por lo menos por ahora. Pero ¿Cómo voy a ignorar esto sabiendo que esta actitud es peligrosa?", rectificó, "No tienen el más mínimo respeto a lo que estos códigos se refieren".

Oprimida ante aquello tan desfavorable se sintió terriblemente triste. Siguieron las burlas en aquellos salones para con su códigos y símbolos.

"¿Cómo es posible?, se filtró información vital", murmuró de mala gana, preocupada, ante aquel frío escenario.

Recordó de golpe lo que su abuela Lili Bell solía citar: "A los cerdos no se les debe alimentar jamás con perlas, porque, dada su naturaleza, nunca podrán valorar su significado".

Con lo acontecido tan desalentador la embargó un sentimiento mezclado de desesperanzada y enojo. Nunca había percibido esa emoción de forma tan profunda, aun estando en situaciones difíciles. Tenía el semblante tan pálido como un pan crudo. Le taladraba la cabeza la idea de que aquella gente pudiera retenerla por la fuerza y que su misión se viera truncada por ese hecho.

Inesperadamente, una joven se acercó con discreción y, con queda voz, le dijo al oído: "Debes ir a comer proteína; tienes que comer; por tu seguridad debes alimentarte". Ágata entendió la señal de la joven y se le iluminó el semblante.

Minutos después, con la habilidad de un gato, se introdujo en un almacén de comida y agradeció en silencio poder alimentarse de lo que encontró allí. Según un código secreto, aquel alimento especial evitaría que ella también se contaminara con el complejo gas que misteriosamente descendía, dando un giro maligno al futuro de los del Coral.

Encontró a bien esconderse entre los estantes cuando se percató de gente husmeando en el área, ya que no estaba en posición de correr riesgos innecesarios. Con el estómago satisfecho, reflexionó una y otra vez en lo que estaba ocurriendo en esa área de la nave, tenía que darle frente a lo inevitable; tenía la obligación de regresar y averiguar más.

Ágata puso un pie nuevamente dentro del campamento y atravesó sin miedo un pasillo saturado de gente. Repentinamente, giró la cabeza por encima de su hombro y, se miró en un espejo ahumado que colgaba en una de las paredes; cosa rara cuando vio su reflejo, su enigmático rostro de mirada pensativa era el mismo de siempre, pero tenía un pedazo de piel desprendida, a un lado de la nariz.

"¿A qué hora me mordieron los perros que no me di cuenta?", bromeó al ver el pedazo de piel al rojo vivo.

Ella también había estado expuesta a aquel extraño y complejo gas cuando recién llegó al campamento y, dado que los químicos que descendían como el vapor eran inadvertidos, no se dio cuenta. Afortunadamente, aquello tan aterrador no había logrado contaminar su mente, pero su piel estaba herida.

El campamento que se encontraba dentro de la nave no era un lugar seguro. De hecho, todo indicaba que ningún lugar dentro de la nave lo era; pronto comenzaría lo inevitable. Ágata había alcanzado cierta resignación, y así lo entendía. Tenía por lo tanto que unirse y negociar con los que habían tomado el control, o de otra manera perecer afuera. Debía ganar tiempo hasta que los otros huérfanos recibieran la señal para arribar con los niños rescatados a tiempo. Reforzase mutuamente con su presencia era menester, ya que realmente estaban frente a un enemigo invisible.

Por otro lado, había ordenes de permitir abordar la nave a todo aquel que llegara, sin cuestionamientos; sin embargo, todos aquellos que llegaban eran fumigados literalmente por el extraño vapor que descendía de lo alto y los transformaba en criaturas horribles. Aquello demoníaco les arrancaba parte de su humanidad.

Cuando notó a las claras lo que estaba pasando en aquella atmósfera, Ágata levantó los brazos para ser notada y clamó con voz firme ante aquel desventurado cuadro que la rodeaba:

"¡Escuchen, todos! ¡Sé lo que está pasando con todos! Sé lo que nos sucede cuando nos contaminamos con ese extraño y complejo químico que nos toma por sorpresa cuando aparece y nos transforma en lo que no somos. ¿Por qué no podemos ser empáticos y buenos? Escúchenme: nosotros podemos ser buenas personas; es nuestra naturaleza como seres humanos que somos. ¿Por qué no serlo entonces, si es el sentimiento más noble y bello que tenemos?".

"¿Y qué somos nosotros?", con tono sarcástico gritó un joven, eufórico, llevándose una máscara esquelética al rostro, con la intención de intimidar a Ágata con su rudo comentario.

"Pues puede ser que seamos ya solo miserias humanas, de hecho, yo hablo con los muertos y hasta con las arañas. ¿Acaso tú no crees en ellos?", respondió Ágata, revirando el comentario punzante del joven.

"¿Quién eres? ¿Cuál es tu oficio?", una jovencita preguntó de pronto con dulzura.

"Me llamo Ágata Bell, y escribí un libro sobre el Coral

arcaico, supongo entonces que ese es mi oficio", respondió, siguiendo la instrucción de los códigos.

Ágata notó que, en aquellos salones, además de los muchos jóvenes, también había sujetos adultos, estos últimos eran los que, de manera insistente, buscaban la manera de hacer bulla con lo que ella comentaba.

Agotada su energía para revirar los comentarios punzantes, optó por ignorarlos y, se enfocó en observar con detalle a los jovencitos que recién estaban llegando al salón; estos vestían con elegantes uniformes que tenían un pelícano impreso en la solapa izquierda.

"¿Qué están haciendo, jovencitos? ¿Estudiando libros y códigos o jugando con la seriedad que demanda el caso?", preguntó sin titubeos a los jóvenes de fresquísimo aspecto que acababan de entrar al salón con una pila de libros en las manos.

"¿Y es real lo que dices? ¿Por qué no sentimos nada? A ver, dime, ¿de qué lado tienes el corazón?", otro de los sujetos viejos preguntó, con tono sarcástico, a Ágata, cuando ella hizo hincapié ante los jóvenes recién llegados en el respeto y la seriedad exigidos en relación con los códigos que debían estudiar todos los Huérfanos del Coral.

"El corazón está del lado izquierdo", replicó Ágata al mismo tiempo que levantó la mano. "Y esa sombra que ves reflejada", señaló la pared, "significa que te arrancará lo que tengas adentro si se falta a la promesa de los Huérfanos del Coral", dijo con la firmeza de sus convicciones, buriladas en lo profundo de su alma desde su tierna infancia.

"¿Es verdad lo que se dice sobre los huérfanos? ¡No lo creo...!", un ataque de tos obligó al sujeto a interrumpir su punzante comentario; como si el mismo misterioso gas estuviera castigando su burla, se estaba ahogando y, espantado, se llevó la mano a la garganta. Cuando recuperó el aliento, dijo ante la asombrada mirada de los jóvenes: "¿Será cierto todo lo que se dice?".

"¡Claro que es verdad!", ¿Es que no sabes el significado de un juramento cuando este se hace libremente?", replicó Ágata, convencida de sus principios.

Por otro lado, ya se habían activado casi en su máximo esplendor los códigos que como hija legitima del Coral era portadora. Ella representaba a los ausentes, y sobre ella recaerían todos sus códigos también.

Más tarde, ya más apaciguados sus nervios, luego de haber agotado su energía debido a la tensión en el ambiente y al drástico giro inesperado que dieron los compañeros contaminados con aquel misterioso vapor, desganada, se dirigió a otra de las galerías donde había más huérfanos. Corrían rumores sobre el que fungía como principal en aquel lugar; se decía que había tomado ventaja de aquellos confundidos o idos de la mente, así que, tomó sus precauciones para evitarse sorpresas.

Había infiltrados; no le cupo la menor duda. De otra manera, no se explicaba que no todos tuvieran la misma convicción sobre los ideales que profesaron sus antecesores. Sumergida en ese mar de pensamientos revueltos, se desplomó en un sofá como un bulto de papas, decepcionada, al no ver rastros de su gente de confianza cerca.

"¿Quiénes estarán detrás de todo esto? ¿Qué va a pasar con nosotros, nos harán esclavos para la mano de obra barata en los mundos del cosmos, como dictan los rumores que aislaron al Coral del exterior? O peor aún: ¿nos lanzarán fuera de la nave?", bombardeaban su mente preguntas sin respuesta, mientras trataba de dormir en aquel viejo sofá que encontró en el rincón.

Sin darle muchas vueltas al escenario, supo que estaba desprotegida cuando se percató de que aquellos falsos amigos del progreso habían tenido acceso a un código desconocido para ella, el cual le impedía enviar la señal de socorro para comunicar a sus fieles compañeros lo que estaba sucediendo en la nave del Coral. Cuando asimiló lo sucedido, sepultó el rostro entre sus manos, tratando de recuperar la calma y la fuerza.

La llegada repentina de sus compañeros, Manolo, Tito y Conchita, la sorprendió aún recostada en la misma postura. A ellos también les sorprendió verla allí.

Conchita se acercó a un lado de ella y ofreció arreglarle las uñas, mientras la ponía al tanto del peregrinaje que habían pasado para llegar hasta allí; hablaron también sobre el plan a seguir.

"¿Uñas o garras?", dijo Conchita con tono sarcástico, en broma, tratando de liberar la tensión.

La broma no tuvo mucho éxito y Ágata volvió a sumergirse en sus pensamientos. "¿Llegarán Benny y los compañeros con los niños a tiempo? ¿Por qué no he recibido más informes sobre mi amigo Azul?", taladraban con ímpetu las dudas su mente, hasta que una serpiente que se deslizaba cerca de los pies de Manolo atrapó su atención.

"¡Se introdujo una serpiente entre tus pantalones! ¡Cuidado, te va a morder y no sabemos si es venenosa! ¡Toma tus precauciones!", advirtió a Manolo.

"La enfrentaré ahora mismo", respondió Manolo, furioso, por lo acontecido tan abrupto, y pisó varias veces de modo agresivo a la serpiente que trataba de escapar "¡Me ha mordido!", exclamó.

Una vez resuelto el tema de la serpiente, que afortunadamente no era venenosa, volvieron al plan tejido con anterioridad; llegaron a la conclusión de que sería Tito el primero en salir del área contaminada y acercarse al corazón de la nave.

Por otro lado, Ágata, a esas alturas, ya sabía que los principales, ocultos tras la máscara más impenetrable hasta entonces conocida, tenían todo el control sobre el futuro de la gente del Coral. Escapar de sus manos no sería una tarea fácil, y tomar el timón de la nave ya le sonaba más que descabellado.

"Tenemos que salir de esta área sin ser vistos; no tardaran en llegar por nosotros. Está infestado de infiltrados y traidores. Y lo más preocupante de todo es que hay mucha gente que se ha contaminado con el infernal vapor que desciende repentinamente de lo alto; no podemos confiar en todos por lo mismo. Hay intereses de por medio, y sabrá el cosmos a qué atenernos con todo este menudo lío que se traen con nosotros, los huérfanos", advirtió.

Según los códigos a los que Ágata había tenido acceso, tenían que salir camuflados de aquel sitio para lograr su propósito, ya que se habían organizado a velocidad de rayo las bandas de comerciantes de personas. Para ello hicieron uso de un ungüento, y usaron las telas de gasa que fungían como cortinas para cubrir el cuerpo y la cabeza de Tito.

"De cualquier manera saldré de aquí", pensó Ágata, optimista, porque estaba cediendo la tela para Tito. La tela y el ungüento ayudarían al posible envenenamiento con los vapores que descendían de lo alto.

"Pero en caso de que te encuentres con el enemigo, te tienes que defender, Tito; si necesitas pelear haces a un lado la tela", Ágata recomendó al compañero.

La siguiente en salir de allí fue ella, pero ya se había activado una alarma y los grupos de reclutadores de personas tomaron ventaja con la rapidez del rayo; había un enemigo difícil de burlar.

Desafortunadamente, no logró librarse de un extraño líquido que le lanzó el reclutador, quien la vio escalar una alta barda para brincar por el lado este del campamento. Aquella extraña agua, lanzada con fuerza titánica por el sujeto, la alcanzó; se trataba de un arma semejante a un láser de agua.

Ágata no se detuvo, a pesar de sentir que aquel chorro le calaba en los pies como si se tratara de una quemadura. Insistente, el malvado guardia, desde la distancia seguía lanzando aquello tan extraño que ella esquivaba haciendo movimientos espiralados con el cuerpo. Corrió sin perder el aliento a todo lo que sus fuertes piernas le dieron, pero lanzaron a los perros, y en un pestañeo un can color blanco le dio alcance. Tragando saliva, no tuvo otra opción más que enfrentarlo. Se giró de forma abrupta ciento ochenta grados cuando sintió el resuello del perro literalmente en su cuello; con fuerza, detuvo el hocico del canino con ambas manos, logrando controlar la situación con éxito.

Luego de la batalla que libró con el perro, allí mismo se

encontró con Mar, quien le dio informes sobre Azul; le dijo que su querido amigo ya estaba recuperado y resguardado no muy lejos de allí. También le comentó con detalle que él había estado retenido, en manos del enemigo, pero que fue rescatado a tiempo por los amigos del progreso. Le comunicó que había ya muchos de los suyos esperando por ella, y que le darían información vital ellos mismos en persona.

Ágata y Azul se reencontraron luego de aquella valiosa información que Mar le proporcionó. En el encuentro tan esperado, el par de jóvenes huérfanos se miraron con la ternura de siempre y, se fundieron en un fuerte abrazo, transmitiéndose en ese acto todos sus sanos pensamientos, sus emociones y su profunda conexión. Fusionados de esa manera, permanecieron por un largo rato, tratando de liberar la incertidumbre de su próximo panorama. Recuperados los ánimos, se asomó en sus ojos un rayo de luz y prosiguieron con el plan trazado.

Mas tarde, Ágata, nerviosa, se sujetó del brazo de Azul quien llevaba al pequeño Luz –el huérfano número 22– en un carrito semejante a una carriola. De acuerdo con el código que recibieron, ya los esperaban.

Luz, el misterioso huérfano número 22, había logrado abrir una ventana de enlace con aquellos guardianes con los que interactuaban –ya que esos niños especiales eran capaces de acceder a casi todos los códigos para abrir ventanas. Con el tiempo, conforme se desarrollaban también crecían esas habilidades y, otras cosas aún más complejas, por esa razón esos niños eran conocidos como las “Llaves de Cosmos”.

Inducida como por una intuición, sin detener su paso,

Ágata giró el rostro noventa grados y vio su reflejo en los espejos que colgaban de la pared, notó que sus bellísimos ojos oscuros todavía mantenían brillo, a pesar de que su joven piel de terciopelo estaba tan pálida como los muertos.

Aquellos misteriosos agentes, dignos guardianes de los secretos que atañían solamente a los Huérfanos del Coral, a manera discreta y, con la seriedad del significado de la moral conservadora de la especie humana de los Pueblos Unidos del Cosmos (PUC), le dieron a saber los códigos que los identificaban como sus iguales; intercambiaron símbolos, palabras y miradas reconfortantes. Minutos luego del vital enlace se despidieron con la promesa de la discreción. Se volverían a ver después.

Todo estaba preparado para el escape, tal como se había predicho. Ágata tenía en su poder el código que se le había transmitido del Lincoln 13 y envió los códigos de información a sus jóvenes compañeros. Una vez que la nave principal saliera de la atmósfera del planeta Coral ella activaría al Lincoln 13 para escapar de los enemigos del progreso –los usurpadores de la nave del Coral.

Por otro lado, nadie conocía las verdaderas dimensiones de la nave del Coral; todo indicaba que era semejante a una réplica del planeta en menor escala.

Poco después se hicieron los arreglos convenientes, luego de que los amigos y compañeros lograron hallar la ubicación de la comunidad científica infiltrada, situada muy cerca del corazón de la nave. La idea fue introducir a Ágata de manera incógnita a la comunidad y poder averiguar más de lo que se estaba gestando. De Tito no se supo más, supusieron que los perros se lo comieron.

LA COMUNIDAD CIENTÍFICA

"Ágata encontró las flores. El par de anillos que porta y el ramillete de tonos amarillos que lleva en las manos es la garantía que ha encontrado el código", dijo uno de los miembros de la comunidad científica.

Se trataba de un complejo sistema semejante a un holograma que reflejaba flores de distintos tonos amarillos en las manos de Ágata.

Ágata no interrumpió la conversación, por seguridad se limitó a escuchar. Y recargó con gentileza la cabeza en el hombro de Azul, porque la luz de aquel sitio era muy intensa y le lastimaba severamente los ojos, aún con los lentes que traía puestos para protegerse de aquella potentísima luz.

Según el protocolo, debía entrar ella sola por un elevador con aquello tan valioso en su poder. "Veo que traes contigo las flores", refirió una dama elegantísima de cabello plateado que se presentó con el nombre de Coco.

Ágata con humildad replicó que no era una experta en el tema de reproducción y cuidado de flores, pero que con éxito lo había logrado ya una vez, así que trataría de hacerlo nuevamente. –Aquel ramillete de flores era muy especial, ya que contenía códigos vitales.

Exaltada de emoción, al percibir cercana la promesa de un nuevo amanecer, entró al salón donde ya la esperaban. El sitio se encontraba a media luz y el profesor Ulises Santaella ocupaba la silla de un escritorio que estaba ubicado justo en la entrada. "Ponte cómoda, Ágata, estamos entre familia", le dijo el profesor. Y le dio un libro para que escribiera en el su nombre, que era el mismo nombre de su gente ausente. También debía escribir su código y edad en el lugar que le señaló.

Obediente, Ágata se dispuso a seguir las instrucciones y, para su comodidad, puso a un lado el morral que traía consigo. Le dolían muchísimo los ojos y con dificultada veía el libro donde debía poner su nombre, edad y código. Encontró a bien usar un escritorio que estaba disponible a unos metros de distancia. Pero antes de que escribiera su nombre en el libro la abordaron dos personas que la distrajeron y dudó de pronto sobre lo que estaba por hacer. Cuando la alcanzó un dardo que aguijoneó su mente, murmuró que debía escribir su nombre con tinta purpura. También pensó en la insignia que debía colocar, pero, como no la recordaba, se arrimó su morral y sacó el libro que el monje Sam le envió.

"¿Cuáles son las dos letras que tengo que poner?" se cuestionó, y trató de escarbar en su memoria la respuesta.

Por otro lado, le calaba muchísimo el dolor en los ojos. "¿Cómo voy a poder leer el escrito del que tengo que dar fe con este dolor de ojos que no me deja?", pensó, angustiada, al rememorar la ceremonia que el profesor Santaella y la comunidad científica tenían ya prevista para ella. "Si debo quitarme los lentes será muy difícil leer", murmuró en su típico intenso dialogo interno.

Entre los presentes, una dama señaló con el índice de su mano derecha dos figuras, y Ágata detuvo su diálogo interno para prestar atención. Se trataba de dos caminos; ambos tenían formas diferentes. Alguien más en la escena dijo que aquella era la forma en que estaba diseñada la cámara oculta en la nave del Coral. La mencionada forma correspondía a dos letras, las mismas que Ágata trataba de recordar. El corazón le volvió al alma instantes después, cuando captó la señal esperada y logró ver en ello algo semejante a un mapa.

Por otro lado, reconoció también allí a algunos de sus compañeros y se alegró muchísimo de verlos con vida. Muchos de ellos habían perecido a causa de la persecución malsana en su contra. La saludaron con agrado; se les notaba contentos. Algunos incluso le hicieron saber directamente su apoyo con palabras de aliento y abrazos sinceros. Todos tenían que cumplir con sus propias misiones; todos ellos tenían sus propias cuitas y pesares.

A pesar de saberse entre los suyos, Ágata se sentía inquieta; dedujo que ese quisquilloso sentimiento se debía a que la nave del Coral no tardaría mucho en partir, y Azul y el pequeño Luz, el huérfano número 22 a su cargo, no aparecían por ningún lado.

"¿Dónde se metieron? Ya deberían estar aquí", se preguntó, preocupada.

"En cualquier momento despegará la nave, tenemos que estar todos preparados para abordar el Lincoln 13", anunció de pronto el profesor infiltrado en la comunidad científica.

Ágata volvió de golpe de sus pensamientos. Alarmada de no ver a su entrañable amigo Azul, luego del anuncio, se aproximó al salón donde supuso que lo encontraría, pero recordó que no había firmado el libro ni había escrito su nombre. Había observado la página concerniente considerando el espacio muy pequeño para escribir su nombre, antes de que se distrajera.

Trató entonces de alcanzar al profesor para informarle, pero el hombre desapareció de su vista entre los pasillos y pasadizos subterráneos en un pestañeo. Sin rendirse, siguió su rastro, pero cuando puso un pie dentro de una de las tres cámaras que allí había –la del medio–, donde supuso que se había metido el profesor, un tenue rayo de luz, proveniente del exterior, se filtró por una grieta y, de súbito, recordó que su morral lo había dejado en el salón anterior.

"Tengo que recoger las cosas que dejé olvidadas", exclamó, y dio media vuelta.

En el camino de regreso, el laberinto de formas que no había notado hasta entonces le preocupó muchísimo. Como medida de precaución analizó los lugares remarcables por donde debía regresar a la galería. En una esquina notó el número seis pintados de color blanco en una pared, y en otra a un grupo de gente conversando.

Indiferente al gentío que la miraba Ágata divagaba entre sus cálculos y pensamientos: "Si me alejo mucho de aquí, ¿cómo podré alcanzar al profesor si no conozco el camino?".

Dedujo que antes de continuar lo más apropiado seria memorizar todo el camino y evitase problemas. Minutos después, palideció, al percatarse que el camino había cambio de forma. Le dio vueltas a todo lo guardado en su cabeza tratando de recordar puntos de referencia.

"Sublime insensata", se recriminó por no haber tomado las precauciones suficientes.

Sin un guía sería difícil regresar al punto camuflado. Tenía presente antes que nada ser discreta, prudente y moderada. Pero, en realidad algo terrible estaba ocurriendo: Ágata no lograba concentrarse.

"¡Ay, no!, ¿Tendrá algo que ver el maligno vapor que desciende de lo alto con esto que me ocurre? Sospecho que sí", se cuestionó y se respondió a sí misma, espantada ante la evidencia de sus sospechas.

Se encontró de pronto sola y desorientada. Recordó en aquel instante al agente Akiro, el mismo que le dio el pase de salida de las esferas anteriores –por segunda vez, le había dicho él, aunque ella no lograba recordar la primera–. Se sentía amodorrada y tenía la sensación de haber andado mucho; todas las extremidades le dolían como si hubiera recibido una severa tunda.

Los reclutadores se llevaron a Ágata en un pestañeo, lo mismo había ocurrido horas atrás con Azul y el pequeño huérfano a su cuidado.

Todo indicaba que el nuevo amanecer del Coral estaría infestado de traidores. De pronto se encontró con aquella realidad latente: Mentes siniestras reclutaban gente para trabajo forzoso y mano de obra gratis.

"Espero que estos enfermos de mente no sepan nada sobre mí", pensó de buen ánimo, antes del estado de ausencia involuntaria en el que cayó.

Afortunadamente, en aquel trance involuntario en el que cayo, Ágata captó la señal de agua de un planeta cercano a un gaseoso gigante que orbitaba la estrella A, ubicado a 80 mil años luz de distancia, en la galaxia Itzá XME062689. –El agente Akiro discretamente le había dado el código de acceso en su segundo pase–. Y según la información obtenida, una vez fuera del planeta, como recurso valiosísimo, la nave el Lincoln

13 debía estar preparada en el momento indicado para hacer uso del cuerpo celeste de un asteroide como fuente de propulsión.

Cuando Ágata volvió de su estado de ausencia involuntario no perdió el tiempo y escarbó en los códigos de su memoria con resultado exitoso; tenía el mapa divinamente burilado. Los códigos de la ruta que debía seguir la nave, el Lincoln 13, destinada al rescate de los huérfanos sanos a bordo de la nave del Coral, estaban seguros. Misión Artemisa 7 seguía en pie.

La ruta estaba trazada en la cabeza de Ágata. Debían ser pacientes, discretos y moderados para pasar desapercibidos, hasta recibir la señal para activar la nave y salir sin ser detectados.

"¿Ya se tiene más información sobre esta rebelde?", preguntaron los captores, refiriéndose a Ágata Bell.

"Se comenta que es la autora del libro del Coral arcaico, lo escribió cuando estuvo prisionera en La Roca", replicó alguien más.

"¿Escribiste un libro del Coral arcaico?", preguntó incrédula la reclutadora jefa.

"¡Sí, lo escribí!", respondió Ágata.

Mira, jovencita, haremos como que no nos has dicho nada, márchate y escóndete donde puedas. No queremos problemas con el sistema. No nos conoces, ¿entiendes?", dijo la reclutadora jefa.

Ágata dio las gracias en silencio a aquellos reclutadores, dedujo que tenían miedo de los rumores sobre su fenómeno característico, o de lo contrario es que se trataba de delincuentes arrepentidos, le agradó más la segunda posibilidad.

Luego del delicado percance, decidida a soltar el miedo de ser descubierta y que le arrugaba el estómago, con valor, entró al único establecimiento abierto de una larga calle solitaria. Debía enfriar su cabeza y ordenar sus pensamientos; recuperar sus ánimos era una tarea obligada. Tenía hambre y pidió comida al mozo que se acercó a la mesa: “Por favor café y huevos a la mexicana”.

El mozo regresó minutos después con comida envuelta en papel aluminio. “Lo siento, pero no eres bien recibida, te tienes que ir”, dijo tajante, y la encaminó a la puerta.

“¿Por qué? ¿Sabes si tiene algo que ver el libro del arcaico Coral?”, replicó ella.

El joven mozo, como si hubiera recibido una clave en las palabras de Ágata, se ofreció a acompañarla a un refugio para solicitar ayuda y poder regresar al ala segura de la nave, y evitar que los reclutadores de gente la recapturaran.

Luego de haber cruzado entre montículos de calles desiguales arribaron a una colonia donde le dieron un documento para que se registra.

“Vuelve en un par de horas”, le dijeron.

Estaba pardeando la tarde, y se sentía afligida porque no habría luz pronto. El joven mozo seguía a su lado; se mostraba gentil, pero no hablaba mucho.

Pasadas las dos horas Ágata y su nuevo acompañante volvieron a la oficina. Se encontró con la gente con la que ya había hablado anteriormente; estaban por cerrar. “Un momento, tengo cita”, dijo.

El hombre detrás del mostrador, furioso, la recriminó y le

lanzó maldiciones hasta que no tuvo más saliva para seguir.

"¿Por qué tanta mala voluntad a mi persona?", replicó Ágata.

"Sabemos que eres uno de los fenómenos del Coral", dijo el hombre, y salió azotando la puerta tras de sí.

"No te aflijas, ya encontraremos otra solución", intervino el acompañante de Ágata cuando ella trató de seguir al hombre para insistir con el registro que le requerían para abordar la nave del lado seguro, y para convencerlo de que estaba en un error, con respeto a su identidad,

"Trabajas con esta gente?", preguntó Ágata al notar que su nuevo amigo recogía sus cosas personales en las mismas oficinas.

"Sí, ellos nos reclutan, y no tenemos días de descanso ni vacaciones ni nada que se le parezca", respondió.

"¡Son esclavos!", exclamó Ágata, y se le encogió el estómago al rememorar su proprio cautiverio en La Roca; el joven mozo meneó la cabeza en señal de aprobación.

"Sabes algo, amigo mío; creo que hay algo escrito en el libro que les causa terror, y que ni yo misma sé exactamente por qué", dijo.

El joven mozo sonrió, amable. "Llámame Hipólito. No te alejes mucho, iré a ver qué más puedo investigar", dijo, y se alejó entre las sombras de la noche.

Más tarde, como una advertencia velada, apareció entre las sombras de la noche un hombre cargando en la espalda una caja llena de manzanas y granadas. Sostenía un anuncio que Ágata alcanzó a leer antes de que un grupo de gente se lo llevara, haciéndolo desaparecer de su vista en un instante:

"Estás en peligro; aléjate pronto de aquí", anunciaba el letrero.

Obediente a lo leído, se retiró del escenario, calle abajo; allí se encontró con una multitud de gente afuera de una construcción. Segundos después de su arribo se escucharon disparos de arma primitiva y la muchedumbre corrió en diferentes direcciones. En medio del alboroto arribaron personajes que identificó como los grupos de "los Depredadores y los Recolectores". Inmediato a ello se escucharon rumores sobre el asesinato de una joven agente secreta descubierta en infraganti.

Ante aquella ola de información y, en medio de la oscura noche, tuvo el presentimiento que ya la tenían ubicada y que sería muy difícil liberarse del enemigo sin una mano amiga. Recordó con nostalgia a una joven agente que vio con anterioridad en el Cubo Negro, se trataba de la misma joven asesinada.

LA ISLA REAL

Luego se semejante evento, sin éxito en su cometido, Ágata pasó la noche en vela tratando de hacer contacto seguro con algún compañero; percibía una amenaza latente. La Misión Artemisa 7 colgaba de un delgadísimo hilo en aquel vital momento.

¿Por qué no habrá regresado el buen mozo de Hipólito?", se peguntó, afligida.

Tenía clara su vulnerabilidad, sabía que se ubicaba en un área infestada de Reclutadores, pero los peores eran los famosos Depredados; estos últimos eran las criaturas más sanguinarias existentes en el cosmos conocido hasta entonces. Ágata lo había visto todo de ellos, cuando tuvo acceso al Cubo Negro y se le transmitieron todos los códigos de información, los mismos que con el paso del tiempo iría recordando con más claridad.

Por otro lado, la amenaza latente la había alcanzado; el extraño gas que descendía de lo alto y se esparcía como vapor era allí más potente, y comenzó a sentirse enferma.

En aquel vital momento, la cabeza de Ágata brilló, como pasaba con aquellos niños cuando enfermaban o se acercaban al mundo que los separaba de los vivos.

Repentinamente, no supo cómo, pero tuvo acceso a una ventana que la condujo a la Isla Trece. Allí estaba Rudos W. Ágata lo reconoció como uno de los compañeros cercanos de Benny. Se trataba de un joven de aspecto gallardo, de tez color canela y mirada de lo más cautivadora.

De los ojos de Rudos W un destello casi encantador se asomó y, Ágata se sintió ligeramente cautivada ante aquellos encantos, pero se mantuvo al margen.

“Leí uno de tus escritos, y me ha sorprendido la historia, me parece muy original”, dijo Rudos W con notable éxtasis, y esbozando una gentil sonrisa le ofreció su mano.

Ágata le correspondió estrechándola, al mismo tiempo que puso la palma de la mano izquierda sobre la mano del hombre. “Gracias, ¡muchas gracias!”, dijo, y con humilde y abnegada expresión en el rostro esperó el cambio de identidad. Con decepción, notó que no hubo respuesta, no era uno de los compañeros, no conocía el código secreto.

Rudos W preguntó cosas sobre el Coral arcaico y los

pequeños 22 huérfanos de la Isla Seca, en especial, insistió en saber más sobre el último niño encontrado, Luz, el pequeño extraviado.

Ágata no respondió a sus preguntas. Selló sus labios y guardó silencio, como debía ser siempre en aquellos casos. Pero dejó abierta la posibilidad de que el terrible gas hubiera hecho estragos en la memoria de Rudos W.

Descorazonada, por la posible idea, dirigió una triste mirada a la única ventana que había en la alcoba. "¿Qué le pasará a aquel hombre?", se preguntó, intrigada, al ver a un hombre negro que estaba vomitando entre el follaje, cerca de la playa.

Volvió enseguida de sus pensamientos, ignorando al hombre que, parecía estar pasando por las de Caín con lo contenido del estómago, y le dirigió una franca sonrisa al carismático Rudos W.

En aquel momento, el pequeño niño extraviado número 22 entró a la habitación, y el espíritu de Ágata se inflamó de alegría al suponer que Azul estaba también allí.

"Ven para acá, pequeño. "¿Dónde está Azul?", preguntó al niño, al mismo tiempo que lo abrazaba y le hacía mimos. "Así consentía al pequeño hijo de la señora Yoya", dijo con ternura.

El carismático Rudos W dejó ver su entusiasmo ante aquello tan tierno y les dirigió una mirada alegre.

Ágata, sonrió, tímidamente, y el encantador hombre se aproximó a ellos con mirada pícara y se recostó a un lado de ella.

"No me gustaría que se malinterprete esto, sé cuáles son mis límites", pensó Ágata, echando una mirada profunda a un mapa y a un compás que estaban encima de una mesa que estaba frente a ella.

"Yo sé que la madre del pequeño desapareció, háblame de ella", Ágata rompió el hielo del silencio momentáneo para medir la situación; pero para su sorpresa, el gesto del hombre se tornó molesto; se levantó y se marchó sin responder, dejándola con la palabra en la boca.

Minutos luego, Rudos W regresó a la escena y, Ágata, sin rencor, le extendió la mano y sonrió en cuanto lo vio, por la buena estima que sentía por todos los compañeros, y a él lo había visto tan cercano a Benny.

De pronto ocurrió lo inesperado, Ágata no daba crédito a lo que estaba aconteciendo. El hombre negro había entrado a la habitación; se trataba del mismo hombre que, minutos antes, Ágata había visto por la ventana dejando el estómago de fuera de tanto vómito. Hipólito estaba con él. Se hicieron una señal y se aproximaron a ella.

Rudos W fue quien le dio el primer golpe. Ante lo inevitable, de la garganta de Ágata escapó un gemido desgarrador, y no precisamente de dolor físico, pues Ágata había escapado a tiempo de su materia y solo alcanzó a sentir algo como un hervor en la sangre. El gemido desgarrador fue la tremenda sorpresa de saberse traicionada por un compañero. No daba crédito a lo que sus ojos veían.

"¿Cómo es posible que Rudos W nos haya engañado a todos? Y que todo esto haya sido un plan trazado para acabar conmigo y yo no me haya dado cuenta de nada", pensó con infinita tristeza al darse cuenta de aquel macabro plan.

Una vez digerida su posición y, utilizando la técnica

heredada de los ancestros de los hijos del Coral, ni un chillido dejó escapar la valiente Ágata; detuvo toda emoción con la maestría heredada de aquellos ancestros.

"¿Conoces el Triángulo de Oro?", preguntó en estando de trance a su carismático verdugo.

"No, no lo conozco", respondió el hombre de malas.

Ágata hizo una señal con las manos. "El Triángulo de Oro está en todas partes; todo lo ve. Ahora mismo está aquí", dijo con notabilísimo tono de advertencia al enemigo, al mismo tiempo que extendía ambos brazos.

"¿Sabes qué esto? ¿Conoces los puntos cardinales?", preguntó sin esperar respuesta, antes de recibir el segundo golpe de parte del malvado Hipólito.

Ágata recordó en ese trágico momento el arcaico refrán que a menudo citaba el grupo de sus padres: "No se ahogará quien ha nacido para la horca", y alcanzó a enviar el código correspondiente antes de que el tercer golpe lograra arrancarle el aliento; ese último golpe se lo propinó el hombre de piel negra.

Los tres traidores, quienes por órdenes de las mentes oscuras –ocultos, bajo la más impenetrable de las máscaras –, planearon deshacerse de ellos.

A Azul no pudieron sacarle ni una pizca de información sobre sus descubrimientos. Lo molieron al pobre a palos, tratando de arrancarle los códigos secretos de la compleja cámara oculta dentro de la nave del Coral, pero el jovencito era un guerrero y aguantó hasta el final.

Ágata, irritada y tan triste como un funeral al contemplar su propia muerte estaba más que furiosa.

En aquel momento, la serena Isla Trece tenía un bello tono azul pálido, con grandes nubes blancas en el cielo. Y los colibríes, como si hubieran presagiado aquel infernal plan, batían sus alas cerca de la ventana. Ágata escuchaba un trino con una melodía muy particular: se trataba del canto de esas encantadoras aves que, a pesar de que lo emiten en frecuencias imperceptibles, ella lograba captar.

Poco rato después, la gente inmiscuida en el macabro plan se dispuso a partir en las barcas que los aguardaban; la ansiedad se reflejaba claramente en sus rostros.

Ágata, agonizando entre los mundos, hizo con las manos la señal anterior y alcanzó a preguntarle a una elegante mujer que literalmente brincó su cuerpo al pasar: "¿Conoces el Triángulo de Oro?"

"No, no lo conozco", respondió de mala gana la mujer.

"Un buen amigo mío te manda saludos", dijo Ágata, agonizando.

La mujer se marchó con un gesto de angustia reflejado en el rostro.

Minutos después. "¿Tú hiciste eso?", escuchó Ágata una voz susurrar en sus oídos, en el momento en que contemplaba el mar embravecido vomitando literalmente las barcas y hundiéndolos a todos.

En la escena, los cuerpos de los malvados traidores flotaban sin vida en el océano, que resplandecía con los rayos del sol de un otoño adelantado.

"¡No, no fui yo!", respondió Ágata.

"Y te da gusto lo que ocurrió?", preguntó la voz.

"No, no me da gusto, pero en este momento creo que

tampoco lo lamento", replicó con sinceridad.

La ancha y larga calle donde Ágata se ubicaba se cubrió de pronto de agua. Como si una mano misteriosa hubiera abierto las compuertas del océano el sitio se inundó en un segundo.

Ágata, moribunda, flotaba en el agua. De pronto respiró; inhaló una gran bocanada de aire y, con una fuerza hercúlea que de pronto le vino, se zambulló en el agua como un pez. Cuando salió del agua, no supo ni cómo, pero evitó estrellarse con los bultos que la recia corriente llevaba. En la distancia veía a su amigo Azul junto al pequeño Luz, el huérfano número 22; pero era una ilusión, porque los veía montados sobre los hombros de un hábil gigante que, por momentos, más que un hombre parecía una balsa.

"Azul, amigo mío, qué bueno que estás todavía vivo", murmuraba la valiente jovencita, abrazada a un tronco que la recia corriente arrastraba.

Ágata no estaba consciente cuando, junto con Azul y el pequeño niño número 22, fue rescata por el grupo de la comunidad científica y conducida a un ala de la nave custodiada por un grupo llamado "La Unión": guadianés de una compleja cámara camuflada, oculta en la nave del Coral. Se trataba de la misma misteriosa cámara que Azul había descubierto con anterioridad.

Se supo después que, lo ocurrido en la Isla Trece, había sido una orden directa de los grupos oscuros que operaban en el cosmos, para acabar con esa pequeña necia, hija de los Bell, y el entrometido de Azul Gordon.

Capítulo 33 El Sarcófago Sagrado

"El ruiseñor se niega anidar en la jaula para que la esclavitud no sea el destino de su cría".
–Gibran Jalil.

Ágata se percibió en un punto conocido como Alfa Beta (estaba dentro del Sarcófago Sagrado). Notó allí la presencia de Conchita, Roy Amores, Mar y Luildro; porque, aunque seguía bajo el velo del sueño, estaba consciente. Los presentes hablaban del libro que escribió cuando estuvo prisionera en La Roca, en manos de sus malvados verdugos, quienes, insanamente, trataron a toda costa de borrar su memoria. La información en código, referida en el libro, había llegado a parlamentos superiores.

Conchita manifestó su profunda consternación porque Ágata parecía estar en coma. Pero Roy Amores, firme en sus creencias, se resistió a esa posible idea; se mostraba completamente optimista. El buen hombre tenía la convicción de que ella se recuperaría pronto.

"Pero, Roy, no me tomes como una nefasta pesimista, pero me preocupa que Ágata siga sin despertar. Ya lleva mucho tiempo en ese estado y no muestra ningún signo. Me preocupa las posibles consecuencias que pudiera sufrir al despertar de su largo letargo", comentó Conchita, consternada.

Roy amores ignoró el comentario de Conchita; como buen

soldado mantuvo su fe en lo más alto. Ágata, por otra parte, aunque no mostraba signos vitales, los escuchaba a todos y agradeció infinitamente la buena voluntad que mantenía Roy Amores para con ella. También se alegró de saber que lo que escribió cuando estuvo prisionera en La Roca no fue en vano.

La cámara del Sarcófago Sagrado donde yacía Ágata, protegida en su interior y custodiada por un misterioso comando de soldados llamado "La Unión", era una cámara muy distinguida que tenía incluso un campo verde abierto. Allí mismo, en el lado del patio arbolado, Luildro y Mar hablaban. Este último, por cierto, se mostraba muy atento y la observaba con una mirada dulcísima; estuvo al cuidado de Ágata todo el tiempo.

EL FILME

"¡Mira, Luildro! ¿Ya viste qué hay una película sobre el libro?", dijo Mar, al mismo tiempo que activaba un dispositivo donde aparecía un filme con Ágata como protagonista en la pantalla.

"¡Oh, no sabía de su existencia!", respondió Luildro, sorprendido. "Vamos a verlo juntos", agregó, exaltado.

En el filme se desenvolvían numerosos personajes en la escena. "¡Mira!, Luildro, esa jovencita de lentes cuadrados y cabello oscuro es Ágata. '¡Oh! ¿Ya viste el punto?", preguntó.

"Ubico el punto", respondió Luldro sin vacilar. "Me parece que es la prisión del Coral, la horrible Roca... pero es otro tiempo; no sé cómo explicarlo", añadió al reconocer el evidente escenario de otro tiempo.

Luildro y Mar continuaron mirando atentos aquella misteriosa y dinámica película. "Ya viste que también aparece en el filme Azul Gordon?", exclamó Mar, sorprendido.

"Pero son escenas filmadas en Itzá, la ciudad antigua del Coral... ¿En qué momento fue filmado esto?", se preguntaron.

Luildro y Mar se veían de buen ánimo. El libro, de manera misteriosa, había salido a la luz, revelando datos de vital importancia para el progreso de los Pueblos Unidos del Cosmos (PUC). Dotados de un corazón limpio y generoso, en sus ojos chispeantes se asomó el purismo amor que sentían por la dulce Ágata. También se alegraban de que existiera aquel filme que narraba los acontecimientos del Coral.

En otra escena del filme, Ágata se encontraba en un lugar donde las extrañas construcciones, de divertidas formas irregulares y de colores, semejantes a un conjunto de corales gigantes, eran visiblemente notorias: un escenario bellísimo y enigmático a la vez. En la escena, Luz, el pequeño niño número 22, quien estaba bajo el cuidado de Ágata, hizo una extraña señal y se dirigió a la puerta. Ella interrumpió el trabajo que desempeñaba en ese momento para abrirla. Afuera había telarañas y arañas en el porche de la casa, especialmente en las partes altas. Las arañas se desplazaban en distintas direcciones. La casa tenía acceso al campo abierto; había vegetación de pastos altos y árboles en las orillas. La red de telarañas estaba más arriba de todo lo que había en el sitio. Ágata fijó su mirada en una de ellas, justo en la que estaba cercana a la puerta de la casa, y alcanzó un palo largo para removerlas. Inmediatamente después, una enorme araña azul, una de las más grandes que había visto en su vida, corrió por una de aquellas telarañas. Preocupada de que pudiera caerle encima de la cabeza semejante araña, la siguió con la mirada y notó que la red de telarañas se extendía hasta un punto en la lejanía, donde se divisaba algo semejante a una enorme torre de luz.

EL SUEÑO

Ágata permaneció dormida por un largo periodo, luego del brutal acontecimiento en la Isla Trece. En aquella misma y peculiar cámara circular, se encontraba también su ancestro, Pipino Cande Bell, sumido en un extraño letargo de sueño. Los Huérfanos del Coral, como ella, poseían un sistema complejo; entre las misteriosas y enigmáticas cualidades que los definían, estaba la capacidad de dormir profundamente y recuperarse por medio del sueño.

Los códigos de los Huérfanos del Coral, una vez activos en su máximo esplendor, tenían la capacidad de encapsular a quienes accedían a ellos; es decir, a simple vista parecía que la persona seguía en el mismo sitio; sin embargo, quedaba protegida dentro de una especie de membrana invisible. En otras palabras, estas enigmáticas gentes, cuando lograba escapar a tiempo, sabían acceder a un código que los transportaba dentro de una burbuja trasparente cuya avanzada tecnología los regeneraba y los mantenía intactos. Tenían la capacidad de ver todo lo que le ocurría a su cuerpo y no sentían dolor físico cuando lograban dar el brinco a tiempo y activar los códigos; aunque no siempre era posible acceder a tan complejo y valioso regalo. Se trataba de una tecnología clasificada "ultrasecreta, sofisticada y compleja", vital para el progreso de los Pueblos Unidos del Cosmos (PUC).

Los Huérfanos del Coral, como Ágata y Azul, llegado su momento, con un brinco a tiempo tenían la capacidad de liberarse del enemigo, quien tarde se daba cuando del engaño; y cuando los volvían a ver era como ver a los muertos levantarse y andar.

La nave de Coral partió como estaba predicho. La antigua ciudad del Itzá, con sus peculiares edificios formados por corales gigantes y sus enigmáticos pasadizos, se mantuvo en pie solo unos instantes más... hasta el gran estallido.

Ágata abrió los ojos justo en aquel inevitable acontecimiento. Pensativa, y con la mirada fija en la inmensa bola de fuego, dio fe de lo que estaba ocurriéndole al Coral. Vio por última vez las llamas de su planeta con una nostalgia silenciosa, antes de volver a perderse nuevamente en el sueño; pero no sin antes trasmitirle a Azul el código de la nave Lincoln 13 y la orden de abordarla sin ella, para poner a los niños a salvo y cumplir el encuentro con el asteroide XEAJRT100209 que tendría lugar en el siguiente vecindario estelar.

La Misión Artemisa 7 debía continuar. A pesar del rechazo de Azul, que se negaba a abandonar a su amiga en la cámara oculta de la nave del Coral, el sentido del deber logró equilibrar su mente y, a bordo del Lincoln 13, arribó con los niños a tiempo al mencionado cuerpo celeste esperado.

Posteriormente, la comunidad científica designó a siete ancianos mudos para el cuidado de los enigmáticos y misteriosos niños. Se trataba de los veintidós pequeños valientes huérfanos, quienes poseían registros importantísimos. Esos 22 niños, conocidos como las "Llaves del Cosmos", estarían siempre acompañados, en su peregrinaje por el vasto cosmos, por los 7 ancianos mudos. Los ocultarían en distintos puntos del basto universo en espera de que Ágata saliera de su letargo.

Por otro lado, Azul y el par de compañeros, Mar y Luildro, fueron enviados a continuar con la misión Armagedón. Y Azul prometió buscar a Ágata en el Estandarte Neutral.

El VALLE DE LOS GUADAS

Ágata durmió mucho tiempo durante aquel periodo y, un día, abrió los ojos, tras un extraño sueño que tuvo. En dicho sueño, tomaba del agua que un apuesto joven de cabello platinado, con una diminuta flor amarilla prendida entre un mechón, le daba a beber directamente en su inexpresiva boca de maniquí.

"Bebe, preciosa, toma de esta agua... despierta," clamaba el joven, angustiado. "¡No! ¡No te vayas! ¡No me dejes!", lloraba con desesperación, sumergido en el pecho de una Ágata ausente que lo escuchaba y lo veía; pero, como no estaba interesada en mostrarse viva, imitaba la quietud de los muertos.

Con los ojos enrojecidos por el dolor, el joven siguió suplicando que no se fuera. Finalmente, luego de un largo rato con evidente pena en su semblante, pero ya con un toque de resignación, dijo: "No la toque nadie, yo mismo la llevaré. He perdido lo más puro que hay en la materia... lo he perdido", murmuró, desconsolado; luego la tomó en sus brazos y se la llevó al punto donde tenían su morada en aquel lugar los muertos.

Aquel sueño, a Ágata le pareció de alguna manera muy familiar y, le recordó un pasaje de otro sueño, donde un hombre de manos grandes y extremidades largas le hablaba amorosamente a una muñeca negra, a quien le decía: "Preciosa, tu eres mi princesa preciosa y siempre cuidaremos de ti".

Soplaba un cálido viento con aroma a jazmín en el Valle de los Guadas cuando Ágata se despidió del grupo de huérfanos viajeros, quienes le llevarían a la reina del planeta de las Cumbres Altas la peligrosa información obtenida durante la Misión Artemisa 7.

"¡Nos volveremos a ver, Ágata Bell!", dijo el apuesto joven Arath López, quien, junto a su valiente y carismático compañero asignado, Lucas, comandaría la tripulación por partir.

"¡Si la reina no cambia de opinión pronto nos volveremos a ver!", añadió Lucas, con un pícaro giño.

Los labios de Ágata dibujaron una sonrisa abierta, y los amigos sacudieron la cabeza en señal de acuerdo; entrelazaron las manos y se despidieron fraternalmente.

Con la mirada curiosa, Ágata siguió a sus amigos hasta que su nave despegó y se perdió en la inmensidad del vasto cosmos. Permaneció de pie, pensativa, por largo rato; solía hacerlo con frecuencia: desde que era niña, pensaba y se adentraban en los más profundos territorios de su mente.

Las próximas semanas, Ágata y todos los huérfanos del Coral que llegaron al Valle de los Guadas pasaron unos días realmente estupendos. Comieron deliciosos manjares y se deleitaron con el exquisito vino rojo artesanal que se producía allí.

Partiría como lo predicho –en cuanto estuviera recuperada–, para dar seguimiento a la Misión Artemisa 7. La despidieron con el riguroso ceremonial correspondiente a una digna hija del Coral, y le desearon buenaventura en su andar.

Ágata y su nuevo compañero y amigo, Concha de Búfalo, partieron la mañana del 22 de octubre de una era en busca de un joven y su grupo, el Pescador 14, de quienes se sabía que se dirigían al Estandarte Neutral, cuya ubicación se situaba en la constelación de la Gota Púrpura XLAO1O891. La jovencita pensó que lo más apropiado sería hablar con los señores de las tierras del planeta Platinium para obtener más información antes de pasar por el famoso y misterioso túnel, de antigua forma de estación de tren, por el que debían pasar. Concha de Búfalo le había ya informado a la joven huérfana con lujo de detalle acerca del reino de los Grandes Señores de Platinium. Y sobre el joven guía, responsable de conducir a la gente del Pescador 14 al Estandarte Neutral.

Echó un vistazo de halcón, como solía llamarle a su profunda y cautelosa observación de sus mapas. Y dio vuelta la muñeca de su mano derecha, donde portaba su reloj blanco con manecillas negras. "¡Son las cinco!, ¡Concha de Búfalo, carísimo amigo mío!", exclamó. "Vamos directo a cruzar ese misterioso tercer túnel, porque hay algo que me inquieta sobre los niños que se llevaron aquellos 7 ancianos mudos; me refiero a los 22 niños de las máscaras. Se les detectó cercanos a la galaxia de la Gota Púrpura y se sabe que los Grandes Señores del planeta Platinum tienen conexión por medio de satélites en aquella zona.

"¿Qué cosa dices, tan pronto nos vamos?".

"Sí, Concha de Búfalo, ya sé lo qué estás pensando, pero te prometo, amigo mío, que seré muy cuidadosa", replicó.

Ya en la vieja estación de tren, de manera automática, Ágata Bell volvió a ver su reloj. "¡Chispas, apenas y se ha movido la manecilla de mi reloj!", dijo, sorprendida.

Concha de Búfalo sonrió. "¡Parece que tu reloj está con nosotros; no tiene ninguna prisa!", dijo, echándose a reír, dando rienda suelta a su típico sentido del humor.

FIN

Apéndice

Los Huérfanos del Coral poseen un sistema único y complejo que les permite acceder a códigos de origen ancestral. Estos códigos, al activarse en su máximo esplendor, tienen la capacidad de encapsular al individuo en una membrana invisible, protegiéndolo de daños externos.

Dentro de esta estructura, semejante a una burbuja transparente, el cuerpo es regenerado mediante una tecnología avanzada. El sujeto permanece consciente de su estado físico, pero libre de dolor.

El acceso a estos códigos no es automático; requiere sincronización, entrenamiento y, en muchos casos, condiciones específicas. Por ello, no todos logran activarlos a tiempo.

Glosario de términos

Coral: Mundo bañado por la luz lunar, caracterizado por mares cálidos, estructuras coralinas, y un pasado envuelto en misterio.

Cubo Negro: Estructura enigmática vinculada a secretos ancestrales y registros ocultos de gran importancia.

Llaves del Cosmos: Nombre otorgado a los veintidós huérfanos que portan registros fundamentales para el destino del universo.

La Roca: Antigua prisión del Coral conocida por su dureza y por los experimentos realizados en ella.

Ciudad de Itzá: Antigua cuidad del Coral, construida con estructuras de coral gigante, cargada de historia y simbolismo.

PUC (Pueblos Unidos del Cosmos): Organización que regula

el equilibrio y progreso entre distintos sistemas del universo.

Notas sobre los Huérfanos

Los Huérfanos del Coral no son simples niños abandonados. Cada uno de ellos posee una conexión con registros antiguos que se activan en momentos específicos.

Esta misteriosa y enigmática gente, capaz de semejante distintivo, son considerados portadores de conocimiento y, en muchos casos, piezas clave en el equilibrio y el progreso de los pueblos que conforman el cosmos.

Su protección es vital, ya que su existencia representa tanto una esperanza como un peligro.

Biografía

Ángela Taylor es una escritora alegre y soñadora. Estudió literatura y escritura en Southwestern College (SWC), en San Diego California. USA.

Es una escritora de ciencia ficción con un enfoque humanista y simbólico. Su estilo destaca por la riqueza imaginativa y la profundidad de sus personajes.

La fuente de sus historias nace del mundo de los sueños y de una profunda conexión con la imaginación.

A través de sus historias, explora temas como la esperanza, la resistencia y la búsqueda de sentido de pertenencia.

Autora de Concha de Búfalo y Los Huérfanos del Coral, obras que entrelazan la ficción con lo humano con una narativa emocional y simbólica.

www.ingramcontent.com/pod-product-compliance
Lightning Source LLC
LaVergne TN
LVHW010633110826
845149LV00014B/2839

* 9 7 9 8 9 9 4 4 2 1 4 0 6 *